KB009234

환영무인

우각 신무협 장편소설

ORIENTAL FANTASY STORY & ADVENTURE

dream
books
드림북스

환영무인 *12*
지옥의 끝에서

초판 1쇄 인쇄 / 2010년 1월 29일
초판 1쇄 발행 / 2010년 2월 9일

지은이 / 우각

발행인 / 오영배
편집장 / 김경인
펴낸 곳 / (주)삼양출판사 · 드림북스

주소 / 서울특별시 강북구 미아8동 322-10호
대표 전화 / 02-980-2112 팩스 / 02-983-0660
편집부 전화 / 02-980-2116 팩스 / 02-983-8201
블로그 / blog.naver.com/dream_books

등록번호 / 제9-00046호
등록일자 / 1999년 3월 11일

값 8,000원

ISBN 978-89-542-3558-7   04810
ISBN 978-89-542-3131-2   (세트)

* 지은이와 협의하에 인지는 생략합니다.
* 잘못된 책은 구입한 곳에서 바꾸어 드립니다.

우각 신무협 장편소설

ORIENTAL FANTASY STORY & ADVENTURE

환영무인

12

지옥의 끝에서

dream
books
드림북스

목 차

환영무인
12권 지옥의 끝에서

제 1 장

개파(開派), 천하를
향한 포효(咆哮)

　마침내 마해가 선포한 개파대전(開派大展)의 날이 밝았다.

　도창(都昌)과 포양호(鄱陽湖)는 마해의 개파대전을 보기 위해 몰려든 수많은 사람들로 인산인해를 이뤘다. 그 대부분이 마해를 믿고 따르는 신도들이었으나, 개중에는 마해의 전력을 염탐하러 온 각 문파의 첩자들도 다수 섞여 있었다.

　각자의 목적을 가지고 도창으로 몰려온 수많은 사람들의 관심 속에 도창의 성전(聖殿)은 마침내 그 웅장한 모습을 드러냈다.

　"오오!"

　"마침내 성전이……."

많은 사람들이 성전을 보고 눈물을 흘렸다.

거대한 성이 그들의 눈앞에 서 있었다. 성의 둘레만 무려 십 리가 넘었고, 삼 장 높이의 두꺼운 성벽은 마해의 성세를 그대로 대변해 주는 듯했다.

거대한 성문은 위풍당당하게 열려 있었고, 성벽 위에는 하얀 옷을 입은 마해의 무인들이 일렬로 도열해 있었다. 수많은 깃발들이 바람에 흩날리고 있었고, 그 아래로 천상에서 내려온 것 같은 미동(美童)들이 서 있었다.

정문을 지나 성전 안으로 들어서면 거대한 연무장이 나타난다. 수천 명이 동시에 무공을 펼쳐도 될 만큼 엄청난 크기의 연무장 바닥은 푸른 청석으로 깔려 있었다. 한눈에 보기에도 어마어마한 돈을 쏟아부은 티가 났다.

연무장의 중앙에는 거대한 제단이 설치되어 있었다. 백여덟 개의 계단을 밟고 오르면 거대한 화로가 놓여 있는 제단의 모습이 보였다. 좌우 폭이 십 장이 넘는 제단에는 스무 개의 화려한 의자가 놓여 있었다.

의자에는 마해의 수뇌부들이 앉아 있었다. 세상 사람들은 그들을 일컬어 마해라고 불렀지만, 그들은 스스로를 신교라고 불렀다. 그리고 마해교도들 역시 스스로를 신교도라고 불렀다.

천마(天魔)라는 신을 믿는 자들.

믿음과 희망을 잃어버린 자들이 기대는 최후의 보루.

그것이 바로 마해였다.

수많은 사람들이 제단을 바라보며 상기된 표정을 지었다. 그들은 잠시 후면 펼쳐질 개파대전을 기대하고 있었다.

둥둥둥!

마침내 개파대전을 알리는 거대한 북소리가 천지간에 울려 퍼졌다. 그러자 앉아 있던 사람들이 일제히 자리에서 일어났다.

수뇌부의 자리에 앉아 있던 하얀 수염의 노인이 앞으로 나왔다. 새하얀 도포에 새하얀 수염이 어우러져 신비한 분위기를 풍기는 노인이 큰 목소리로 입을 열었다.

"노부의 이름은 석진해라고 합니다. 여러분 중에는 노부의 이름을 알고 있는 사람도 있을 것이고, 모르는 사람도 있을 겁니다. 수많은 사람들을 대신해 노부가 신교의 개파대전을 맡게 된 것을 진심으로 영광으로 생각합니다."

순간 사람들이 웅성거리기 시작했다.

석진해는 별거 아닌 것처럼 자신을 소개했지만, 조금이라도 학문에 관심이 있는 자라면 그 이름을 모르는 사람은 없었다.

석대선생(石大先生).

유림(儒林)의 거목이자, 수많은 유생들의 우상이 바로 석대선생 석진해였다. 천하 유생들에게서 엄청난 지지를 받고 있는 석대선생이 이 자리에서 사회를 본다는 것만으로도 마해가 얼마나 거대한 영향력을 가지고 있는지 알 수 있었다.

석대선생은 미리 준비해 둔 두루마리를 펼쳐서 읽기 시작했다.

그는 하늘에 신교의 존재를 알리고, 이제 세상에 신교가 첫
발을 내딛었음을 선포했다. 그가 선언문을 읽는 내내 수많은
사람들이 눈시울을 붉히며 훌쩍였다. 나이 든 사람들은 이제
좋은 세상이 올 거라고, 자신의 생전에 이런 광경을 보게 되서
행복하다고 말했다.

둥둥둥!

거대한 북이 울려 분위기를 더욱 고조시켰다. 때마침 강한
바람이 불어와 깃발을 일제히 흩날리게 했다. 하늘마저 마해
의 개파대전을 축하하는 것 같았다.

석대선생 다음에는 일대의 명망 있는 인사들이 나와서 축사
를 읽었다. 이름만 대면 알 만한 유명 인사들이 연이어 나와
개파대전을 축하하자 교도들의 흥분은 점점 최고조를 향해 달
려갔다. 하지만 아직까지 그들의 눈에 어린 열망은 사라지지
않고 있었다.

개파대전이 진행되고 있었지만, 그들의 시선이 향해 있는
곳은 바로 제단의 중앙에 마련된 거대한 태사의였다. 용이 휘
감아 도는 조각이 새겨진 화려한 태사의는 바로 마해의 주인
인 소운천의 자리였다.

강호에서 일마(一魔), 혹은 일신(一神)이라고 불리는 소운천.
강호인들은 그를 마인이라고 불렀지만, 마해의 교도들은 그를
신인이라고 불렀다.

마해의 교도들은 일생에 단 한 번만이라도 소운천의 얼굴을 직접 보는 것이 소원이었다. 그들에게 있어 소운천은 살아 있는 신이었고, 따라야 할 지도자였다. 그 때문에 저 멀리 변방에서 노구를 이끌고 직접 온 노인들도 있을 정도였다.

이제 소운천이 등장할 시간이 가까워 오고 있었다. 사람들은 피부로 그 사실을 느끼고 있었다. 행사 자체가 소운천의 등장을 염두에 두고 기획되었기 때문이다.

마군자(魔君子) 진대명의 축사를 마지막으로 더 이상의 축사는 없었다. 대신 석대선생이 사람들을 향해 큰 목소리로 말했다.

"이걸로 모든 축사가 끝났습니다. 이제 마지막으로 본교의 교주님께서 본교가 정식으로 세상에 출범하였음으로 선포하시겠습니다. 모두 자리에서 일어나 교주님을 맞이하시길 바랍니다."

"우와아아!"

석대선생의 말이 채 끝나기도 전에 우레와 같은 함성소리가 터져 나왔다. 사람들은 일제히 자리에서 일어나 제단 뒤로 연결된 성전의 입구를 바라보았다.

저벅 저벅!

그곳에서부터 발자국소리가 들려오고 있었다. 너무나 나직한 발소리. 하지만 사람들은 발소리를 듣는 순간부터 숨조차 제대로 쉴 수 없었다. 사람들의 심혼을 제압하는 나직한 발소리는 점차 증폭되어 갔다.

척 척 척!

공기를 타고 멀리 울려 퍼지는 발자국소리에 사람들의 얼굴에 기대감이 떠올랐다. 이제야 그들이 그토록 고대하던 순간이 다가오고 있었다.

사람들의 동공이 크게 확장되었다. 그리고 마침내 제단 위로 그가 모습을 드러냈을 때 사람들의 얼굴에 환희의 빛이 떠올랐다.

"오오! 저분이 교주님."

"교주님이시다. 저분이야말로 우리를 구원하러 오신 신이시다."

"와아아!"

눈물을 흘리며 무릎을 꿇는 자들이 속출했다.

순백의 옷을 입고 제단 위에 모습을 드러낸 자는 소운천이었다. 그의 몸에서는 감히 범접할 수 없는 고결함과 사위를 압도하는 엄청난 존재감이 동시에 흘러나오고 있었다. 그의 뒤로 구유마전단원들이 따라 나오고 있었다.

백 명이 넘는 절대고수가 흘리는 가공할 기도에 마해의 교도들은 압도당하고 말았다. 그들은 스스로 무릎을 꿇고 소운천을 찬양했다. 소운천은 제단 위에서 그런 교도들의 반응을 담담히 바라보았다.

우우우우!

 14 환영무인

천지가 모두 그를 경배하는 것 같았다. 이 자리에 모인 수만의 인파들이 그를 살아 있는 신으로 모시고 있었다. 그들은 지척에서 소운천의 얼굴을 본 것만으로도 일생의 영광으로 알고 살아갈 것이다. 그리고 소운천이 어떤 명령을 내리더라도 기꺼이 따를 준비가 되어 있었다.

척!

마침내 소운천이 태사의 앞에 섰다. 그 뒤로 구유마전단이 병풍처럼 섰다. 그 엄청난 존재감에 사람들은 몸을 떨었다. 그들은 무릎을 꿇은 채 그들의 살아 있는 신, 소운천을 바라보았다.

소운천은 자신을 바라보는 자들과 일일이 시선을 맞췄다. 그와 눈이 마주친 자들이 신의 계시라도 받은 것처럼 환희에 찬 표정을 지었다. 그들의 동공이 몽롱하게 풀렸다.

마침내 소운천이 입을 열었다.

"내가 여기 왔다. 나를 보고, 나의 이야기를 듣기 위해 온 자들이여, 내 말을 듣거라."

"……."

모두가 숨을 죽이고 소운천의 말을 들었다. 그들의 눈과 귀와 온 신경이 소운천을 향해 있었다.

"오늘은 우리 신교가 세상에 첫발을 내딛는 역사적인 순간이다. 우리는 그동안 수많은 박해를 받아왔다. 이미 기득권을 가진 자들은 우리를 인정하지 않고 각종 음해를 해왔지만, 그에 굴하지 않고 우리는 결국 오늘 개파대전을 하게 됐다. 우리는 그동안 기득권자들이 만든 법도를 따르고, 그들이 지배하는 세상에서 살아왔다. 하지만 내 맹세하노니 앞으로는 절대 그렇게 되지 않을 것이다. 우리는 세상을 뒤집을 것이다. 기존의 법칙과 규율을 무시할 것이고, 오직 신교만의 법칙을 세울 것이다."

그의 말은 사람들의 가슴속 밑바닥에 잠재해 있는 욕망을 자극했다. 이제까지 있는 자들에게 당하고 살아왔다는 피해의식이 그들의 눈에 나타났다.

그 순간에도 소운천의 말은 계속되고 있었다.

"내 단언하건대 이런 부조리한 세상을 그냥 두고 보지만은 않으리라. 잘못된 것은 바로잡고, 어긋난 것은 제자리에 돌려놓으리라. 그것이 나의 천명, 그것이 내가 가는 길. 신교는 내가 가는 길에 디딤돌이 되리라. 모두가 원하는 세상, 모두가 살기 좋은 세상. 힘 있는 자들에게 더 이상 억압받지 않는 그런 세상을 만들 것이다!"

그것은 천마후(天魔吼)였다.

소운천의 목소리에는 사람들의 욕망을 자극하는 힘이 담겨 있었다. 힘이 없어서 참을 수밖에 없었던 사람들의 숨겨진 욕망을 끄집어내는 거대한 포효. 그것이 바로 천마후였다.

"아아!"

소운천의 포효에 사람들이 술렁이기 시작했다. 그의 외침에 사람들의 가슴이 뛰기 시작했다. 지금 이 순간 그들의 감정은 소운천과 완벽하게 일치하고 있었다.

그들은 마치 자신이 소운천이 되기라도 한 것처럼 세상에 대한 불만을 드러내기 시작했다. 그들은 소운천이 되어 분노를 터트렸다.

"세상 사람들은 우리를 일컬어 마교, 마해라고 부른다. 우리가 왜 마교이고, 마해인가? 오냐, 좋다. 저들이 그렇게 부른다면 지금부터 정말 마교가 되겠다. 마해가 되어 그들을 응징하겠다. 그런 후에 당당히 신교라는 이름을 쓰겠다. 우리를 마해라고 부르는 자들의 입에서 두 번 다시 그런 소리가 나오지 못하도록 만들겠다."

"와아아!"

"응징하자."

소운천이 분노하면 그들도 분노했고, 소운천이 천하를 응징하겠다고 하자, 사람들 역시 그와 같은 심정이 되어 천하를 응징하겠다고 다짐했다.

"모두 알고 있을 것이다. 불과 얼마 전 본교의 동량이 될 아이들과 그들을 지키던 무장이 일영(一影)이라고 불리는 환영무인에 의해 목숨을 잃은 사실을. 너희들은 결코 그들을 잊지 않았으리라 믿는다."

"저희는 결코 잊지 않았습니다!"

"일영은 강호 무림의 사주를 받고 그런 일을 저질렀다. 너희들은 그런 자를 용서할 수 있겠는가?"

"결코 용서할 수 없습니다!"

"그렇다. 우리는 일영을 비롯해 강호 무림을 결코 용서해서
는 안 된다. 그들은 기득권을 지키기 위해 우리를 이용하고,
짓밟을 것이다. 이제까지 그래왔듯 주인에게 꼬리를 흔드는
개처럼 살겠는가? 그것이 아니면 자유를 쟁취하기 위한 늑대
가 되겠는가? 너희들이 일어나겠다면 나 소운천이 너희를 이
끌 것이다. 나를 믿고 따라오는 자들에게 천국의 문을 보여주
겠노라."

"우와아아!"

사람들이 열광했다. 어떤 이들은 눈물을 흘리며 소운천의
이름을 연호했다. 모든 이들의 감정이 소운천에게 이입되었
다.

그렇게 감정이 고조되어 가고 있을 때 변고가 일어났다.

"모두가 거짓말이다! 저자는 악마다. 사람을 선동해 멸망으
로 끌고 가는 악마!"

갑자기 누군가 그렇게 외치며 사람들 틈에서 튀어나왔다.
그는 그대로 몸을 날려 소운천을 향했다. 그의 손에는 은밀히
숨겨온 소검이 들려 있었다.

"앗! 암습이다."

"교주님이 위험하다."

순간 제단 앞쪽에 있던 사람들이 분분히 몸을 날렸다. 자신

들의 몸을 날려 소운천의 위험을 막기 위해서였다.

　수십 명의 사람들이 일제히 암살자를 막았다. 암살자의 검이 누군가의 몸에 박혔다. 암살자의 얼굴에 당황한 빛이 떠올랐다. 그는 서둘러 검을 뽑으려 했다. 하지만 검에 박힌 사내는 두 손으로 암살자를 끌어안으며 소리쳤다.

　"나는 괜찮으니 이자를……."

　"이익! 놓지 못하겠느냐?"

　그러나 암살자의 외침은 사람들에 묻혀 사라졌다. 근처에 있던 수십 명의 사람들이 자신의 몸으로, 그리고 주먹으로 그를 막았기 때문이다.

　결국 암살자는 소운천의 곁에 다가가지도 못하고 목숨을 잃었다. 하지만 암습은 그것이 끝이 아니었다.

　쉬쉭!

　갑자기 사람들 틈에서 수십 명의 사내들이 튀어나왔다. 그들은 사람들의 시선이 처음 암습했던 암살자에게 몰린 사이를 노려 소운천을 공격했다. 처음의 암살시도는 사람들의 시야를 붙잡아 놓기 위한 미끼였고, 이번이 진짜 암살시도였다.

　"목을 내놔라, 천마."

　쉬아악!

　날카로운 검기가 일어나 소운천을 향해 날아왔다. 하지만 소운천은 움직일 줄 몰랐다. 그는 마치 석상이 되어 버린 것처럼 제자리에서 움직이지 않았다.

"교주님이 위험하다."

"교주님!"

신도들의 안타까운 목소리가 성전에 울려 퍼졌다. 그들은 자신의 몸을 날려 소운천의 앞을 막지 못하는 것을 통한으로 여겼다. 하지만 그들은 그럴 필요가 없었다.

이제까지 가만히 있던 구유마전단이 움직였다. 암살자들은 미처 소운천에게 접근하기도 전에 구유마전단에 의해 한 명씩 제압당했다.

우지끈!

누군가의 뼈 부러지는 소리가 섬뜩하게 울려 퍼졌다. 이어 곳곳에서 섬뜩한 파륙음이 터져 나왔다.

"큭!"

"커헉!"

여기저기서 암살자의 비명소리가 터져 나왔다.

촌각도 지나지 않아 소운천을 암살하려고 했던 모든 자들이 제압을 당했다. 소운천 그 자신도 무적이었지만, 이렇게 구유마전단이 그를 호위하고 있을 때는 한 치의 허점도 존재하지 않았다.

암살을 시도한 자들 가운데 미끼였던 첫 번째 사람을 제외하고, 죽은 자는 단 한 명도 없었다. 배후를 밝히기 위해 일부러 살려서 제압한 것이다. 암살자들의 품속을 뒤지던 신교의 무인들이 소리쳤다.

"이들은 정의맹 소속의 암살자들입니다."

"정의맹을 상징하는 패가 품속에 있습니다."

암살자들의 품에는 정의맹을 상징하는 패가 숨겨져 있었다. 정의맹이 소운천의 암살에 관여했다는 증거가 곳곳에서 드러났다.

사람들은 분노했다.

"정의맹을 정벌해야 한다. 감히 교주님을 노리다니."

"맞다! 정의맹을 정벌해야 한다. 그래서 신교의 위대함을 만천하에 알려야 한다."

누가 먼저랄 것 없이 그런 소리가 사람들 틈에서 터져 나왔다. 일단 터져 나온 외침은 마치 들불처럼 사람들 전체로 번져 나갔다. 암살자들의 습격은 그렇지 않아도 소운천의 외침에 잔뜩 고조되어 있던 사람들의 가슴에 기름을 부은 것이나 다름없었다.

또다시 사람들 속에서 누군가 외쳤다.

"우리의 주적인 일영과 함께 정의맹을 이 땅에서 몰아내야 한다."

"맞소!"

"옳소! 교주님을 위해서라도 그들을 가만히 둘 수는 없소."

사람들이 모두 소매를 걷어 올렸다. 그들은 당장이라도 정의맹을 향해 뛰어갈 기세였다.

그 모습을 바라보는 소운천의 입가에 의미심장한 미소가 걸렸다. 구유마전단을 비롯한 수뇌부의 얼굴에도 비슷한 표정이 떠올랐다. 하지만 격앙된 사람들은 그런 그들의 표정을 미처 알아보지 못했다.

이로써 신교의 개파대전은 정의맹을 징벌하러 가기 위한 정벌식(征伐式)이 되고 말았다. 그래도 불평하는 사람은 없었다. 이것이야말로 사람들이 원하던 바였기 때문이다.

소운천의 천하를 향한 포효가 울려 퍼졌다.

"신교출세(神敎出世) 만인앙복(萬人仰伏)."

*　　　　*　　　　*

소운천의 천하를 향한 포효는 일파만파(一波萬波)로 퍼져 나갔다. 개파대전 이후 마해가 정의맹을 정벌할 것을 선언했다는 소식은 불과 하루가 지나기 전에 정의맹 수뇌부의 귀에까지 들어갔다.

"아니, 이게 무슨 말이오? 우리가 먼저 신교의 교주를 암살하려고 했다니."

"말도 안 되는 소리요. 우리가 왜 먼저 그들을 건드린단 말이오?"

"이건 누군가의 음모요. 지난 보름간 본맹에서 움직인 조직은 없었소. 그런데 어찌 본맹에서 신교의 교주를 암살하려 시도할 수 있단 말이오?"

"그럼 저들이 없는 일을 가지고 있다고 떠든단 말이오?"

정의맹의 수뇌부들이 저마다 목소리를 높였다.

마해가 제일 먼저 정의맹을 정벌하기로 했다는 소식이 전해지면서 정의맹의 수뇌부가 느끼는 감정은 공포와 혼돈, 그 자체였다. 이제까지 마해의 가장 강력한 견제세력으로 자부해왔던 당당함은 사라지고, 금방이라도 마해의 세력이 자신들을 칠까 두려워하는 모습이 꼭 난파 직전의 배에서 갈 길을 못 찾고 헤매는 쥐들과 비슷하게 보였다.

쾅쾅!

"모두 조용히 하십시오. 이곳은 정의맹의 주요의사를 결정하는 장소지, 시장이 아닙니다. 현재 여러분께서는 진정하실 필요가 있습니다."

목소리를 높인 이는 정의맹의 군사인 모용관이었다. 그의 외침에 장내의 웅성거림이 조금씩 잦아들었다. 하지만 여전히 얼굴에 떠오른 당혹감을 감추지 못하고 있었다.

모용관의 시선이 태사의에 앉아 있는 명등을 향했다. 명등 역시 잔뜩 찌푸린 얼굴을 하고 있었다. 굳이 그의 심경을 묻지 않더라도 그가 어떤 심정인지 알 수 있었다. 모용관 역시 마찬가지 심정이었기 때문이다.

그가 장내를 진정시키며 입을 열었다.

"우리가 마해의 교주를 암살하려 했다는 것은 분명 어불성설입니다."

"그럼 마해의 성전에서 발견된 본맹의 제자들은 어찌된 것이란 말이오?"

"아직까지는 저 혼자만의 추측에 불과하지만, 이 모든 것이 마해의 함정이 아닌가 합니다."

"그럼 마해가 증거를 조작했단 말이오?"

"어쩌면 암살자들 자체가 마해가 동원한 가짜일 확률이 높습니다."

"으음!"

모용관의 확신에 찬 대답에 수뇌부들 전체가 약속이라도 한 듯 침음성을 흘렸다. 모용관의 말이 신빙성 있게 들렸기 때문이다.

총관 단고성이 조심스럽게 입을 열었다.

"군사의 말씀처럼 최근에 본맹에서 활동한 조직은 없습니다. 저의 소견으로는 저들이 본맹을 칠 구실을 얻기 위해 암살을 조작하지 않았나 싶습니다. 암살자들의 품에서 본맹을 상징하는 패가 나왔다지만 저들이 마음만 먹는다면 그 정도는 얼마든지 위조할 수 있습니다."

"총관께서 말씀하신 대롭니다. 아무래도 이번 사태는 저들이 작심하고 꾸민 것이 분명합니다."

단고성의 말에 모용관이 확신에 찬 음성을 토해냈다. 그에 수뇌부들의 얼굴이 더욱 어두워졌다.

외당주 주노정이 조심스럽게 의견을 꺼냈다.

"사정이 그렇다면 우리도 적극적으로 해명해야지 않겠소? 이대로 저들의 의도대로 당하고 있을 수만은 없지 않소."

"이미 작심하고 증거를 조작한 이들입니다. 저들이 우리의 말에 귀나 기울일 것 같습니까?"

"그래도 최악의 상황은 막아야 하지 않소. 증거를 조작했다는 것만 밝히면 저들도 쉽게 본맹으로 정예들을 파견할 수 없을 것이오."

"참으로 딱하십니다. 증거까지 조작하면서 본맹을 치려고 하는 자들입니다. 그들이 증거가 거짓이라고 밝힌다고 해서 정벌을 그만둘 것 같습니까? 오히려 저희가 거짓을 말한다며 더욱 몰아붙일 것이 분명합니다."

"으음!"

모용관의 서슬 퍼런 반박에 주노정은 본전도 찾지 못하고 얼굴만 붉히고 말았다.

평소라면 모용관도 이렇게 사람을 몰아붙이지 않을 것이다. 비록 분위기를 파악하지 못하고 엄한 말을 꺼내긴 했지만, 외당주 주노정 역시 무시 못할 실력자였기 때문이다. 하지만 지금 이 순간 모용관은 냉철하게 감정을 조절하기가 무척 힘이 들었다.

본래 모용관의 생각은 환사영과 마해를 충돌시키고 뒤에서 이득을 챙기는 것이었다. 환사영과 마해가 충돌한 후라면 지금 정의맹의 전력만으로도 충분히 승산이 있을 거라 생각했기 때문이다.

하지만 그런 모용관의 계획과는 반대로 사태가 돌아가고 있었다. 엉뚱하게도 마해는 정의맹을 우선 정벌할 것이라고 천하에 선포했다. 그 때문에 모용관은 마해를 효율적으로 막을 방안을 강구해야 했다. 그것이 정의맹 내에서 그의 임무였기 때문이다.

정의맹 내에서 모용관의 직책은 군사였다. 그가 정의맹 내에서 권력을 잡을 수 있었던 것도 군사란 직책을 가지고 있었기 때문이다. 반대로 그가 군사 역할을 제대로 하지 못한다면 어렵게 잡은 기회와 모든 것을 잃어버릴 수도 있었다. 지금 모용관은 그런 위기의식을 느끼고 있었다.

사람들이 중심을 잡지 못하고 다시 웅성거리기 시작하자 보다 못한 경천호가 나섰다.

"조용, 모두 조용하시오. 모두 곤혹스런 것은 알겠지만, 조금만 자중하시길 바라오. 어차피 마해와 일전을 겨루기 위해 만든 것이 정의맹이오. 그런데 정의맹의 주축인 여러분들이 이렇게 당황한다면 수하들을 어찌 다독인단 말이오? 모두 진정하고 의견을 모읍시다. 어차피 마해와 전쟁을 피할 수 없다면 어떻게 하면 효율적으로 그들과 싸울 수 있을 것인지 의논해야 하오."

경천호의 목소리에 다시 사람들이 입을 다물었다. 그들은 서로의 얼굴만 바라볼 뿐 누구 한 명 나서서 자신의 의견을 쉽게 말하지 못했다.

그 모습을 바라보던 명등이 내심 한숨을 내쉬었다. 권력싸움을 할 때는 그렇게 목소리를 높이던 이들이 막상 위기가 닥치자 아무런 말도 하지 못하고 우물쭈물 거리는 것이 한심하게 느껴졌다.

'결국 나는 이런 자들을 위해 일영과 척을 진 것인가?'

자신의 결정이 처음으로 후회되었다. 하지만 명등은 그런 자신의 표정을 결코 드러내지 않았다. 어쨌거나 이들과 자신은 한배를 탄 공동운명체였기 때문이다. 지금은 저들을 탓할 때가 아니라 위기극복을 위해 힘을 합쳐야 할 때였다.

명등이 처음으로 입을 열었다.

"군사께서는 어떤 복안을 가지고 계시오? 군사께서 평소 이런 경우를 대비해 계책을 세워놨다고 알고 있는데."

"무, 물론입니다."

"그럼 우선 모용 군사의 계책을 듣고 싶구려. 과연 우리가 어찌 대응해야 되겠소?"

"우선 저들의 세력을 분산시켜야 합니다."

"어떤 식으로 저들의 세력을 분산시킨단 말이오?"

"저들 앞에 더 큰 먹이를 던져 놓아야지요."

"더 큰 먹이?"

"일영과 그 일행들 말입니다. 그들이라면 마해 역시 쉽게 지나치지 못할 겁니다."

이 지경이 되어서도 모용관은 환사영과 마해를 충돌시켜 이득을 얻어낸다는 생각을 버리지 못하고 있었다. 아니, 오히려 위기에 몰리자 더욱 그런 생각이 강렬해졌다. 하지만 모용관은 자신의 생각에만 심취되어 경천호와 명등의 얼굴 표정이 변해가는 것을 보지 못했다.

명등의 목소리가 높아졌다.

"좋소! 일영을 이용해 그들의 시선을 분산시키자는 계획은 좋소. 허면 지금 일영의 행방을 알고 있소?"

"그건……."

순간 모용관이 당황했다. 명등의 목소리에 돋쳐 있는 가시도 그랬지만, 무엇보다 현재 환사영의 위치에 관해서는 어떤 첩보도 들어오지 않았기 때문이다.

무엇 때문인지 모르지만, 얼마 전부터 환사영과 일행들의 행방이 묘연해졌다. 그 때문에 정의맹에서는 첩보조직을 총동원해 그들의 행방을 알아내려고 했지만, 여전히 어디서도 환사영 일행의 종적은 발견되지 않고 있었다. 심지어는 그가 왜 잠적을 한 것인지 이유조차 파악하지 못했다.

명등이 서늘한 눈으로 모용관을 노려보며 말했다.

"일영의 종적이 묘연하다는 것은 이미 모두가 알고 있는 사실이오. 과연 군사께서는 마해의 전력이 정의맹에 도달하기 전까지 일영의 종적을 찾아낼 자신이 있소?"

"그, 그건……."

모용관이 눈에 띄게 당황했다. 이제까지 명등은 한 번도 목소리를 높인 적이 없었다. 그 때문에 모용관이 명등을 어느 정도 우습게 봤던 것도 사실이었다. 모용관에게 이런 명등의 모습은 낯설기 그지없었다.

모용관이 굴욕감에 주먹을 꽉 쥐었다. 하지만 그는 쉽게 입을 열지 못했다. 명등의 말처럼 어떻게 환사영을 찾아낼 것인지 자신이 없었기 때문이다.

명등이 소리를 높였다.

"실현 가능성이 없는 계획은 필요 없소. 우리에겐 현실적인 계획이 필요하오. 이제부터 우리는 현실적인 계획을 수립하고 실행해야 하오."

"참담한 기분입니다. 정의맹이 이렇게 썩은 조직이었다니."

"어디 그것이 맹주만의 탓인가? 너무 자책하지 마시게나."

"이제까지 인생을 헛살았다는 생각이 듭니다."

명등이 연거푸 한숨을 내쉬었다. 경천호가 명등을 보면서 안쓰러운 눈빛을 했다. 참담한 것은 경천호 역시 마찬가지였다.

마해에 대응하기 위해 조직된 정의맹이었지만, 정작 마해의 침공 앞에서는 무기력한 모습을 보이며 내분 양상으로 치닫고 있었다.

밤샘 회의를 했음에도 불구하고 마해를 막을 방도는 찾아내지 못하고, 오히려 서로 간의 깊은 골만 확인했다.

"후회가 됩니다. 이럴 줄 알았으면 일영이 왔을 때 붙잡았어야 한다는 생각이 듭니다."

"지금이라도 늦지 않았네. 자존심을 숙이고 그에게 도움을 요청하시게."

"그가 도와주겠습니까? 그렇게 홀대를 받고 나갔는데. 어쩌면 그는 정의맹을 존속시킬 이유를 찾지 못했는지도 모릅니다."

"그래도 해봐야지 않겠는가? 그냥 이대로 앉아서 마해에게 당할 수만은 없으니까."

"으음!"

명등의 이마에 깊은 주름이 잡혔다.

머리로는 경천호의 말을 이해하고 있었다. 하지만 여전히 그의 가슴은 환사영이라는 존재에게 거부감을 느끼고 있었다.

"전 솔직히 그가 두렵습니다. 그는 혼자이지만 누구보다 강합니다. 모두가 그를 혼자라고 생각하지만 실은 그를 따르고 좋아하는 사람은 누구보다 많습니다. 그 자신은 아무런 세력도 가지고 있지 않지만, 사실은 누구보다 많은 지지세력을 가지고 있습니다. 저는 평생을 노력해도 가지지 못할 것을 그는 너무나 많이 가지고 있습니다."

"어디 맹주뿐이겠는가? 그를 만난 사람이라면 누구나 그렇게 생각할 것이네. 하지만 이 사실은 분명히 알아두게. 그가 그렇게 되기까지는 너무나 엄청난 고난의 길을 걸어왔다는 사실을. 그는 자신의 손으로 자신이 사랑했던 수많은 이들의 시신을 직접 묻었고, 친구와 수하들의 배신 속에서도 자신이 옳다고 믿은 신념을 지키기 위해 이제까지 한길을 걸어왔다네. 그가 가진 모든 것은 그런 과정 속에서 얻은 것이네. 맹주가 정말 그를 부러워하고 있다면 지금의 고난을 피하지 말고 당당히 직시하시게. 노부는 그를 찾아 도움을 청하겠네."

"그가 어딨는지 아십니까?"

"나도 모르네. 하지만 그렇다고 이렇게 손 놓고 기다릴 수만은 없지 않은가? 몇 군데 짐작이 가는 곳이 있으니 일단 찾아볼 생각이네."

"그러십시오. 정의맹은 제가 어찌 해볼 테니까."

"고맙네. 맹주에게 미안하군. 그 어깨 위에 너무나 많은 짐을 떠안긴 것 같아서 말일세."

"어쩌면 태상장로님의 말씀처럼 이 또한 제가 감당해야 할 일인지도 모르지요. 한번 견뎌 보겠습니다."

"마음 굳건히 잡수시게. 내 반드시 그와 함께 돌아올 테니까."

"아미타불."

그 후로도 경천호는 한동안 명등과 더 이야기를 나누다가 밖으로 나왔다.

　　　　*　　　　*　　　　*

　환사영은 침중한 눈으로 전방을 바라봤다.

　그는 만장단애 끝에 서 있었다. 매서운 칼바람이 불어와 그
의 몸을 흔들고 있었다. '아차' 하는 순간 만장 절벽 밑으로 떨
어질 수도 있는 상황이었지만, 환사영의 눈빛에는 흔들림이라
곤 존재하지 않았다.

　벌써 며칠째였는지 몰랐다. 그가 만장단애 위에 서 있는 것
이.

　"가가……."

　예운향이 멀찍이서 안타까운 눈으로 환사영의 뒷모습을 바
라봤다.

　환사영이 이곳에 멈춘 것은 흑암루를 통해서 한 가지 소식
을 전해 들은 후였다.

　상유촌의 멸망.

　칠십 가구, 삼백 명이 넘는 상유촌 주민들이 몰살을 당했고,
마을은 불에 타 흔적도 없이 사라졌다는 비보를 듣는 순간 환
사영은 이곳에서 멈춰 섰다.

　생존자는 없었다. 마을 어디서도 살아 있는 자는 발견되지
않았다는 소식에 환사영은 절망했다. 이 모든 난세를 끝내면
반드시 돌아가려 했던 곳이 바로 상유촌이었다.

　중원에서 유일하게 그가 정을 줬던 곳. 순박한 사람들이 모

여 사는 모습이 고향인 나란을 연상시켰던 유일한 곳. 그래서 더욱 정이 갔던 곳. 그곳에 백수경이 있었고, 조카인 백무진이 있었다. 그리고 목경화와 그의 딸 백연화까지. 그 모든 이들이 세상에서 사라졌다는 생각을 하는 것만으로도 환사영은 화가 치밀어 올라 견딜 수 없었다.

그러나 환사영은 화를 터트리는 대신 매일같이 이곳 만장단애 앞에서 분노를 삭였다. 하지만 사람들은 알고 있었다. 겉으로 분노하는 것보다 환사영처럼 차갑게 분노를 하는 것이 더욱 무섭다는 사실을.

환사영이 만장단애에서 홀로 분노를 삭이고 있을 때 한청은 인근의 대장간을 찾았다. 그리고 하루 종일 망치를 들고 쇳덩이를 내려치기 시작했다.

백수경은 그에게도 친혈육이나 다름없었다. 오 년 전 상유촌을 나온 후 한 번도 그곳을 잊어본 적이 없는 한청이었다. 그에게도 상유촌은 반드시 돌아갈 고향이었던 것이다. 고향과 형제를 잃어버린 남자의 분노는 너무나 거대했다.

깨달음을 얻은 직후 버렸던 검을 다시 제작하는 한청. 그 살벌한 기세에 제자인 율극타조차 쉽게 말을 붙이지 못할 정도였다.

환사영과 한청은 그렇게 각자만의 방식으로 분노를 토해내고 있었다. 나머지 일행들은 두 사람의 분노가 끝나길 기다리며 인근에서 머물고 있었다.

예운향은 환사영의 분노를 이해할 수 있었다. 그녀 역시 상유촌에 머무르면서 그곳이 얼마나 좋은 곳이고, 따뜻한 사람들이 있던 곳인지 기억하고 있기 때문이다. 그녀는 아직도 백수경과 그의 가족들이 자신에게 베풀어 준 온정을 잊지 못하고 있었다.

흑암루에서는 상유촌이 멸망하기 직전 낯선 두 남자가 마을로 찾아들었음을 밝혀냈다. 그리고 몇 가지 사실을 가지고 유추한 결과 그들이 소운천과 그의 수하였다는 사실도 밝혀냈다. 이 기가 막힌 악연(惡緣)에 예운향은 어떤 말도 할 수 없었다.

"가가!"

예운향이 나직이 환사영을 불러보았다. 그러나 환사영은 여전히 대답하지 않았다. 아직 분노를 완전히 삭이지 못했음이리라.

십방보가 예운향의 곁으로 다가왔다.

"형님, 괜찮을까요?"

"괜찮을 것이다. 지금은 마음이 아파서 저러시지만 곧 훌훌 털고 일어날 것이다."

"도대체 이게 무슨 일인지 모르겠어요. 이 중요한 때에 하필 이런 일이 터지다니."

"사람의 일이란 것은 한 치 앞도 알 수 없다더니……."

예운향이 말끝을 흐리더니 손에 공력을 집중하기 시작했다.

츠츠츠!

천빙요결의 운용에 주위의 공기가 급속도로 얼어붙었다. 예운향은 공력을 더욱 세밀하게 운용했다. 그러자 하얀 냉기가 뚜렷한 형상을 갖추기 시작했다.

"아!"

십방보가 탄성을 내뱉었다. 예운향의 손에서 형상을 갖추는 것은 한 마리의 새였다. 기로써 새의 형상을 만들어낸 것이다.

냉기가 모여 만든 새의 형상은 이내 날갯짓을 하며 허공으로 날아가다 사라졌다.

"잘 가요."

그것이 예운향 나름대로 상유촌 사람들에게 하는 작별의식이었다.

한청이 대장간에서 나온 것은 그로부터 열흘이 지난 후였다. 그런 그의 손에는 직접 만든 한 자루 검이 들려 있었다. 예전 혈루검(血淚劍)이라는 섬뜩한 별호로 강호를 질주할 때 사용했던 검과 똑같은 형태의 검이었다.

한청은 검을 자신의 허리춤에 찼다. 그 모습이 잘 벼려진 명검을 보는 것 같았다. 검을 직접 제작하면서 한청은 자신 역시 갈고닦았다. 지금 그의 마음은 허리에 걸린 검처럼 날카롭게 날이 서 있었다.

그가 예운향에게 물었다.

"사영은?"

"아직도 그곳에 있어요."

"그런가?"

한청이 고개를 끄덕였다. 그는 더 이상 묻지 않고 거처로 돌아갔다.

슥슥!

그때부터 한청의 거처에서는 검을 닦는 소리만 흘러나왔다.

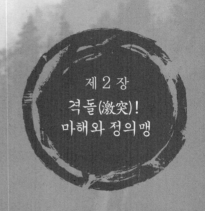

제 2 장
격돌(激突)!
마해와 정의맹

마성(麻城)에는 정의맹의 지부가 존재한다. 장강과 근접한 마성의 지리적인 중요성 때문에 정의맹에서는 이곳에 심혈을 기울여 지부를 구축했다.

인원수 오백 명의 무인들은 모두 인근의 문파들에서 차출했고, 지부장은 정의맹에서 파견했다. 지부장의 이름은 낙천호, 그는 특이하게도 두 자루의 검을 사용하는 쌍검술의 달인이었다.

낙천호는 무기만큼이나 경력 역시 특이했다. 그는 군문(軍門)에서 복무한 경험이 있었다. 무인이면서도 전장을 경험한 것이다. 그런 경험을 높이 사서 정의맹에서는 그를 마성의 지부장으로 임명했다.

낙천호를 지부장으로 임명한 것에서 알 수 있듯 마성은 정의맹의 중요한 거점이었다. 이곳에서는 장강의 상황을 한눈에 파악할 수 있을 뿐 아니라 수많은 정보들이 모이는 중요한 곳이었다. 그 때문에 이곳 마성지부는 그 어떤 지단이나 지부보다 더욱 견고한 방어선을 구축하고 있었다.

오백 명이 넘는 무인들이 한 공간에서 북적거리면서 살아가다 보니 마성지부는 항상 사람들로 북적였다. 마성지부에는 단지 무인 오백 명만 있는 것이 아니다.

무인들이 최적의 상태에서 신교의 무인들과 맞서 싸울 수 있도록 도와주는 수많은 식솔들이 같이 마성지부에 머물고 있었다.

신교가 정의맹을 정벌하겠다고 천명한 이후 이곳 마성지부는 제일 먼저 비상상태에 들어갔다. 정문을 걸어 잠그고, 철저하게 출입인원을 통제했다.

그리고 언제라도 전투를 치를 수 있도록 만반의 준비를 갖췄다. 그 때문에 마성지부 안에는 한겨울의 찬바람만큼이나 차가운 기운이 감돌았다.

이른 새벽 장 숙수는 졸린 눈을 비비고 일어났다. 장 숙수는 오백 명이 넘는 마성지부의 끼니를 책임지고 있었다. 본래 유명한 객잔의 알아주는 숙수였던 그는 마성지부의 지부장인 낙천호와의 개인적인 인연으로 이곳에 와서 일하게 됐다.

말이 오백 명이지, 그 많은 사람들의 식사를 책임지는 것은 결코 쉬운 일이 아니었다. 그 때문에 새벽 일찍부터 일어나 식사를 준비해야 했다. 장 숙수 외에도 보조 숙수 십여 명이 더 있었지만, 그들을 감독하고 일 전체를 진행하는 것은 모두 장 숙수의 책임이었다. 그 때문에 장 숙수는 찬바람을 헤치며 주방을 향했다.

"아! 춥다."

절로 춥다는 소리가 입 밖으로 흘러나왔다. 그 때문인지 그의 얼굴은 유독 어두워 보였다.

그가 어깨를 문지르며 주방으로 들어섰다.

"나오셨습니까?"

"어서 오십시오."

그가 들어서자 보조 숙수들이 앞을 다퉈 인사를 해왔다. 장 숙수는 고개를 끄덕이며 말했다.

"재료는 모두 다듬어 놨느냐?"

"예! 이제 거의 다 되었습니다."

"서두르거라."

"예!"

장 숙수가 고개를 끄덕이며 재료들을 살피기 시작했다. 모두 어젯밤 미리 들여놓은 것들이라서 재료는 싱싱했다. 하지만 그는 꼼꼼하게 재료들을 검수했다. 혹시라도 상한 재료가 있다면 오백 명에 이르는 무인들이 탈이 나게 되기 때문이다.

주위 사람들이 이제 그런 일은 후배들에게 맡기고 음식만 만들라고 해도 그는 상관하지 않았다. 처음 일을 배울 때부터의 습관이었기 때문이다.

때문에 십여 명의 보조 숙수들은 그런 장 숙수의 행동을 이상하다고 생각하지 않았다. 그 때문에 재료를 살피는 장 숙수의 손이 간혹 하얀 가루를 뿌리는 모습을 미처 보지 못했다.

"음! 재료는 괜찮군. 담호야."

"예! 장 숙수님."

보조 숙수 중 담호라는 청년이 대답했다. 이제 스물 후반의 담호는 경력 면이나 실력 면에서 장 숙수를 제외하면 단연 최고였다.

"오늘은 네가 책임을 지고 음식을 만들어 보거라."

"그럼 장 숙수님께서는?"

"아까부터 오한이 느껴지는 것이 그리 몸 상태가 좋지 않은 것 같구나. 나는 그저 지켜볼 테니까 오늘은 네가 책임을 지고 음식을 만들거라."

"감사합니다. 열심히 하겠습니다."

담호가 기쁜 얼굴을 했다. 장 숙수에게 인정을 받았다고 생각했기 때문이다. 장 숙수가 할 줄 아는 음식은 그도 할 줄 알았다. 하지만 인정을 받는 것은 별개의 일이었다. 장 숙수에게 인정을 받았다는 것은 담호가 차후 이곳 주방의 총 책임자가 될 가능성도 있다는 뜻이었다.

담호가 바쁘게 움직이고 있었다. 그 모습을 바라보는 장 숙수의 표정은 그다지 밝지 않았다. 하지만 이상하게 생각하는 사람은 없었다. 그저 장 숙수의 몸이 좋지 않다고만 생각했기 때문이다.

　이미 주방에서만 십 년 가까운 세월을 보낸 담호였다. 장 숙수가 지켜보든 그렇지 않든 그는 무척이나 능숙하게 일했다. 다른 보조 숙수들에게 명령을 내리고, 일을 진행하는 모습이 노련하게 보였다.

　그렇게 두 시진 만에 오백 명의 식사가 준비됐다. 식사가 준비되자 오백 명의 무인들이 돌아가면서 식당 안으로 들어왔다. 그들은 저마다 맛있다는 이야기를 하며 담호의 음식솜씨를 칭찬했다. 오늘은 다른 날보다 특별히 음식이 맛있게 느껴졌던 까닭이다.

　"아침부터 든든하니 좋은데."

　"그러게. 오늘 아침은 제대로네."

　사람들의 입가에 만족스런 미소가 떠올랐다.

　기름진 음식과 뜨거운 국물, 이렇게 추운 날에 딱 어울리는 음식들이었다.

　오백 명분의 식사는 금세 동이 났다. 하지만 주방 안의 사람들은 쉴 틈이 없었다. 이제부터 설거지를 하고 또다시 오백 명분의 점심식사를 준비해야 하기 때문이다.

　장 숙수는 사람들이 모두 만족스럽게 식사를 한 것을 보고 자리에서 일어나며 담호에게 말했다.

"오늘 점심도 네가 준비하거라."

"장 숙수님은요?"

"도축장의 막 노인이 보자고 하더라. 아마도 고기를 납품하는 일 때문에 그러는 것 같은데 직접 보고 와야 할 것 같구나."

"알겠습니다."

담호는 기쁜 표정을 숨기지 않았다. 이제 장 숙수가 완전히 자신을 인정했다고 생각했기 때문이다. 장 숙수는 그런 담호의 어깨를 두어 번 두들겨 주고는 밖으로 나갔다. 그 누구도 휘적거리며 마성지부를 나서는 그를 붙잡지 않았다.

장 숙수가 있거나, 없거나 마성지부의 일과는 변하지 않았다. 무인들은 순찰을 돌고, 숙수들은 음식을 준비하고, 수뇌부들은 만일의 상황을 대비해 대책을 의논했다.

마성지부의 정문에는 십여 명의 무인들이 경계를 서고 있었다. 좀 전에 장숙수가 나간 이후로 마성지부에 출입하는 사람은 없었다. 하지만 그래도 그들은 경계를 늦추지 않았다. 그들역시 지금이 어떤 상황인지 잘 알고 있었기 때문이다.

문득 경비무사 중 한 명이 인상을 찡그리며 말했다.

"이거 배가 살살 아파 오는데."

"그래? 나도 아까부터 슬슬 신호가 오는데."

"아니, 자네도?"

경비무사들이 서로의 얼굴을 바라보았다. 사실 그들은 조금 전부터 공통적으로 복통을 느끼고 있었다. 고통이 그다지 크지 않아 대수롭지 않게 여겼는데, 모두가 동시에 복통을 앓고 있다고 하니 무언가 이상하다고 느낀 것이다.

퍽!

그때 맨 처음 배가 아프다고 말했던 무사의 머리에 화살이 날아와 꽂히며 피가 팍 튀었다. 무사는 비명도 지르지 못하고 절명했다. 잠시 영문을 몰라 하던 다른 무사들은 얼굴에 피가 튀고 나서야 상황을 깨달았다.

"저, 적이다."

"습격이다."

무사들이 소리를 치는 그 순간에도 화살이 날아들었다.

퍼버벅!

또다시 두 명의 무사가 외마디 비명과 함께 쓰러졌다. 나머지 무사들은 적의 실체를 확인할 여유도 없이 급히 안으로 들어가 정문을 걸어 잠갔다. 그들은 정문 옆에 있는 종을 울렸다. 그러자 마성지부 전체가 들썩이기 시작했다.

"무슨 일이냐?"

당장 낙천호가 달려 나왔다.

성벽 위에서 밖을 바라보던 그의 얼굴이 일그러지는 데는 그리 오랜 시간이 걸리지 않았다.

마성지부를 둘러싸고 있는 수많은 사람들. 그들 사이로 삐

죽 튀어나온 많은 깃발들이 낙천호의 시선을 끌었다.

신교출세(神敎出世) 만인앙복(萬人仰伏)

"마해인가?"

낙천호의 얼굴 표정이 딱딱하게 굳었다.

한눈에 보아도 그들이 마해의 무인들이라는 사실을 알 수 있었다.

마해의 선두에는 활을 든 수십 명의 무인들이 있었다. 좀 전의 화살은 그들이 날려 보낸 것이리라.

낙천호가 공력을 끌어올리며 사자후(獅子吼)를 터트렸다.

"마해의 잡졸들인가?"

큰 목소리로 사자후를 터트리던 낙천호의 얼굴색이 갑자기 변했다. 공력이 원활하게 운용되지 않았기 때문이다. 그것은 다른 이들도 마찬가지였다. 그들 역시 공력이 뜻대로 운용되지 않는단 사실을 깨달았다.

"이건?"

그 순간 저쪽에서 한 가닥 웅혼한 음성이 들려왔다.

"후후! 당황스러운가? 하긴 그렇겠지. 공력이 마음대로 운용되지 않으니까."

"무슨 짓을 한 것이냐?"

"후후! 별거 아니야. 그저 약간의 산공독을 오늘 아침 재료에 풀었을 뿐."

상대의 조소에 낙천호의 눈에 침중한 빛이 떠올랐다. 그가 수하들을 보며 말했다.

"이게 무슨 말이냐? 산공독이라니? 오늘 아침 주방은 장 숙수가 책임지지 않았느냐?"

"저, 그것이 장 숙수가 아침 일찍 본지부를 빠져나갔다고 합니다."

"그럼 장 숙수가 음식에 산공독을 뿌렸단 말이냐?"

"아무래도 정황상 그런 것 같습니다."

"으음!"

낙천호의 입에서 절로 침중한 신음성이 흘러나왔다.

장 숙수는 그가 오랫동안 믿어왔던 사람이었다. 그 때문에 특별히 초청해서 마성지부의 음식을 맡기지 않았던가? 그런 그가 배신하고 산공독을 뿌렸단 사실이 쉽게 믿기지 않았다.

상대편에서 또다시 사자후가 들려왔다.

"두 번 말하지 않겠다. 항복하라. 항복하면 목숨만은 살려주겠다."

"닥치거라. 우리 정의맹은 결코 마해에 항복 따위는 하지 않는다."

"후후! 산공독에 중독되어 평상시 공력의 반밖에 운용하지 못하면서도 버티겠다는 것인가?"

"우리는 결코 이따위 너저분한 협박에 굴복하지 않는다. 얼마든지 덤비거라. 우리의 기개를 보여주마."

낙천호가 더욱 목소리를 높였다. 그는 상대의 협박에 결코 굴하지 않았다. 우두머리가 그렇게 기개를 높이자 불안한 표정을 짓던 정의맹의 무사들도 결연한 표정을 지었다.

그 모습을 보며 마해의 무인들 중 선두에 서 있던 자가 히죽 미소를 지었다. 그가 이제까지 낙천호와 대화를 했던 것이다.

그의 오른쪽 팔은 섬뜩하게도 의수였다. 그것도 보통의 의수가 아닌 재질을 알 수 없는 금속으로 만든 의수. 천하에 이런 의수를 가지고 있는 사내는 단 한 명밖에 없었다.

독황(毒皇) 당천위.

오랫동안 모습을 감추었던 그가 다시 전선에 모습을 나타낸 것이다. 장 숙수에게 산공독을 주어 마성지부의 무인들을 중독시킨 이도 바로 당천위였다.

무색(無色), 무미(無味), 무취(無臭)이기 때문에 그의 산공독은 결코 인간의 감각으로는 감지할 수 없었다.

장 숙수는 얼마 전 신교에 포섭된 자였다. 정의맹 마성지부에서는 다른 사람들의 신분이나 마해와의 관계를 철저하게 조사했지만, 장 숙수만큼은 그러지 않았다. 장 숙수와 낙천호와의 관계를 잘 알고 있기 때문이다. 당천호는 그런 사람들의 심리적인 맹점을 이용해 장 숙수에게 산공독을 주어 파견했다. 덕분에 정의맹 마성지부의 무인들은 산공독에 중독되어 지닌바 힘이 반감되고 말았다.

지금 이 순간 당천위는 재밌어 죽겠다는 표정을 짓고 있었다. 실제로도 그는 지금 상황이 재밌어 견딜 수가 없었다.

그는 마해의 정의맹 격파의 선봉에 섰다. 그의 공격을 기점으로 대륙 전역에서 정의맹 지부에 대한 마해의 총공격이 시작될 것이다. 수많은 사람들이 죽어갈 것이고, 결국 천하는 신교의 것이 되고 말 것이다.

당천위는 확신했다. 아무리 정의맹이 반항하더라도 워낙 힘의 격차가 컸다. 결국 아무리 그들이 발악을 하더라도 결과는 이미 정해져 있는 것이나 다름없었다.

"뭐, 이렇게 심심파적으로 정의맹을 짓밟으면서 기회를 보는 것도 그리 나쁘지는 않지."

그는 아직까지 마해의 지배자가 되겠다는 야망을 버리지 않았다. 오히려 그의 야망은 시간이 갈수록 더욱 강렬해지고 있었다. 열망이라고 불러도 좋을 정도로 말이다.

"그럼 시작해 볼까? 천하난세(天下亂世)의 시작을 이 손으로 여는 것도 의미가 있을 테니까. 시작해."

"존명!"

처척!

그의 명령이 떨어지자 마해의 무인들이 마성지부를 향해 일제히 돌진하기 시작했다. 이미 그들은 마성지부의 무인들이 산공독을 복용한 사실을 알고 있었다. 평상시보다 능력이 반감한 상대와 싸우는 일에 망설일 이유가 없었다.

"와아아아!"

이내 함성이 울려 퍼지며 치열한 격전이 벌어졌다.

당천위는 그들 싸움에 직접 참여하지 않았다.

이미 십대초인의 반열에 오른 그가 이런 진흙탕 싸움에 발을 담글 이유는 없었다. 단지 그는 여건만 마련해 주고, 즐길 뿐이었다.

그의 눈앞에서 일진일퇴(一進一退)의 치열한 격전이 벌어졌다.

결국 그날 정의맹 마성지부는 몰살을 당하고 말았다. 제아무리 그들이 의기로서 일어났다고 하지만, 공력이 반 동강이 난 상태에서 마해의 공세를 견딜 수는 없었다.

마성지부장 낙천호는 당천위의 독수에 당해 흔적도 없이 녹아 버렸고, 오백 명에 이르는 마성지부의 무인들은 단 한 명도 살아남지 못했다.

어제까지 정의맹의 소유였던 마성지부에는 마해를 뜻하는 깃발이 올라갔다. 이제부터 이곳은 마해의 소유였다.

마성지부를 시작으로 수많은 정의맹의 지부들이 마해의 습격을 받았다. 그리고 대부분의 지역에서 마해가 승리를 했다. 정의맹은 별반 대응도 하지 못하고 속절없이 뒤로 밀렸다.

                    *   *   *

상황은 최악으로 치닫고 있었다.

마해는 장강을 넘어 정의맹을 향해 진군을 시작했다. 마성지부를 시작으로 수많은 지부와 지단이 마해에 의해 무너졌다. 마해는 거친 해일과도 같았다. 그들은 가로막는 모든 것을 부수며 정의맹을 향했다.

지부와 지단들이 연이어 무너지자 정의맹에서는 아직 멀쩡한 지부에 있던 무인들마저 철수시켰다. 전력을 분산시킨 상태에서는 마해에 대항할 수 없다는 사실을 깨닫고 공성전으로 전략을 바꾼 것이다.

정의맹이 각 지부에서 인원을 철수시키자 그 자리를 마해의 정예들이 대신 차지했다. 그들은 정의맹의 지부가 있던 자리에 마해의 교단을 세웠다. 이제까지 정의맹 때문에 장강 이북에 포교를 하지 못했던 한이라도 푸는 듯 마해는 급속도로 세를 확장해 갔다.

이러한 상황 속에서 마해는 정의맹에 대한 포위망을 서서히 완성해 갔다. 그들은 서두르지 않고 정의맹을 중심으로 천라지망(天羅之網)을 구축하기 시작했다. 서서히, 하지만 확실하게 숨통을 끊기 위한 포위망이 완성되어 가는 것이다.

사람들은 숨을 죽였다. 현 천하는 마해의 천하였다. 모두가 정의맹이 오래가지 않아 남천련처럼 멸망할 거라고 생각했다. 지금까지 보여준 마해의 저력은 그 정도로 무서웠다.

그러나 마해가 급속도로 세를 확장하면서 부작용도 서서히 나타나기 시작했다. 마해의 이름을 도용해 약탈을 하는 자들이 나타나기 시작한 것이다. 마해의 이름을 앞세워 유지들의 집을 터는 자들이 나타났고, 천마 소운천의 이름을 파는 자들도 모습을 보이기 시작한 것이다.

너무 급작스럽게 세력을 확장하다 보니 내부 단속이 되지 않기에 일어난 일이었다. 하지만 마해는 그런 사소한 문제점들을 무시했다. 지금 사소한 문제를 해결하는 것보다 정의맹을 병탄한 후 정비를 하는 것이 훨씬 효과적일 거라고 판단했기 때문이다.

천하는 혼돈 속으로 빠져 들어갔다. 마해는 전 방위에서 정의맹을 포위한 채 서서히 좁혀 들어왔고, 소운천과 구유마전단이 직접 정의맹을 정벌하기 위해 움직였다는 소식이 천하를 뒤흔들었다.

소운천과 구유마전단의 출전 소식에 정의맹이 크게 요동쳤다. 그렇지 않아도 밀리고 있었는데, 마해 최고의 고수라고 할 수 있는 소운천과 구유마전단의 출전은 그들의 기를 꺾기에 충분했다. 이미 소운천과 구유마전단의 무서움은 세상에 널리 알려져 있었다.

도창의 성전에서 정의맹까지는 두 달 거리. 사람들은 두 달이 지나면 마해의 세상이 되어 있을 거라고 말했다.

조양(棗陽) 역시 마해에 의해 점령된 곳 중 하나였다. 원래 이곳에는 정의맹의 지단이 있었지만, 지금은 마해의 교단으로 바뀌어 있었다.

조양을 점령했던 마해의 주요 전력들은 정의맹 본단을 치기 위해 빠져나갔고, 대신 마해의 신관들이 조양에 들어와 교단을 만들고, 포교를 하기 시작했다.

현세에 지치고 힘들어하던 이들은 급속히 마해에 빠져들었다. 내세에서 더욱 좋은 삶을 살게 될 거라고 유혹하는 마해의 속삭임에 많은 사람들이 열광적인 지지를 보냈다.

마해를 욕하는 자들은 쥐도 새도 모르게 숙청을 당했고, 인근의 조그만 무관들은 문을 걸어 잠근 채 그런 마해의 포교를 모른 척 눈감아 주었다. 예전 같으면 감히 상상도 할 수 없는 일이었다.

조양에 남은 마해 교단의 책임자는 구천양이란 자였다. 구천양은 본래 조양 출신이었다. 그는 조양에 있는 대북도관(大北刀館)이라는 조그만 무관에서 무공을 배웠다.

대북도관의 주인인 조문의는 일대에 널리 알려진 대협이었다. 조양 사람들은 그가 얼마나 인의지심이 충만한지 잘 알고 있었다.

사실 조양에서 살아가는 사람치고 그에게 도움을 받지 않은 자는 단 한 명도 없다고 말할 수 있을 것이다. 그 때문에 많은 이들이 조문의를 존경했다.

구천양은 조문의 밑에서 무공을 배웠다. 하지만 그는 스승 조문의와 달리 성격이 급했고, 허영심이 많았다. 그 때문에

해서는 안 될 실수를 여러 차례 저질렀고, 결국 스승인 조문의의 분노를 사고 말았다.

조문의는 구천양을 문하에서 쫓아냈다. 대북도관에서 쫓겨난 구천양은 결국 조양을 떠날 수밖에 없었다. 대북도관의 영향력이 가득한 조양에서 더 이상 살 수 없었기 때문이다. 그런 구천양이 마해의 신관이 되어 다시 조양으로 돌아왔다.

푸르르!

조문의의 하얀 수염이 떨리고 있었다.

그의 눈앞에는 하얀 도포를 입은 구천양이 생글거리는 얼굴로 서 있었다.

"흐흐! 오랜만이지요?"

"네놈은 천양? 네놈이 어찌 다시 이곳에 나타난 것이냐?"

"말씀 가려 가며 하시지요? 저는 예전의 힘없던 천양이 아닙니다. 지금 저는 신교의 조양지부 교단주입니다."

구천양의 말처럼 그의 좌우에는 마해를 뜻하는 옷을 입은 자들이 늘어서 있었다. 그들은 조문의의 대북도관을 포위한 채 노려보고 있었다. 구천양의 명령만 떨어지면 언제든 덤벼들 태세였다.

"천양, 네가 마해에 들어갔더냐?"

"흐흐! 저 같은 자들에게 신교는 천국과 같더이다. 회개를 한다면 자리를 주고, 충성을 맹세하면 무공을 가르쳐 주더이다. 덕분에 남부럽지 않은 무공을 익히게 되었지요."

"너 같은 자에게 무공을 가르쳐 주었단 말이냐? 도대체 마해가 무슨 생각으로."

"옛정으로 충고해 주는데 이들 앞에서는 마해라고 안 하는 것이 좋을 것입니다. 이들은 마해라는 말을 아주 싫어하니까요. 신교라는 좋은 단어가 있는데 굳이 마해라고 부를 필요는 없지 않을까요?"

"시끄럽다, 이놈. 나에게 마해는 영원히 마해일 뿐이다. 마해 같은 사교가 어찌 신교가 될 수 있단 말이냐?"

꿈틀!

순간 구천양의 좌우에 서 있던 자들의 표정이 변했다. 그들은 모두 마해의 열혈지지자들로, 골수까지 마해의 사상에 물들어 있었다. 그들은 조문의가 마해를 비하하는 말을 하자 화를 참지 못하고 그대로 표정으로 드러냈다. 그러자 엄청난 살기가 대북도관과 조문의를 압박했다.

구천양이 히죽 웃으며 말을 이었다.

"당신이 우리를 어떻게 생각하든 내가 알 바 아닙니다. 단지 당신은 우리에게 모든 재물을 넘겨주기만 하면 되니까."

"내가 왜 재물을 너희 같은 불한당들에게 넘겨준단 말이냐?"

"여태까지 조양에서 터를 잡고 부를 누리며 살아왔으니 이제는 환원할 때도 되지 않았습니까? 좋은 말로 할 때 대북도관의 모든 재산을 신교에 기부하고 이곳 조양을 떠나시지요.

그러면 제가 무사히 보내드리겠습니다."

"놈! 말이 되는 소리를 하거라. 내가 왜 이곳을 떠나야 한단 말이냐?"

"그것이 제 뜻이니까요. 아직 세상 바뀐 것을 잘 모르는 모양인데 이제 세상의 주인은 신교입니다. 신교의 세상에서 신교의 뜻을 거스르고는 살아갈 수 없는 법이지요. 그러니까 좋은 말로 할 때 전 재산을 남기고 떠나십시오. 그게 당신과의 옛정을 생각해서 내가 해줄 수 있는 최선입니다."

"그럴 수는 없다. 이곳은 나의 고향. 죽어도 이곳에 뼈를 묻을 것이다. 그리고 너희 같은 사교단체에게 넘겨줄 재산 따위는 없다. 차라리 이곳에 있는 사람들에게 무상으로 나눠주면 모를까."

"그 일을 저희가 대신 하겠다는 겁니다."

구천양은 여전히 능글맞은 표정으로 대답했다.

만일 예전의 그였다면 조문의의 기세에 놀라 뒤로 물러나거나, 겁을 집어먹었을 것이다. 하지만 이제는 그럴 필요가 없었다. 그의 곁에는 마해의 고수들이 있었다. 이들이 자신을 따르는 한 조양의 작은 무관인 대북도관의 관주 따위를 두려워할 필요가 없었다.

"마지막으로 말하겠습니다. 모든 재산을 저희에게 주고 이곳을 나가십시오. 그럼 한 목숨 온전히 보존해 줄 테니까."

"싫다면?"

"뭐, 오늘이 대북도관 최후의 날이 되는 거지요. 어렵게 생각할 필요 없습니다."

"그런 협박 따위로 나를 어찌할 수 있을 거란 생각은 하지 않는 것이 좋을 것이다. 내가 두 눈을 시퍼렇게 뜨고 살아 있는 한 그 누구도 대북도관을 어찌할 수 없다."

"저런, 저런! 정말 말귀가 통하지 않는 분이시군요. 뭐, 그렇다면 어쩔 수 없죠. 원하시는 대로 해드리는 수밖에."

구천양이 고갯짓을 했다. 그러자 그의 곁에 있던 마해의 무인들이 서슬 퍼런 기세를 흘리며 대북도관을 향해 다가갔다.

촤앙!

그 순간 조문의가 허리에 차고 있던 도를 꺼내들었다. 그가 막강한 기세를 피워 올리며 말했다.

"내 분명히 말하지만 그 누구도 대북도관을 건들 수는 없다. 너희 같은 사교도들에게 굴복할 나 조문의가 아니다."

하지만 구천양과 함께 온 사람들 중 그의 말에 대답하는 사람들은 없었다. 이미 그들은 약탈자의 얼굴을 하고 있었다. 제아무리 조문의가 기세와 목소리를 높이더라도 그들은 신경조차 쓰지 않았다. 그들에게는 대북도관이 탐스런 먹이로 보일 뿐이었다.

구천양이 말했다.

"오늘부로 대북도관의 모든 재산은 신교의 이름으로 압수한다. 모두 거둬들여."

"옛!"

구천양의 말이 끝나기 무섭게 마해의 무인들이 일제히 대북도관을 향해 달려들었다. 조문의와 대북도관의 제자들이 그에 맞서 싸웠다. 하지만 이건 누가 봐도 처음부터 상대가 되지 않는 싸움이었다.

조문의가 아무리 강하다 해도 결국은 조양이란 지역의 조그만 무관의 관주에 불과할 뿐, 천하를 아우르는 거대세력인 마해의 고수들을 당할 수는 없었다.

쉬악!

"컥!"

"이 더러운 마해의 잡졸들. 으아악!"

대북도관의 무인들이 뜨거운 피를 흘리며 쓰러졌다.

마해의 무인들은 잔인했다. 그들은 결코 자신들에게 대항하는 자를 그냥두지 않았다. 그들은 무기를 들고 앞을 막은 자들을 잔인하게 도륙했다.

곳곳에서 선혈이 튀고 살점이 으스러지는 소리가 들렸다. 사람들의 처참한 비명소리가 조양을 울렸다.

어쩌면 구천양은 처음부터 이렇게 될 줄 알고 있었는지 몰랐다. 그는 조문의의 성격을 너무나 잘 알고 있었다. 조문의는 청렴할 뿐만 아니라 대쪽 같은 성격을 가지고 있어 절대 외부의 협박이나 설득에 귀를 기울일 사람이 아니었다. 그런 사실을 잘 알기에 구천양은 조문의의 심기를 자극했고, 그 결과 원하는 바대로 상황이 진행되고 있었다.

비록 조문의가 강하긴 했지만, 마해의 고수 서넛이 한꺼번에 달려들자 손발이 어지러워져 여기저기 부상을 입고 말았다. 결국 그는 가슴에 길게 자상을 입고 바닥에 쓰러지고 말았다.

"쯧쯧! 그러게 말을 들을 것이지."

구천양이 고개를 흔들며 조문의에게 다가갔다. 그는 피 칠갑을 한 채 바동거리는 조문의 앞에 쪼그려 앉아 조소했다.

"흐흐! 후회해도 늦었소. 사부. 이제 대북도관의 모든 것은 신교의 것이 될 것이오."

"네놈이…… 네놈이 그러고도 사람이냐?"

"세상은 바뀌었는데 사부만 그 사실을 모르고 있었던 것이오. 본래 시세(時勢)를 알아야 준걸(俊傑)이라고 했소."

"크윽!"

"흐흐! 잘 가시오."

"이놈!"

퍼억!

순간 욕설을 내뱉던 조문의의 머리가 그대로 터져 버렸다. 구천양이 손을 쓴 것이다.

구천양이 피에 젖은 손을 조문의의 시신에 슥슥 닦으며 일어났다. 그의 눈에 겁에 질린 채 한쪽에서 오들오들 떨고 있는 조문의의 식솔들이 보였다. 그중에서도 특히 눈에 들어온 이는 바로 조문의의 외동딸인 조양혜였다. 조양혜는 무척 청순한 외모에 늘씬한 체형을 가진 미녀였다.

구천양이 특유의 미소를 지으며 조양혜에게 다가갔다.

"흐흐! 예전부터 너는 나를 짐승 보듯 바라봤지. 바로 지금처럼 말이야."

"아, 악마 같은 놈."

"마음대로 지껄여도 상관없다. 너는 이제 악마 같은 놈에게 몸을 뺏길 테니까."

"어림없다. 너 같은 자에게 욕을 당하느니 내 스스로 혀를 깨물어 자결하고 말겠다."

"그럼 자결하지 않고 무엇 하느냐? 하지만 자결해도 소용없다. 설령 네년의 숨이 끊어지더라도 욕심을 채우고 말테니까. 뭐, 죽은 계집하고 하는 것도 나쁘지는 않겠지."

"이익!"

조양혜가 노려보는 순간 구천양이 번개같이 손을 내저었다. 그러자 조양혜의 마혈이 제압당하며 온몸이 뻣뻣하게 굳었다.

"흐흐! 좀 전에 한말은 취소다. 역시 운우지락은 살아 있는 계집하고 하는 것이 최고지."

그는 조양혜를 들쳐 업고 방으로 들어갔다. 그 순간에도 마해의 고수들은 대북도관의 모든 생명체를 도륙하고 있었다. 그들은 잔인하게 모든 대북도관의 사람들을 살해하고, 모든 재산을 약탈했다. 그 모든 것이 마해의 이름으로 이뤄진 만행이었다.

한편 대북도관 밖에서는 사람들이 그런 광경을 보고 있었다. 그들은 이제까지 조양의 명문으로 자리를 잡았던 대북도관이 어떻게 무너지는지 두 눈으로 똑똑히 보았다.

사람들의 얼굴은 공포에 질려 있었다. 이제까지 대북도관에 숱한 도움을 받았던 사람들이었지만, 누구 하나 나서는 사람이 없었다. 괜히 나섰다가 대북도관의 사람들처럼 마해의 목표가 될까 두려운 것이다.

많은 사람들이 그저 안타까운 눈으로 바라볼 뿐이었다. 그들 중에는 낯익은 얼굴도 섞여 있었다.

'이놈들!'

이빨을 꽉 깨문 채 대북도관에서 자행되는 학살을 말없이 바라보는 사내는 도정옥이었다.

도정옥은 환사영의 명을 받고 밀명을 수행하고 있었다. 그와 마찬가지로 다른 정보부 소속의 무인들 역시 천하 각지에서 밀명을 수행하고 있었다.

대낮에 벌어지는 천인공노할 일을 보면서도 그는 앞으로 나설 수 없었다. 대신 그는 눈앞에서 벌어지는 끔찍한 일을 머릿속에 똑똑히 담아두었다.

마해가 점령한 지역에서 흔히 벌어지는 일이었다. 마해는 이런 일들이 일어나지 않게 통제하려 했지만, 너무나 많은 이들을 한번에 흡수하면서 각종 부작용을 양산해냈다.

도정옥은 이런 일들을 자신의 눈으로 확인하고 꼼꼼히 기록했다. 대북도관처럼 억울하게 멸문을 당한 사례를 수집하고, 마해의 교리가 실제와 얼마나 괴리가 있는지 철저하게 조사했다. 그것이 지난 몇 달 동안 그가 한 일이었다.

도정옥이 아직도 눈을 부릅뜨고 있는 조문의 시선을 보며 나직하게 중얼거렸다.

"미안하오. 하지만 그들에게 이 일에 대한 대가를 반드시 치르게 하겠소."

도정옥과 정보부의 무인들은 그날부터 은밀한 소문을 천하에 퍼트렸다. 그것은 바로 마해의 실체에 관한 것이었다.

마해의 점령지에서 어떤 일이 벌어지고 있는지, 그들의 교리가 얼마나 허황된 것인지를 조목조목 따져서 소문을 퍼트린 것이다. 소문은 급속도로 천하로 번져 나갔다.

마해에서는 이에 소문의 근원지를 찾아내 뿌리를 뽑으려고 했지만 소용없었다. 본래 도정옥은 이런 일에 매우 능숙한 사람이었다. 그는 양산호의 기린상단뿐만 아니라 이용할 수 있는 모든 것을 이용했다.

상인들의 입을 통해, 또 하오문도들의 입을 통해 들불처럼 번져가는 소문들. 하지만 아직까지는 그 누구도 알지 못했다. 이 일의 파급력이 얼마나 확대될 것인지 말이다.

＊　　　　＊　　　　＊

"아무래도 누군가 장난을 치고 있는 것 같습니다."

"그렇겠지. 그렇지 않고서는 소문이 이렇듯 빨리 퍼질 리 없으니까. 하지만 상관없어. 이미 대세는 신교 측으로 기울어졌으니까."

수하의 보고에 당천위가 심드렁한 표정을 지었다.

정의맹의 마성지부를 몰살시킨 후 그와 마해의 고수들은 북상을 하고 있는 중이었다. 그런 당천위의 귀에도 한 가닥 소문이 흘러들어왔다. 그것은 바로 마해에 관한 것이었다. 하지만 당천위는 신경도 쓰지 않았다.

그는 소문 따위에 신경 쓸 만큼 한가한 사람이 아니었다. 그의 신경은 온통 정의맹에 집중되어 있었다. 정의맹만 무너트리면 환사영과의 최후 결전을 할 수 있었다. 그에게 치욕을 안긴 유일한 존재, 환사영을 발밑에 놓는 것이 당천위의 가장 중요한 목적이었다.

그에게 한 가지 유희가 있다면 마해의 군단을 이끌고 올라가면서 자신에게 대항하는 자들에게 처벌을 내리는 것이었다. 그는 당문(唐門)에 있을 때 감히 시험해 보지 못했던 각종 독물을 포로들이나 대항하는 자들에게 사용했다.

그들이 고통에 겨워하는 모습을 보며 당천위는 쾌락을 느꼈다. 그런 그를 제지하는 사람은 아무도 없었다. 이미 마해 안에서도 자신만의 입지를 단단히 구축한 당천위였다. 같은 편이라도 섬뜩하게 만드는 가공할 독공 앞에서 사람들은 감히 그의 심기를 건들 수 없었다.

당천위는 매일같이 새로운 독을 만들어내거나, 연구를 했다. 북상을 할수록 독에 대한 그의 성취는 점점 높아져만 갔고, 이제는 숨을 쉬는 것만으로도 주위에 있는 생명체를 중독시킬 수 있는 경지에 이르렀다. 그 때문에 그의 곁에 있는 자들은 독공을 익히거나, 미리 준비한 해약을 복용하지 않으면 안 될 정도였다.

당천위는 사람들이 자신을 두려워하고 있다는 사실을 즐겼다. 공포에 질린 눈으로 자신의 눈치를 보는 사람들의 반응이 즐거워 견딜 수가 없을 정도였다.

"다음 목표는 어디지?"

"이곳에서 그리 멀지 않은 곳에 무영곡(無影谷)이라는 곳이 있습니다. 정의맹을 후원하는 문파로 지금은 문을 꼭꼭 걸어 잠그고 있습니다."

"잘됐군."

"그런데 한 가지 문제가 있습니다."

"문제?"

"그렇습니다. 무영곡은 절진으로 보호를 받고 있습니다. 또한 협곡이 좁고, 들어가는 입구가 한 곳뿐이라서 아무래도 많은 희생자를 낼 것 같습니다. 시간을 두고 착실하게 계획을 세워야 희생자를 적게 낼 것 같습니다."

"후후! 우리에게 가장 모자라는 것이 시간이지. 상관없어. 어떤 희생을 치르더라도 최단시간 안에 몰살시켜. 그래야 우리에게 대항하는 자의 최후가 어떻다는 것을 알고 저들이 두려워할 것 아닌가?"

"아, 알겠습니다."

당천위의 말에 부하가 급히 대답했다. 여기에서 자칫 대답을 늦게 했다가는 어떻게 되는지 그는 똑똑히 알고 있었다. 부하들에게도 당천위는 공포의 존재였다.

당천위가 의수로 이루어진 자신의 오른팔을 어루만졌다.

손끝에 느껴지는 섬뜩하리만큼 차가운 감촉이 이질적이었다. 이제 익숙해질만도 하건만 이 차가운 감촉은 언제나 낯설었다.

"놈! 가만두지 않겠다. 감히 나에게서 오른팔을 빼앗아가다니."

당천위가 환사영을 떠올렸다.

스스로 오른팔을 잘라냈던 그날 이후로 그는 단 한 번도 환사영을 잊어본 적이 없었다. 환사영 때문에 멀쩡했던 오른팔을 스스로 잘라내야 했던 경험은 그야말로 악몽이었다. 제아무리 의수가 정교하더라도 본래의 육신에 비할 수는 없는 법이었다.

"우선은 일영부터 쓰러트린다. 그 다음엔 마해를 나의 수중에 넣는다. 후후후!"

당천위의 입술을 비집고 절로 음산한 웃음이 흘러나왔다.

그는 결코 자신의 야망을 숨기지 않았다. 능력이 있다면 그에 합당한 대우를 받아야 한다는 것이 그의 생각이었다.

말 위에서 당천위가 생각에 잠겨 있는 사이 마해의 정예들은 어느새 무영곡 앞에 도착했다.

거대한 절벽으로 둘러싸인 무영곡. 겨우 어른 두세 사람이 어깨를 나란히 하고 들어갈 수 있는 조그만 협곡이 무영곡의 입구였다. 그리고 무영곡의 입구에는 짙은 운무가 구름처럼 끼어 있어 한 치 앞도 보이지 않았다.

무영곡(無影谷)은 정의맹을 후원하는 단체 중 꽤나 큰 세력을 형성하고 있는 문파였다. 수백 년 동안 천혜의 지형과 절진으로 보호받은 무영곡의 실체를 알고 있는 무림인들은 거의 존재하지 않았다. 단지 알려진 것이 있다면 무영곡에 각종 기화요초가 지천에서 자라고 있고, 수많은 절정비급들이 존재한다는 것이다.

뜬구름처럼 허황된 소문. 하지만 많은 이들이 소문을 진실로 믿었다. 그러나 그 누구도 소문을 확인하지 못했다. 무영곡은 들어갈 수 있어도 나올 수 없는 곳이었기 때문이다. 소문을 확인하기 위해 무영곡으로 들어갔던 무인들 중 자신의 발로 걸어 나온 이는 이제까지 존재하지 않았다.

무영곡의 실체를 아는 이는 오직 정파의 태두들뿐이었고,

몇몇 무림명숙들만이 그들과 왕래할 뿐이었다. 그 때문에 무영곡은 무림의 신비세력으로 인정받고, 두려움의 대상으로 군림했다. 그러나 무영곡을 바라보는 당천위의 눈에는 추호의 두려움도 보이지 않았다. 오히려 그의 입가에 떠오른 조소만이 더욱 비릿해졌을 뿐이다.

"후후! 무영곡, 오늘부로 이 세상에서 지워주지. 시작해."

"존명!"

당천위의 명령이 떨어지자마자 마해의 정예들이 분주하게 움직이기 시작했다. 당천위가 이끄는 자들은 모두 그에게서 독공(毒功)을 전수받고 있었다. 기존 당가(唐家)에서 내려오던 독술과는 전혀 다른 길을 걷고 있는 당천위의 독술을 전수받은 것이다.

마해의 교도들이 잠시 후 들고 나타난 것은 거대한 항아리였다. 특별히 밀봉된 거대한 항아리를 서너 명의 사내들이 끙끙거리며 무영곡 입구 앞으로 들고 갔다.

쿠우우!

낯선 침입자가 나타나자 무영곡의 운무가 살아 있는 생명체처럼 절로 요동치기 시작했다. 그러자 사내들이 감히 더 이상 접근하지 못하고 항아리를 운무의 바로 앞에 내려두고 밀봉해두었던 덮개를 열었다. 그리고 서둘러 뒤로 물러났다.

츠츠츠!

항아리 속에서 괴이한 소리가 흘러나왔다. 흙이 부서지는 소리 같기도 하고, 모래를 채에 거르는 듯한 소리 같기도 한 소름끼치도록 기분 나쁜 소리였다.

곧이어 항아리 속에 봉인되어 있던 존재의 실체가 드러났다.

츠으으!

기괴한 소리와 함께 항아리 밖으로 쏟아져 나오는 검은 모래알 같은 물체들, 그것은 거미였다. 수를 이루 헤아릴 수도 없을 만큼 엄청난 수의 독지주(毒蜘蛛)가 해일처럼 밀려나오는 것이다.

머리부터 발끝까지 모두 칠흑처럼 검은 이 독지주들은 당천위가 심혈을 기울여 키운 것들로 흑천혈주(黑天血蛛)라는 이름을 가지고 있었다.

흑천혈주를 키우기 위해 당천위는 엄청난 노력을 쏟아부어야 했다. 우선 그는 천하에 널리 알려진 수많은 독물들을 한자리에 모았다. 천하에서 가장 독성이 강하다는 혈정사(血淨蛇), 배에 있는 독으로 황소 스무 마리는 거뜬히 독살할 수 있다는 청혈독와(靑血毒蛙), 한번 물리면 이레 동안 혼수상태에 빠져 있다가 죽고 만다는 암흑편복(暗黑蝙蝠) 등 수많은 독물들을 한곳에 넣고 문을 걸어 잠갔다.

독물들은 살아남기 위해 서로를 공격하고, 잡아먹었다. 흑천혈주는 그렇게 수많은 독물들의 싸움에서 최후까지 살아남은 최강의 독물이었다. 그렇지 않아도 독성이 강했던 흑천혈주는 다른 독물들의 독까지 품음으로써 이제까지와는 전혀 다른 독물로 탈바꿈했다.

당천위는 그런 흑천혈주를 소중하게 번식시켰다. 두 마리에서 시작한 흑천혈주는 곧 수백, 수천, 수만 마리로 무섭게 늘어났다. 흑천혈주를 제어할 수 있는 자는 천하에서 오직 당천위 한 명뿐이었다. 그 외의 누구도 흑천혈주를 제어할 수 없었다.

"후후!"

당천위가 음산한 웃음을 흘렸다. 그의 시선은 무영곡을 향하고 있었다.

"무영곡의 운무가 절진의 영향 때문이라는 것은 누구나 알고 있는 사실이지. 하지만 제아무리 천고의 절진이라고 할지라도 영향을 끼칠 수 있는 것은 오직 인간뿐, 본능으로 움직이는 미물들에게까지 영향을 줄 수는 없지."

당천위의 시선이 무영곡을 향했다. 그러자 흑천혈주가 그의 뜻을 알아듣기라도 한 것처럼 일제히 무영곡의 운무 안으로 검은 해일처럼 밀려들어갔다.

그 모습을 바라보는 당천위의 미소가 더욱 짙어졌다.

츠츠츠!

운무 속에서 흑천혈주가 움직이는 소리만이 들려왔다.

그리고 잠시 후.

"으아악!"

"이, 이게 뭐냐? 크아악!"

운무 속에서 사람들의 처절한 비명이 터져 나오기 시작했다. 때 아닌 독물들의 습격에 절진을 믿고 있던 무영곡의 무인들이 쓰러지는 소리였다.

무영곡 전체가 요동치고 있었다. 흑천혈주는 상대를 가리지 않았다. 눈앞에서 움직이는 물체가 있다면 그것이 무엇이든 공격했다. 일단 흑천혈주에 물리면 살아날 방도가 없었다. 흑천혈주의 독은 너무나 지독해 일단 물리는 순간 열 걸음을 채 걷기도 전에 목숨을 잃었다. 해약은 존재하지 않고, 설령 존재한다고 하더라도 복용할 시간조차 없었다.

당천위는 소름끼치는 미소를 지은 채 무영곡 안에서 들려오는 처절한 비명을 즐겼다. 그 모습에 곁에 있던 수하들조차 몸서리를 쳤을 정도였다.

잠시 후 그가 입을 열었다.

"준비해."

"존명!"

마해의 교도들이 무영곡을 둥글게 포위한 채 무기를 들었다. 그리고 잠시 후 인간의 출입을 불허하던 무영곡의 짙은 운무가 크게 요동치더니 서서히 옅어지기 시작했다. 그리고 무영곡 안에서 뛰쳐나오는 사람들.

"으아악!"

"살려줘."

흑천혈주의 습격을 피해 절진을 스스로 파훼하고 나오는 무영곡의 무인들이었다. 사방이 꽉 막힌 무영곡 안에서 흑천혈주를 피할 방법은 오직 밖으로 나오는 것뿐이었다.

흑천혈주를 피해 뛰쳐나온 무영곡의 무인들을 마해의 교도들이 도륙하기 시작했다. 이미 흑천혈주의 습격에 이성을 잃은 이들이었다. 그런 이들을 쓰러트리는 것은 너무나 쉬운 일이었다.

스거억!

살을 가르는 잔인한 소리가 전장에 가득 울려 퍼졌다.

속수무책으로 쓰러지는 무영곡의 무인들을 보면서 당천위가 만족스런 미소를 지었다. 흑천혈주의 위력에 만족을 했고, 쓰러지는 무영곡 무인들의 모습에 기분이 좋아졌다.

"제발 살려줘."

"크억!"

사람들이 지르는 처절한 비명이 흥겨운 풍악소리로 들렸다. 당천위가 절로 콧노래를 흥얼거렸다.

무영곡의 수하들이 절반쯤 쓰러졌을 때 낭패한 모습으로 무영곡에서 네 명의 노인이 뛰쳐나왔다.

무영곡의 곡주인 양태환과 장로들인 무영삼로(無影三老)였다. 그들이야말로 무영곡의 최고수들이었다.

양태환이 분노한 얼굴로 당천위를 노려봤다.

"네놈들은 누군데 감히 독물 따위로 본곡을 습격한 것이냐?"

"나? 나는 독황(毒皇)이라고 하지. 그럼 왜 무영곡을 습격하는 것인지도 알겠지? 그 정도 짐작할 머리는 될 테니까."

당천위가 노골적으로 양태환을 비웃었다. 이 지경이 되어서도 허세를 부리는 양태환이 가소롭게 보이는 것이다.

당천위의 노골적인 비웃음 앞에서 양태환이 이를 악물었다. 그제야 이들의 정체를 알아차린 것이다.

"독황이라면 마해의 주구. 그렇다면 마해의 종자들이구나."

"후후! 될 수 있으면 신교라고 불러줬으면 좋겠는데. 나야 아무래도 상관없지만, 여기 있는 이들은 마해라는 단어에 좀 민감해서 말이야."

당천위가 어깨를 으쓱하며 주위를 둘러보았다. 그러자 마해의 교도들이 살기를 피워 올리며 양태환을 노려보았다.

"마해가 무엇 때문에 본곡을 습격한 것이냐?"

"그걸 몰라서 묻는 것인가? 정의맹에 협력했잖아. 정예들을 정의맹에 보내놓고도 시치미를 떼다니. 나이 든 사람이 머리까지 안 돌아가니 무영곡이 이 꼴이 된 거지."

"놈! 감히 무영곡을 무시하다니."

"후후! 무시한 게 아니라 사실을 말하는 것뿐이지."

당천위는 조소를 지우지 않았다. 그 모습이 양태환과 무영삼로의 화를 더욱 돋웠다.

네 사람이 더 이상 화를 참지 못하고 당천위를 향해 달려들었다.

쿠우우!

가공할 기세가 당천위를 향해 해일처럼 밀려왔다. 하지만 당천위는 입가에 지은 미소를 지우지 않았다.

"훗!"

순간 그의 몸 주위로 투명한 녹색의 막이 형성되었다. 호신독강(護身毒罡)이었다.

터어엉!

"큭!"

답답한 신음성과 함께 양태환과 무영삼로가 달려들던 속도보다 배는 빠르게 뒤로 튕겨나갔다.

"차라리 무영곡 안에서 흑천혈주에게 물려죽는 것이 행복했을 뻔했단 사실을 이제부터 알려주지."

당천위의 몸에서 발산된 가공할 독기가 거대한 해일처럼 양태환과 무영삼로를 휩쓸어 갔다.

그날 무영곡은 세상에서 흔적도 없이 사라졌다. 양태환을 비롯한 전 문도들은 시신조차 남기지 못하고 한 줌 독수로 녹아 사라졌다.

제 3 장
천라지망(天羅之網)

　무영곡의 멸망 소식은 지급으로 정의맹에도 전해졌다. 무영곡의 멸망 소식을 전해 들은 정의맹은 극도의 혼란과 공포에 빠졌다.

　특히 무영곡에서 파견 나온 제자들의 공포와 절망감은 말로 표현할 수 있는 것이 아니었다.

　무영곡뿐만이 아니었다. 마해는 정의맹에 협력한 문파들이라면 이유여하를 막론하고 모조리 멸문시켰다. 그 때문에 정의맹을 구성하고 있는 문파들은 자신들도 언제 멸문을 당할지 모른다는 공포에 떨어야 했다.

　결국 이 지경이 되자 정의맹에서 하나둘 탈퇴하는 문파들이 생겨났다. 작은 문파들일수록 생존을 위해 서둘러 탈퇴를 감행했다.

정의맹에서 탈퇴하는 시기가 빠를수록 생존할 확률이 높다는 것이 그들의 생각이었다.

일련의 사태 앞에서 정의맹은 너무나 무력했다. 그들은 근간에서부터 흔들리고 있었다. 정의맹의 수뇌부들은 이 사태를 해결하기에 너무나 무능했다.

사람들은 이제 정의맹이 마해를 상대할 수 있을 거라고 생각하지 않았다. 단지 언제까지 버틸 수 있을지 궁금할 뿐이었다.

지금 이 시간에도 마해는 시시각각 정의맹에 대한 포위망을 좁혀오고 있었다. 그 과정에서 수많은 사람들이 죽어 나가고 있었다.

무인들은 무기를 들기를 꺼려했다. 괜히 무기를 착용하고 다니다가 마해의 무인들과 시비가 붙었다가는 자신들만 손해였기 때문이다. 현 시대는 무기를 든 무인들에게 잔인했다. 마해가 그런 시대를 만들었다.

"음!"

남자가 신음성을 흘렸다.

그의 손에는 한 장의 전서가 들려 있었다. 방금 전 전서구를 통해서 전해진 것이었다. 전서구를 읽는 남자의 눈동자가 흔들리고 있었다.

"무영곡이…… 멸망하다니."

전서에는 분명 그리 적혀 있었다.

무영곡이 멸망했다고.

"아빠?"

남자의 곁에는 소년이 있었다. 칠 척 장신에다 다부진 체격을 가진 아비와 달리 왜소한 체구의 소년이었다. 하지만 왜소한 체구임에도 혈색이나 눈빛은 생생하게 살아 있었다.

소년의 이름은 서문형이었다. 그리고 그의 아버지 이름은 서도문, 천하무림이 권패(拳霸)라고 부르는 남자였다. 아들 서문형을 구하기 위해 남소연과 함께 사라졌던 서도문이 다시 모습을 드러낸 것이다.

남소연의 도움을 얻어 그는 아들 서문형의 생명을 구할 수 있었다. 이제 서문형은 자신을 그토록 괴롭히던 천형(天刑)에서 완벽하게 벗어났다.

그는 더 이상 죽어 가지도 않았고, 몸이 약하지도 않았다. 아무리 오래 뛰어도 숨이 차지 않았다. 그 모든 것이 서도문의 노력 덕분이었다.

서도문은 서문형의 천형을 고치고 이제 무림으로 나오는 길이었다. 그런 그가 가장 많이 본 광경은 마해에 의해 초토화가 된 무림이었다.

현 무림은 그가 알던 예전의 무림이 아니었다. 마해에 의해서 지배되는 이 세상은 너무나 이질적이었고, 극도로 혼란스러웠다. 곳곳에서 사람들이 충돌을 하고 있었고, 인간 세상의 질서란 질서가 모두 사라진 것만 같았다.

자신의 아들에게 보여주기 싫은 세상, 이런 곳에서 서문형을 자라게 할 수는 없었다. 더구나 멸망한 무영곡은 서도문의 처가였다.

그의 처가 목숨을 잃은 후로 인연을 끊기는 했지만, 그래도 처가라는 사실에는 변함이 없었다. 그런 처가가 멸망을 했다는 사실에 가슴이 아팠다.

"너의 외가가 멸망을 했구나."

"외가가?"

"그래! 무영곡이 멸망했다고 적혀 있구나."

순간 서문형은 입을 굳게 다물었다.

한 번도 본 적이 없는 외가 쪽 사람들이었다. 어미인 양혜연이 목숨을 잃은 직후 외가는 그들 부자와 인연을 끊었다.

서문형이 무공을 익힐 수 없는 체질이라는 것도 그런 결정에 한몫을 했을 것이다. 그 때문에 서문형 역시 무영곡에 대한 정이 거의 없었지만, 그래도 외가가 이 세상에서 아예 사라졌다는 소식에는 할 말을 잃고 말았다.

"누가 그랬는데요?"

"마해."

"또 그들인 건가요?"

"그래!"

대답을 하는 서도문의 얼굴에 은은한 살기가 감돌았다.

마해에 대한 분노라기보다는 자신의 가문에 대한 분노가 더욱 컸다. 세상이 이 지경이 되었는데, 그의 가문은 아직도 몸을 사리고 있었다.

아무리 강한 무력을 지녔으면 무얼 하는가? 세상을 위해 사용할 생각을 하지 않는데. 그들의 눈에는 도탄에 빠진 세상이 보이지 않는 모양이었다.

서도문이 서문형을 똑바로 바라보며 말했다.

"이젠 너도 사내다. 천형에서 벗어났으니 이제부터는 네 스스로 길을 개척해야 한다. 그 사실을 알고 있겠지?"

"응!"

"아빠가 해줄 수 있는 것은 여기까지다. 이제부터는 네 스스로 모든 것을 해결해야 한다. 무공을 익히는 것, 세가의 가주가 되어 그들을 이끄는 것, 그 모든 것이 너의 몫이다. 잘할 수 있겠지?"

"응! 잘할 수 있어."

서문형은 망설이지 않고 힘차게 대답했다.

아직 공력으로 화하지 않았다 뿐이지 그의 몸에는 이미 막대한 잠력이 쌓여 있었다. 제왕로를 이용해 제련한 영약을 복용한 덕분이었다.

"아빠는?"

"사내는 빚을 졌으면 반드시 갚아야 한다. 나는 그에게 커다란 빚을 졌다. 너의 목숨 빚을. 그가 있었기에 너의 목숨을 구할 수 있었다. 이제부터 나는 그를 도와 이 난세를 종식시키겠다."

서문형은 서도문이 말하는 '그'가 누군지 알고 있었다. 그렇기에 서도문의 말에 수긍할 수 있었다.

"환 아저씨와 함께 싸울 건가요?"

"그렇다. 나는 이미 그에게 약속했다. 너의 병이 나으면 그와 함께하겠다고. 그리고 나는 그 약속을 반드시 지킬 것이다."

"돌아올 거죠?"

"반드시! 몸이 아니면 영혼이라도 돌아와 반드시 너와 함께하겠다."

"응!"

서문형이 다시 힘차게 고개를 끄덕였다. 서문형은 웃으려고 애를 썼다. 그는 아비가 자신을 위해 이제까지 얼마나 고생했는지 잘 알고 있었다.

자신을 보호하기 위해 이제까지 웅지(雄志) 한번 제대로 펼치지 못하고 살아야 했던 아비가 처음으로 홀가분한 표정으로 대의를 위해 싸우겠다고 하고 있었다. 웃으면서 보내줘야 했다.

더 이상 자신이 짐이 되어서는 안 된다. 아비의 발목을 붙잡아서도 안 된다. 그런 사실을 알고 있는데도 보내려고 하니 가

숨이 먹먹해져 왔다.

그래도 서문형은 억지로 웃었다. 자신이 슬픈 표정을 지으면 아비는 마음 놓고 싸울 수 없을 것이다.

"아빠, 걱정하지 말고 갔다 와. 이젠 나도 내 한 몸 건사할 수 있으니까 걱정하지 마. 가문으로 돌아가서 무공을 익히면서 아빠를 기다릴 거야."

"그래! 그리 오래 걸리지 않을 것이다. 그러니 조금만 참고 기다려다오."

"응!"

서도문이 그 커다란 손으로 서문형의 머리를 슥슥 쓰다듬어 준 후 몸을 돌렸다.

그렇게 두 부자는 이별을 했다.

*　　　　*　　　　*

마해는 파죽지세(破竹之勢)로 정의맹을 향해 전진했다. 그들의 행군에 걸림돌이란 존재하지 않았다. 그 어떤 문파도 감히 그들의 앞을 하루 이상 막지 못했다.

그들은 걸림돌이 될 만한 존재는 결코 용서하지 않았다.

삭초제근(削草制根).

문제가 될 만한 문파나 무인은 먼저 싹을 잘라 화근을 미리 제거했고, 상상을 초월하는 공포정치를 펼쳐서 감히 그 어떤 누구도 대항할 엄두를 내지 못하게 만들었다.

칼을 든 무인이 공포에 떨어야 하는 시대.

마해는 그런 시대를 만들었다.

무인들은 무기를 들고 밖에 돌아다니는 것을 두려워했다. 그랬다가는 언제 마해에서 죽음의 사신이 찾아올지 몰랐기 때문이다.

화영장(華影壯) 역시 그렇게 사신을 맞이한 문파 중 하나였다.

화영장주 화중연은 마혈을 제압당한 채 무릎을 꿇고 있었다. 옷은 여기저기 찢어진데다 불길에 검게 그을려 있었고, 몸 곳곳에는 치명적인 상처를 입고 있었다. 그런데도 그는 굴하지 않는 눈으로 전면을 노려보고 있었다.

화중연이 노려보고 있는 그곳에 그 남자가 있었다.

순백의 옷을 입고 영웅건을 동여맨 채 커다란 태사의에 앉아 있는 남자. 단지 그 존재감만으로 화중연을 압도하는 남자. 운명은 그에게 천마(天魔)라는 또 다른 이름을 주었다.

현 천하를 난세로 몰아넣은 남자.

남천련을 멸망시킨 것도 모자라 이제는 정의맹을 멸망시키기 위해 거대한 행보를 시작한 남자. 그가 바로 태사의에 앉아 있었다.

그의 주위에는 병풍처럼 백여덟 명의 무인들이 둘러싸고 있었다. 소운천을 지근에서 지키는 구유마전단이었다.

소운천과 구유마전단의 얼굴은 붉게 물들어 있었다. 화광이 충천하며 타오르는 엄청난 열기가 그들의 얼굴을 붉게 물들인 것이다.

불과 한 시진 전까지만 하더라도 삼백 명의 무인들이 한데 어우러져 살아가던 화영장이었다. 하지만 한 시진 전 소운천이 구유마전단을 거느리고 화영장을 찾았다. 화영장이 정의맹의 큰 후원자인 것이 방문의 이유였다.

소운천은 화영장에게 항복을 요구하지 않았다. 그저 징벌했을 뿐이다.

화영장의 무인들이 끝까지 검을 들고 대항했지만, 구유마전단은 그들이 어찌할 수 있는 존재가 아니었다. 백여덟 명으로 이뤄진 절대고수들.

단일집단으로는 천하최강의 무력을 소유한 구유마전단이었다. 마해에서는 그들을 일컬어 백팔마장(百八魔將)이라고 불렀다.

백여덟 명의 사신은 화영장을 순식간에 몰살시키고, 화영장주 화중연을 제압해 소운천의 앞에 무릎 꿇렸다.

일순간에 평생 일궈온 모든 것을 잃은 화중연은 독기 어린 눈으로 소운천을 노려보았다. 불타고 있는 화영장에는 무참하게 살해된 그의 식솔들도 있었다. 그들은 영문도 모르고 이 세상을 하직했다. 이제 누가 그들의 억울함을 풀어줄 수 있을 것인가?

정의맹?

화중연은 고개를 저었다.

부질없는 생각이었다. 제 한 몸 건사하기도 힘든 정의맹이 어떻게 화영장의 복수를 해줄 것인가?

주르륵!

그의 노안에서 굵은 눈물방울이 흘러내렸다.

"이제 누가 있어 저 악마를 막을 것인가? 정녕 이것이 무림의 끝이란 말인가?"

그의 눈에는 불타는 천하가 보였다.

수많은 사람들이 죽어 산을 이루고, 그들이 흘린 피가 강을 이루는 모습이 너무나 선명하게 보였다. 그야말로 지옥의 도래(到來)였다.

화중연이 마지막 기력을 끌어올려 외쳤다.

"놈, 천하를 어찌하려는 것이냐? 도대체 네가 원하는 세상이 무엇이기에 이토록 많은 사람들을 도탄에 빠트린단 말이냐?"

소운천을 향한 외침이었다.

모든 것을 잃은 노인의 절규는 처절했다. 하지만 그의 목소리를 들으면서도 소운천의 표정에는 그 어떤 흔들림도 나타나지 않았다.

이미 수많은 이들의 시신을 밟고, 피의 강을 건너서 온 길이었다. 이 정도의 절규는 수도 없이 들어왔다. 소운천이 만난 모두가 그를 향해 저주를 퍼부었다. 하지만 그들의 저주 어린 말로도 소운천의 마음을 흔들 수는 없었다.

소운천이 차가운 미소를 지었다.

"이따위 무림, 이 세상에서 지워 버릴 것이다. 무림이 있어 이 세상이 어지러운 것. 무공을 익힌 자들을 모조리 죽여 버리면 분란이 일어날 일도 없을 터."

"미친! 그것이 가능하다고 보느냐?"

"불가능하겠지. 하지만 누군가는 해야 할 일이다."

"그래서 무공을 익힌 사람들을 모조리 죽여 버릴 생각이란 말이냐?"

"한 명씩, 한 명씩 죽이다 보면 언젠가는 모조리 죽일 수 있겠지. 어차피 나에게는 영원의 시간이 허락되어 있으니까."

소운천의 몸에서는 살기, 그 이상의 무언가가 흘러나오고 있었다. 보는 사람을 절로 두렵게 하고, 위축되게 만드는 그 무언가가.

화중연 역시 그런 소운천의 분위기에 압도당했다.

'이 인간이라면 정말 그럴지도……'

화중연은 이를 악물었다.

마혈이 제압당해 있어 몸을 움직일 수 없었다. 하지만 그는 마혈을 제압당해도 단 한 번 움직일 수 있는 방법을 알고 있었다.

언젠가 우연히 구한 비급에 적혀 있던 한 가지 사공(邪功).

혈화파신공(血花破身功).

공력을 폭주시켜 자폭하는 동귀어진의 수법이 바로 그것이었다. 그는 만일을 위해 익혀두긴 했지만 평생 이 무공을 펼칠 일이 없길 바랐다.

자신의 살과 뼈를 무기로 자폭하는 혈화파신공을 펼칠 상황이면 화영장 최후의 날이라고 생각했었기 때문이다. 그리고 그의 생각처럼 화영장 최후의 날이 되어서야 그는 혈화파신공을 펼칠 각오를 했다.

혈화파신공은 내공이 금제당한 상태에서도 펼칠 수 있는 무공이었다. 오히려 내공을 폭주시키기에는 금제당한 상태가 더욱 적합했다.

화중연은 혈화파신공을 운용했다. 그러자 막혀 있던 기혈들이 순식간에 뚫리는 것이 느껴졌다.

투투툭!

일순간 화중연은 자유를 되찾았다. 그는 소운천을 향해 몸을 날렸다.

쩌적!

그의 온몸에 균열이 나타났다. 그 상태로 그는 소운천의 몸을 껴안았다. 그것은 너무나 순식간에 일어난 일이었다. 때문에 구유마전단 중 누구도 화중연의 돌발적인 행동을 막지 못했다.

그 상태에서 화중연이 소운천의 귀에 속삭였다.

"놈! 나와 함께 지옥으로 가는 거다."

"할 수만 있다면 얼마든지."

"놈!"

쿠와아앙!

순간 화중연의 몸이 폭발했다.

그의 살과 뼈가 비산하며 천하에서 가장 무서운 암기가 되었다. 반경 오 장에 달하는 거대한 구덩이가 패였고, 그 안에 있던 모든 것이 파괴되었다.

화중연의 시신은 흔적조차 찾을 수 없었고, 곳곳에 그의 것으로 짐작되는 뼛조각이 보였다. 구유마전단조차 그 엄청난 폭발력에 뒤로 물러난 상태였다. 그러나 자신들의 주군인 소운천이 화중연의 자폭에 휘말렸음에도 불구하고 그들의 표정은 전혀 변함이 없었다.

푸스스!

그들의 기대대로 엄청난 폭발 속에서도 소운천은 너무나 멀쩡한 모습으로 몸을 일으켰다. 비록 어깨 위에 약간의 먼지가 쌓이고 얼굴이 창백하긴 했지만, 그의 몸에는 약간의 생채기조차 없었다.

소운천이 특유의 무심한 눈으로 자신이 서 있는 구덩이를 바라보았다. 화중연이라는 인간이 이 세상에 남긴 최후의 흔적이었다.

하지만 며칠이 지나면 이 흔적마저 사라질 것이다. 결국 화중연이 살았다는 흔적은 어디에도 남지 않을 것이다.

인간의 삶이란 그렇게 유한한 것이다. 누군가 기억해 주는 사람이 없다면 이 세상을 살고 갔다는 아무런 의미가 없었다.

"나는 나의 손에 죽은 모든 자들을 기억할 것이다. 그렇다면 누가 있어 나를 기억해 줄 것인가? 영원의 삶을 사는 나를 누가 기억할 것인가? 사영, 역시 너뿐인가?"

소운천의 음성에는 알 수 없는 쓸쓸함이 배어 있었다. 하지만 그것도 잠시, 이내 그가 특유의 무표정을 회복했다.

화중연을 끝으로 화영장은 철저하게 멸망했다. 생존자는 단 한 명도 없었다.

화영장에서 키우던 개 한 마리까지 모조리 죽였다. 이제 이곳은 완벽하게 죽음의 대지가 되었다. 아니, 그가 지나온 모든 곳이 죽음의 대지로 화했다.

"사영, 너는 언제까지 지켜보려느냐? 상유촌을 멸망시킨 것이 너에게는 그토록 충격을 주었던 것이냐?"

마해가 천하를 휩쓸고 있는데도 환사영은 아직까지 어디서도 모습을 보이지 않고 있었다. 평소 환사영의 성격이라면 어디서라도 벌써 모습을 보였어야 정상이었다.

하지만 그는 이미 여러 달째 모습을 감춘 채 어디서도 발견되지 않고 있었다.

그 때문인지 모른다. 소운천이 더욱 세상의 파괴에 집착하는 이유는. 그가 세상을 파괴하면 할수록 환사영이 나올 확률이 높았기에.

소운천은 알고 있었다. 이 싸움의 종점은 자신과 환사영 두 사람의 싸움이라는 사실을.

"나오너라, 사영. 나와서 나를 막아 보거라. 천하에서 오직 너만이 나를 막을 자격이 있다."

이제 정의맹이 멀지 않았다.

그가 정의맹을 멸망키로 결정한 이상 정의맹은 반드시 멸망할 것이다. 그 이외의 결과는 나올 수 없다.

변수가 있다면 오직 하나, 환사영뿐이었다. 그리고 지금 소운천은 환사영이 어떤 모습으로 세상에 다시 나올 것인지 기대하고 있었다.

그는 환사영이 제2의 터전으로 삼은 상유촌을 멸망시켰다. 의지처마저 잃은 환사영은 과연 어떤 길을 것인가?

자신과 같은 패도를 선택할 것인가?

아니면 여전히 인간의 길을 고집할 것인가?

소운천은 새로운 환사영의 모습을 기대하고 있었다. 하지만 환사영이 어떤 선택을 할지는 아직 알 수 없었다.

"사영, 기대하고 있겠다. 너와의 만남을."

소운천이 한마디 말을 남긴 채 정의맹으로 향했다. 정의맹까지는 이제 불과 이틀 거리였다.

*　　　*　　　*

　명등은 성벽 위에 서서 정의맹 밖의 전경을 바라보았다. 불과 얼마 전까지 불야성을 이루던 주위의 전경은 온데간데없이 사라졌고, 을씨년스러울 정도의 정적만이 감돌고 있었다.

　"허! 세상의 인심이라는 것이 이리 무섭구나. 정의맹이 흥할 때는 그토록 몰려들던 사람들이 위험해지자 썰물처럼 한꺼번에 빠져나갔으니. 나는 이제까지 세속의 권력이 주는 달콤함에 빠져 있었구나. 아미타불, 아미타불."

　명등의 얼굴에 떠올라 있는 것은 분명 자책의 빛이었다.

　지금 정의맹은 그야말로 풍전등화였다. 바람 앞의 촛불처럼 언제 꺼질지 모르는 위태한 상황에 수많은 이탈자들이 속출하고 있었다.

　대의를 부르짖으며 몰려들었던 무인들 중 남아 있는 자는 삼분지 이밖에 되지 않았다. 나머지 삼분지 일은 정의맹이 막다른 골목에 몰렸다고 판단되자 언제 떠들었냐는 듯이 조용히 빠져나갔다.

　지금 정의맹의 사기는 그야말로 최악이었다. 그나마 각 파의 장로들이 정예들을 추스르고 있기에 망정이지, 그렇지 않았다면 벌써 정의맹은 스스로 자멸의 길을 걸었을지도 몰랐다.

　"아미타불! 업보로다. 이것 역시 내가 짊어져야 할 업보. 세속의 욕심에 눈이 멀어 그를 내쳤으니, 이 위험 역시 내가 자초한 것. 누구를 원망하겠는가? 나 자신이 가장 큰 죄인인 것을."

그는 질투에 눈이 멀어 환사영을 내친 것을 후회했다. 군사인 모용관의 속삭임에 속아 환사영과 척을 진 것이 이토록 후회될 줄은 생각조차 못했다.

하지만 아무리 후회해 봐도 이미 늦은 일이었다. 돌이킬 수 없는 일을 곱씹으며 후회할 바에는 최선의 대책을 세우는 것이 더 건설적인 생각이라 할 수 있을 것이다.

"늦지 않게 태상장로님께서 그를 만나야 할 텐데."

작금의 상황을 타파할 수 없다면 최대한 이용해야 했다. 설령 어떤 희생을 치르더라도 말이다.

"아미타불! 어둠이 깊을수록 새벽이 밝아온다는 증거. 작금의 어려움은 분명 훨씬 좋은 미래를 위한 초석이 될 것이다."

명등은 몸을 돌렸다.

성벽을 내려오는 그의 얼굴 표정은 한결 밝아져 있었다. 그는 이미 어떤 결심을 하고 있었다.

"결코 후회하지 않으리라. 나의 결정을."

*   *   *

경천호는 자신이 가진 모든 인맥과 정보력을 총동원해서 환사영을 찾았다. 하지만 어디서도 환사영의 흔적은 발견되지 않았다. 그는 마치 이 세상에서 사라진 사람처럼 어디에서도 발견되지 않았다. 하지만 경천호는 결코 포기하지 않았다.

그는 끈질기게 환사영을 추적했고, 그 결과 이틀 전에 환사영의 흔적을 찾아낼 수 있었다. 그리고 추적을 거듭해 오늘 드디어 환사영이 있을 거라 짐작되는 곳 근처에 도달했다.

검창산(劍槍山).

산봉우리의 모습이 꼭 검과 창을 거꾸로 박아 넣은 것 같다고 해서 검창산이라는 이름이 붙여진 이 험악하기 이를 데 없는 산에 환사영이 있을 것으로 추정되었다. 그리고 경천호는 오늘 그 사실을 확인하기 위해 산을 오르는 길이었다.

검창산을 오르는 길은 무척이나 험준했다. 깎아 지르는 듯한 만장단애가 바로 길 옆으로 입을 벌리고 있었고, 한 치 앞도 보이지 않을 만큼 빽빽하게 들어선 관목과 수풀이 발길을 붙잡았다.

하지만 경천호는 그에 굴하지 않고, 꿋꿋이 사람의 흔적을 추적해 나갔다. 그리고 마침내 누군가 지나간 흔적을 찾아냈다.

경천호의 눈이 빛났다. 미세하게 휘어진 풀잎의 각도와 부러진 나뭇가지들이 누군가 지나갔다는 사실을 말해 주고 있었다. 경천호는 그 흔적을 쫓았다.

그렇게 흔적을 추적해 경천호가 도착한 곳은 검창산에서도 가장 험준한 지형을 갖고 있다는 검천봉(劍天峰)이었다. 검천봉은 이름 그대로 검으로 하늘을 찌르는 듯한 모습으로 우뚝 서 있었다.

그 때문에 사람은 물론이고 짐승들조차 오르는 것을 꺼려할 정도였다. 하지만 경천호 정도의 절대고수에게 그 정도의 지형은 어떠한 방해물도 될 수 없었다.

경천호는 경공을 펼쳐 검천봉의 정상에 올랐다. 그리고 그곳에서 반가운 얼굴을 볼 수 있었다.

"대방아."

"할아버지!"

경천호를 반갑게 맞아주는 뚱뚱한 청년은 분명 십방보였다. 그리고 그의 곁에는 예운향과 연성휘가 함께하고 있었다. 경천호는 그들에게도 아는 척을 했다. 예운향이 그의 등장에 깜짝 놀라했다.

"경 대협께서 어찌 이곳에?"

"왜 이곳에 왔겠는가? 자네들을 찾아왔지. 아니, 도대체 이곳에서 무엇을 하고 있었던 것인가? 천하가 극심한 혼란에 빠졌는데 자네들의 모습이 보이지 않아 애를 태웠다네."

"죄송해요. 그럴 수밖에 없는 사정이 있어서요."

예운향이 미안한 얼굴을 했다.

"사정이라니?"

"상유촌이…… 천마에 의해 멸망했어요."

"상유촌이 멸망했단 말인가? 그것도 천마에게?"

"네! 그 때문에 대가께서 상심이 크셨어요."

"하지만 아무리 그렇다고 해도 이렇게 세상의 몰락을 방관하다니. 그답지 않군."

"상유촌은 대가에게 제2의 고향이나 다름없는 곳이에요. 그곳엔 대가가 사랑하는 많은 사람들이 있었어요. 그분에게 친형제나 다름없는 동생과 그의 가족들 역시 목숨을 잃었어요. 이번 난세가 진정되면 같이 살고자 했던 사람들이에요."

"그는 어디에 있는가?"

경천호의 물음에 예운향이 말없이 어느 한 방향을 가리켰다. 경천호의 시선이 자연스럽게 그곳을 향했다.

만장단애가 입을 벌리고 있는 그곳에 환사영이 위태롭게 서 있었다. 거센 바람이 불어와 환사영의 옷자락이 거칠게 흩날리고 있었지만, 그는 석상이라도 된 것처럼 꼼짝도 하지 않았다.

"이보……."

경천호가 그를 부르려다 멈췄다. 아무래도 지금 환사영을 건드려서는 안 될 것 같은 강렬한 예감이 들었기 때문이다. 지금 환사영의 몸에서는 그 누구도 건들 수 없는 기운이 풍겨 나오고 있었다. 경천호 같은 절대고수도 위축이 될 수밖에 없는 그런 기운이.

"자네……."

경천호가 망연한 눈으로 환사영의 뒷모습을 바라보았다. 그제야 그는 예운향과 연성휘 등이 왜 이곳에 멈춰 있었는지 사정을 이해할 수 있었다.

저런 환사영에게 어찌 움직이자고 말할 수 있단 말인가? 건드리면 금방이라도 폭발할 것 같은 위험한 분위기가 환사영에게서 느껴졌다.

결국 경천호가 한숨을 내쉬며 뒤돌아섰다.

"그럼 상유촌이 멸망한 소식을 들은 직후부터 계속 저러고 있었단 말인가?"

"네."

"언제까지 저렇게 놔둘 수만은 없지 않은가? 지금 천하는 만신창이가 되어가고 있네. 수많은 사람들이 마해 때문에 도탄에 빠졌네. 당금 천하를 구할 수 있는 사람은 오직 그밖에 없네."

"조금만 기다리세요. 이제 다 되었어요. 그는 이제 스스로의 마음을 다잡았어요."

"그걸 어떻게 아는가?"

"저는 알 수 있어요. 다른 사람은 몰라도 저만큼은 그분의 마음을 알 수 있어요."

"음!"

예운향의 확고한 대답에 경천호는 더 이상 뭐라 말할 수 없었다.

환사영을 바라보는 예운향의 얼굴에는 그를 향한 믿음이 담겨 있었다. 환사영을 믿고 따르면서 이제까지 살아온 예운향이었다.

자신이 선택한 남자는 이제까지 단 한 번도 그녀를 실망시킨 적이 없었다. 이번에도 마찬가지일 거라고 예운향은 믿었다. 그 때문에 미련 없이 이곳에 멈춰서 그를 기다릴 수 있었던 것이다.

예운향의 마음을 읽은 경천호가 한숨을 내쉬었다.

"휴! 누가 있어 자네들을 말릴까?"

어쩔 수가 없었다.

이 이상 그들을 채근한다는 것은 불가능한 일이었다. 다른 것은 몰라도 이들이 고집을 부릴 때만큼은 어찌할 수 없다는 사실을 경천호는 잘 알고 있었다.

결국 경천호는 예운향과 함께 환사영이 스스로의 세계에서 빠져나오길 기다릴 수밖에 없었다.

하지만 초조한 표정까지 감출 수는 없었다. 그가 환사영을 기다리고 있는 이 순간에도 정의맹은 더욱 큰 위험에 노출되고 있을 것이다.

지루한 시간이 흘러갔다.

"휴!"

경천호의 귀에 환사영의 나직한 한숨이 들려왔다. 그리고 그가 만장단애 끝에서 몸을 돌리는 모습이 눈에 들어왔다. 환사영은 예전보다 수척해진 얼굴을 하고 있었다. 하지만 그의 눈빛만큼은 예전보다 훨씬 더 깊어져 있었다.

"대가!"

예운향이 제일 먼저 그에게 다가갔다. 환사영이 조용히 미소를 지으며 그녀에게 말했다.

"걱정 많이 했겠구나."

"아니에요."

"미안하다."

"경 대협께서 오셨어요. 아무래도 천하의 사정이 급박하게 돌아가는 것 같아요."

"그래?"

환사영의 시선이 한쪽에 서 있는 경천호에게 향했다. 그러자 경천호가 다급히 그에게 다가왔다.

"이 무심한 사람 같으니라구. 자네를 찾느라 온 천하를 다 뒤졌다네."

"어쩐 일이십니까? 이곳까지 찾아오시고."

"말도 말게. 지금 정의맹의 운명이 풍전등화에 달렸다네."

"운천이 정의맹을 향했습니까?"

"알고 있었군. 그렇다네. 그가 정예들을 이끌고 정의맹을 향해 진군하고 있다네. 이미 정의맹을 향한 천라지망(天羅之網)이 완성되었다네. 이대로 둔다면 정의맹은 분명 멸망하고 말 것이네."

"운천이 드디어 천하를 향한 출사표를 던졌군요."

환사영은 놀라지 않았다. 이미 그럴 거라 생각했기 때문이다.

그간 자신만의 세계에 빠져 있었지만, 천하에 대한 관심마저 접은 것은 아니었다. 아니, 오히려 그는 그 어느 때보다 냉정하게 천하정세를 판단하고 있었다. 현 난세를 종식시키는 것만이 백수경을 위한 일이라고 생각했기 때문이다.

친동생과도 같았던 백수경, 그리고 미처 싹을 틔우지 못하고 억울하게 목숨을 잃은 그의 조카들을 위해서도 그는 결코 주저앉을 수 없었다. 그들도 환사영이 변하기를 바라지 않을 것이다.

이 모든 것이 그가 선택한 길의 결과였다.

이제 와서 후회하면 이제까지 그가 희생해 온 모든 것들이 헛된 물거품이 되고 말았다.

그렇기에 환사영은 후회할 수도, 변할 수도 없었다. 이 끝에 어떤 결과가 기다리고 있을지 알 수 없더라도 끝까지 가야 했다. 그것이 백수경 가족을 위해 할 수 있는 환사영의 최선이며, 검천봉에서 환사영이 내린 결론이었다.

"자네는 생각보다 태평하군. 어서 서둘러 내려가서 그들을 막아야 하네. 그렇지 않는다면 천하가 더욱 큰 혈란(血亂)에 빠질 걸세."

경천호가 환사영을 채근했다. 하지만 환사영은 서둘지 않았다.

"다 생각이 있습니다. 서두른다고 해서 해결될 일이 아닙니다."

"자네는 어찌 그리 태평한 것인가? 지금 이 순간에도 정의맹은……."

"그들이 선택한 결정입니다. 그 정도도 버티지 않는다면 곤란합니다."

"그, 그건……."

순간 경천호는 할 말을 잃고 말았다. 환사영의 음성이 너무 싸늘하다고 느껴졌다.

"나는 바보가 아닙니다. 정의맹의 맹주 명등과 군사가 어떤 마음으로 나를 받아들이지 않았는지 잘 알고 있습니다. 그리고 나는 그들의 의견을 존중해서 정의맹과 완전한 타인이 되었습니다. 그러니 그들 역시 자신들이 벌인 일에 책임을 져야 합니다. 그 정도도 희생하지 않고 무조건 남의 도움만을 바라서는 안 됩니다."

"자네는…… 냉정하군."

"냉정한 것이 아닙니다. 세상의 이치를 말하는 겁니다."

"그럼 이대로 정의맹이 멸망하는 것을 방관할 셈인가?"

"그럴 생각은 없습니다."

"그럼?"

"정의맹을 최대한 이용할 생각입니다. 운천이 정의맹을 원한다면 정의맹을 미끼로 던져줄 생각입니다. 운천과 마해가 정의맹에 천라지망을 펼쳤다면, 나 역시 운천과 마해를 상대로 천라지망을 펼칠 생각입니다."

"그게 무슨 말인가? 자네가 무슨 세력이 있어 마해를 상대로 천라지망을 펼친단 말인가?"

경천호의 얼굴에 의혹의 빛이 떠올랐다.

환사영이 그 어떤 세력도 만들지 않고 홀로 천하를 떠돈 사실은 그가 제일 잘 알고 있었다. 그런 환사영이 마해를 상대로 천라지망을 펼치겠다고 하니 이해가 되지 않는 것이 당연했다. 하지만 환사영의 얼굴을 보니 그가 절대로 허언을 하는 것 같지 않았다.

환사영의 시선이 예운향과 연성휘를 향했다.

"한청 형님은?"

"답답하다고 먼저 가 있겠다고 했어요. 대가가 연락만 하면 언제든 움직이시겠다고."

"잘 됐군! 모두 전에 내가 했던 말을 기억하고 있겠지?"

"물론이에요."

"네! 형님."

예운향과 연성휘가 동시에 대답했다. 그들은 이제까지 환사영의 이 말만을 기다렸다.

"그럼 시작하자."

"알겠어요."

"네!"

"도대체 무슨 말인가? 무엇을 시작하겠다는 것인가? 나에게도 속 시원히 털어놓아 보게."

결국 참다못한 경천호가 그들의 대화에 끼어들었다. 그러자 십방보가 그에게 핀잔을 주듯 말했다.

"좀 전에 형이 말했잖아요. 천라지망을 펼치겠다고."

"그러니까 무슨 천라지망을 펼치느냔 말이다. 그에겐 병력이 없는데."

"그냥 천라지망이 아니에요. 십대초인에 의한 천라지망을 말하는 거예요."

"뭐라고? 십대초인?"

"그래요. 형님은 십대초인들로 하여금 천라지망을 펼치게할 생각이에요. 이미 목숨을 잃은 만악(萬惡) 마옥성과 마해의편에 붙은 독황은 어쩔 수 없지만, 나머지 십대초인은 모두 형이 움직일 수 있으니까요."

"그러니까 나머지 십대초인들과는 이미 이야기가 끝이 났단말이구나."

"네. 이미 뇌검 천화윤 대협과 파검 한청 형님이 움직였고,여기 있는 광도 연성휘 형과 빙마후 예 누님도 움직일 거예요.거기다 권패 서도문 대협도 형님과 뜻을 같이 하겠다고 전해왔어요. 또 한청 형님이 천병 용무익 대협을 움직이겠다고 하셨어요. 십대초인 중 여섯 명이 사영 형님의 뜻에 따르는 거예요. 이들 여섯 명이면 충분히 천라지망을 펼칠 만하지 않나요?"

"왜……, 왜?"

"예?"

"왜 나는 빼놓는 것이냐? 나도 엄연히 십대초인의 일원인데. 나를 빼놓고 그런 엄청난 일을 진행하고 있었던 것이냐?"

"헤헤! 할아버지는 당연하잖아요. 손자가 움직이는데 할아버지도 움직여야죠."

십방보가 넉살좋게 웃었다. 하지만 경천호는 웃을 수 없었다.

'십대초인이 정말 한꺼번에 움직인단 말인가? 그의 한마디에.'

실로 엄청난 일이었다.

자신이 명등을 움직일 수 있는 것까지 생각한다면 십대초인의 대부분이 환사영의 뜻대로 움직이는 셈이다. 그것은 실로 엄청난 일이었다.

현 무림의 그 누구도 이런 영향력을 갖고 있지 못했다. 이제야 환사영이 왜 천라지망을 펼치겠다고 호언장담했는지 이해할 수 있었다.

십대초인이 합심해 펼치는 천라지망.

단지 상상을 하는 것만으로도 온몸의 모든 털이 일어서는 것 같은 전율이 느껴졌다.

104 환영무인

"십대초인을 한꺼번에 움직이는 것이 정말 가능하다니."

그럴 수 있을 거라 짐작은 했지만, 실제로 이뤄지는 모습을 보자 또다시 놀라지 않을 수 없었다.

"잘 생각했네. 지금 마해의 평판이 예전 같지 않네. 왠지 모르지만 굳건하던 사람들의 믿음이 흔들리고 있다네. 곳곳에서 마해에 대해 좋지 않은 소문들이 동시다발적으로 터져 나오는 이때가 바로 기회일세. 지금이라면 사람들도 더 이상 일방적으로 마해의 편만 들 수는 없을 걸세."

경천호는 모르고 있었다. 지금 일어나고 있는 그 모든 일의 배후에 환사영이 존재하고 있음을. 그의 수하들이 뒷공작을 통해 마해에게서 민심을 빼앗고 있음을.

환사영이 허공을 올려다봤다.

'운천, 이젠 나도 더 이상은 망설이지 않겠다.'

제 4 장
십천지난(十天之亂)

거력신마(巨力神魔) 종패는 뒤늦게 마해에 포섭된 전대의 무인이었다. 종패는 별호처럼 무척 패도적인 성향의 무인이었다. 특히 거대한 덩치를 이용해 펼치는 그의 성명절기 포천대마공(包天大魔功)은 강호의 일절로 인정을 받고 있었다.

본래 종패는 강호의 공적으로 찍혀 정상적으로 모습을 드러낼 수 없는 신분이었다. 그가 강호에서 활동을 하던 시절 불같은 성격 때문에 정파의 고수들과 시비가 붙어 그들을 모조리 때려죽였기 때문이다. 그 때문에 강호 정파 열한 개 문파가 그를 척살하기 위해 추적했고, 종패는 살기 위해 은거를 택할 수밖에 없었다.

처음에는 괜찮았다. 이대로 산속에서 은거를 하는 것도 나쁘지 않을 거라 스스로를 위로했다. 하지만 시간이 흐르면서 깨달았다. 자신의 본성이 평화로운 삶을 감당할 수 없단 사실을.

평화로운 삶속에서 그는 점차 죽어갔다. 아무런 희망도 없고, 무료한 삶의 연속에 지쳐갈 때 그들이 찾아왔다.

그들이 바로 마해(魔海)였다.

마해는 그에게 다시 강호에서 활동할 수 있게 해주겠다고 약속했다. 또다시 피를 볼 수 있게 도와주겠다는 그들의 제안에 종패는 그만 홀딱 넘어가고 말았다. 그리고 그는 정의맹을 정벌하는 선봉군의 자리에 섰다.

종패는 삼백 명의 병력과 함께 동군(東軍)의 선봉군에 섰다. 그의 임무는 사전에 위험을 예측하고, 위험요인을 제거하는 것이었다. 한마디로 동군의 전진에 방해가 될 것 같은 모든 요인을 먼저 발견하고 제거하는 것이다.

종패는 이 위험한 임무를 기꺼이 받아들였다.

그간 피를 보고 싶어 손이 얼마나 근질거렸던가? 선봉대에 배정된 무인들은 모두 그처럼 자신의 의지와는 달리 오랫동안 억압당했던 무인들이었다. 그런 무인들 삼백을 한자리에 모아놓았으니 어떻겠는가?

앞에 있는 자가 적이 될 가능성이 있는가? 혹은 어떤 위험요인도 없을 것인가 하는 것은 그들에게 아무런 문제가 되지 않았다. 아니, 아예 상관하지 않았다. 그들은 앞길에 존재하는 모든 것을 파괴했다. 그것이 문파든, 혹은 사람이든 상관하지 않았다. 그들은 앞길에 거치적거리는 모든 것을 파괴하며 서진(西進)했다.

십여 개의 문파가 억울하게 멸문을 당했다. 그 과정에서 수많은 이들이 죽어 나갔다. 그래도 종패와 선봉대는 피가 모자라다고 생각했다. 그들의 파괴본능을 만족시켜주기에는 아직 부족했다.

가로막는 모든 것을 파괴하는 거침없는 삶. 이것이야말로 종패와 수하들이 그토록 원하던 삶이었다.

"흐흐흐!"

종패가 음소를 흘렸다.

그의 눈앞에 새로운 먹잇감이 있었다.

적화검문(赤華劍門)이 바로 앞에 있었다. 적화검문은 문도 수가 채 오십이 되지 않는 조그만 문파였다. 문주인 적화검(赤華劍) 노경산은 강호에 거의 이름이 알려지지 않은 자로 고향인 이곳에서 적화검문을 열고 후학들을 가르치는 데 전념하고 있었다.

사실 그가 자신의 별호를 딴 적화검문이라는 이름의 무관을 세운 것은 마을 사람들의 요청에 의해서였다. 인근의 도적 떼들에게서 스스로를 지키기 위한 힘을 갖길 원하는 마을 젊은 이들을 가르치면서 여생을 마감하는 것이 노경산의 최대 꿈이었다.

마을을 지키기 위해 만든 문파다 보니 당연히 강호 무림과의 교류도 거의 없었고, 정식 문파라고 부르기에도 존재감이 약했다.

그냥 얼마든지 지나칠 수도 있는 시골 무관이 바로 적화검문이었다. 하지만 종패는 그리하지 않았다. 그는 자신의 앞을 가로막는 문파를 가만둘 생각이 없었다.

"흐흐! 듣자하니 적화검문주의 딸이 절세의 미인이라고 하던데, 오늘 원 없이 품어 보겠구나."

종패가 음소를 흘렸다. 그의 눈은 어느새 붉게 충혈되어 있었다. 삼백 명의 선봉군이 모두 그와 비슷한 눈빛을 하고 있었다.

바람 앞의 등불처럼 적화검문의 운명은 위태로웠다.

종패와 선봉군이 진격해 온다는 소문을 들었는지 적화검문 앞에는 오십 명의 문도와 적화검문주 노경산이 미리 나와 있었다.

노경산이 공력을 끌어올려 큰 목소리로 외쳤다.

"신교의 영웅 분들이 이런 궁벽한 시골마을에는 어쩐 일로 오신 겁니까?"

"흐흐! 당신이 적화검문주 노경산 맞는가? 오늘 우리는 적화검문을 멸문하러 왔다."

"이 몸이 적화검문주 노경산입니다. 저희는 신교의 심기를 건드릴 만한 어떤 일도 하지 않았습니다. 저희 적화검문은 무림과 상관없이 도적들에게서 마을 사람들을 지키기 위해 만들어진 자경단 수준의 조그만 무관입니다. 그런데도 저희 적화검문을 멸문시켜야 만족하시겠습니까?"

"적화검문의 사정 따위는 알 바가 아니다. 중요한 것은 우리가 적화검문을 멸하기로 결정했다는 것이지."

"결국……."

노경산의 얼굴에는 안타까운 빛이 가득했다.

젊은 시절 큰 뜻을 품고 무림에 나가서 적화검이라는 별호를 얻었다. 하지만 별호만큼 대단한 업적을 남기지도 못했고, 무공도 겨우 일류 수준에 도달했을 뿐인 노경산이었다.

그는 자신의 그릇을 알고 무림과 상관없이 이제까지 살아왔다. 그런데도 마해에서 적화검문을 멸문시키려 한다는 사실이 쉽게 믿기지 않았다.

마해가 힘으로 밀어붙인다면 꼼짝없이 당할 수밖에 없는 것이 적화검문의 운명이었다. 문도가 오십 명이었지만, 그중에서 제대로 무공을 익힌 이는 겨우 열 명 정도에 불과했다. 그나마도 마해의 정예무인들과는 비교도 되지 않는 수준이었다.

'오늘이 적화검문 최후의 날이로구나.'

자신의 죽음은 두렵지 않았다. 하지만 자신을 믿고 적화검문에 들어온 오십 명의 제자들이 꽃도 피워 보지 못하고 생을 마감해야 한다는 사실만큼은 두렵기 그지없었다.

노경산이 뒤를 돌아보았다. 제자들이 두려운 얼굴로 그를 바라보고 있었다. 아직 무림이 무언지 잘 알지도 못하는 아이들. 그저 노경산 하나만 믿고 적화검문에 들어와 자신들의 마을을 지키겠다는 일념으로 무공을 익힌 아이들. 지금 이 순간 저 아이들에게 어떤 말을 해줘야 할까?

결국 노경산은 힘들게 말문을 열었다.

"너희들에게 미안하구나. 다음 생애에 다시 태어난다면 그때는 너희들을 모두 지켜줄 만큼 강한 무인이 되겠다. 너희들을 지켜주지 못하는 이 무능한 사부를 용서하거라."

"사부님."

"흐흑!"

아이들이 흐느껴 울었다. 아직 자신의 감정을 추스르지 못할 나이, 그들이 느끼는 공포와 두려움은 당연한 것이었다.

그때 종패가 더 이상은 참지 못하겠는지 광기 어린 음성을 토해냈다.

"눈꼴 시려 더 이상 봐주지 못하겠구나. 쳐랏!"

"흐흐흐!"

종패의 명령에 선봉대의 무인들이 무기를 들고 앞으로 나섰다. 그러자 엄청난 마기가 흘러나와 적화검문의 무인들을 압박했다. 생전 처음 경험하는 엄청난 마기에 적화검문 오십 명무인들의 얼굴이 하얗게 질렸다.

"흐흐! 어린 것들이 깜찍하구나."

"오랜만에 어린 것들 피를 맛보겠구나."

종패와 삼백 명의 무인들이 잔인한 미소를 지으며 서서히 다가왔다. 그들이 가까이 다가올수록 살기가 더욱 거세게 요동쳤다. 그들이 다가오는 만큼 적화검문의 무인들이 뒤로 물러났다. 하지만 그것도 잠시뿐이었다. 그들의 몸은 적화검문의 벽에 막혀 더 이상 물러설 수 없었다. 이제 그들이 물러설 곳은 어디에도 없었다.

"우선 늙은이부터……."

쿠우우!

종패가 노경산을 향해 포천대마공을 펼쳤다. 그러자 엄청난 마기가 일어나 노경산을 해일처럼 덮쳐갔다. 그 압도적인 힘 앞에 노경산은 반항할 엄두도 내지 못하고 눈을 감고 말았다.

콰아앙!

노경산의 몸이 크게 들썩였다. 하지만 몸 어디서도 아픔이나 충격은 느껴지지 않았다. 노경산이 슬며시 눈을 떴다. 그러자 그의 눈앞에 단단하기 이를 데 없는 커다란 등판이 보였다.

누군가 노경산을 대신해 종패의 경력을 받아냈다.

종패의 미간이 찌푸려졌다.

"네놈은 누구냐? 감히 신교의 행사에 끼어들다니 더 이상 살고 싶지 않은 모양이구나. 무명소졸이 아니라면 이름을 밝히거라. 죽이기 전에 이름 정도는 기억해 줄 의향은 있으니까."

"서도문."

"뭐? 서도문. 어디서 한번 들어본 것 같은데."

종패가 고개를 갸웃거렸다. 분명 어디선가 들어본 이름이었다. 하지만 기억이 가물거리는 것이 잘 떠오르지 않았다. 그가 다시 한 번 앞을 가로막은 남자를 바라보았다.

강인한 인상에 마치 바위처럼 잘 단련이 된 신체와 먹이를 노리는 맹호의 눈처럼 강렬하게 빛나는 눈동자. 한눈에 보아도 범상치 않은 존재라는 것을 알 수 있었다. 하지만 이상하게도 이름과 모습이 잘 겹쳐지지 않았다.

그렇게 종패가 서도문의 정체를 떠올리기 위해 한참 애를 쓸 때 선봉대의 누군가 비명처럼 소리쳤다.

"서도문! 권패 서도문!"

"권패?"

그제야 사람들이 서도문의 정체를 알아차리고 웅성거리기 시작했다.

십대초인의 일원.

천하에서 가장 강한 열 명의 무인 중 당당히 한 자리를 차지하고 있는 남자.

권(拳)의 정점에 서 있다고 평가를 받는 남자가 종패와 선봉대를 가로막고 있었다.

"당신이 권패? 우리의 앞을 가로막은 이유는?"

"당연한 것을 물어보는군."

"우리를 막겠다는 뜻이요? 우리가 신교의 무인이란 사실을 알면서도."

"그러니까 막겠다는 것이다."

"신교와 척을 지겠다는 뜻이오? 신교를 적으로 두고서 발을 뻗고 살아갈 수 있을 것 같소?"

"당신은 원래 그렇게 말이 많았나?"

"뭐?"

종패의 얼굴이 딱딱하게 굳었다.

말이 많다니? 자신이 언제부터 말이 많았던가? 가로막으면 부쉈고, 말보다 주먹으로 먼저 자신의 뜻을 관철시키지 않았던가? 그런데 말이 많다니?

종패는 자신의 손바닥이 축축하게 젖어 있음을 깨달았다. 인정하기 싫었지만 서도문이 나타난 그 순간부터 몸이 먼저 긴장하고 있었다. 손바닥의 땀이 긴장의 증거였다.

"십대초인의 오만이란 말인가? 재고의 여지도 없고. 그렇다면 결론은 한 가지밖에 없군."

"처음부터 결론은 하나였지."

서도문이 주먹을 들어 보였다.

그가 이곳에 나타난 이유는 단 한 가지였다.

마해가 구축해 놓은 전선의 일각을 붕괴시키는 것.

마해를 상대로 천라지망을 펼치는 것.

그것이 서도문이 이곳에 나타난 이유였다. 그러니까 서도문은 저들의 적이었다. 더 이상 이야기할 이유가 없는 것이다.

모든 것은 주먹이 해결해 줄 것이다.

서도문의 입가를 타고 한 줄기 서늘한 미소가 피어올랐다. 살기를 머금은 권패의 미소였다.

서도문의 살기에 삼백 명 선봉대의 얼굴이 딱딱하게 굳었다. 자존심이 상한 것이다. 상대가 제아무리 십대초인의 일원이라지만 자신들의 수는 삼백 명이 넘었다.

아무리 강하더라도 압도적인 물량의 차이는 극복할 수 없는 것이 정설이었다. 그런 정설을 무시하고 서도문이 자신들을 홀로 막겠다고 나선 것 자체가 자존심이 상하는 일이었다.

서도문이 그들을 향해 불을 질렀다.

"오라."

그리고 까닥이는 손가락.

쿠오오!

삼백 명의 살기가 동시에 피어올랐다. 그리고 그들이 앞을 다퉈 서도문을 향해 달려들었다.

"건방진!"

"십대초인이 대수냐? 밟아 버려."

쿠쿠쿠!

종패를 필두로 삼백 명의 무인들이 일제히 덤벼들었다. 그 엄청난 기세를 보면서도 서도문은 여전히 서늘한 미소를 짓고 있을 뿐이었다.

투둑!

그의 팔뚝 위로 굵은 힘줄이 지렁이처럼 튀어나왔다. 가공할 공력이 그의 두 팔로 모이는 것이다.

서도문이 한쪽 어깨를 한껏 뒤로 젖혔다. 마치 활시위를 힘껏 당긴 것처럼 그의 근육이 팽팽하게 부풀어 올랐다. 그리고 선봉대의 무인들이 지척까지 다가왔을 때 그가 젖혔던 오른팔을 힘껏 앞으로 뻗었다.

쿠와아앙!

"컥!"

"케엑!"

선두에서 달려들던 무인 대여섯 명이 서도문의 주먹질 한 방에 피떡이 되어 달려들던 속도보다 배는 빠르게 뒤로 튕겨나갔다. 오늘날의 서도문을 있게 만든 절기인 파황일주권(破荒一柱拳)이 펼쳐진 것이다.

마치 한 마리의 야수처럼 서도문은 마해의 선봉대 사이로 뛰어들어 그들을 유린하기 시작했다. 그 엄청난 광경에 노경산과 제자들이 입을 벌리고 다물 줄 몰랐다.

혼자서 삼백 명을 상대하는 무인.

오히려 삼백 명을 압도하는 그 모습에 그들은 감동마저 받았다.

"저것이 십대초인."

"그는 이미 인간의 강함을 넘어섰구나. 강호에는 저런 무인이 열 명이나 더 있단 말인가?"

"드디어 십대초인이 일어섰는가?"

노경산의 노안에 뿌연 습막이 어렸다.

이제까지 침묵만 지키던 십대초인이었다. 마해의 것이 되어가는 세상을 보면서 얼마나 하늘을 원망했던가? 모두가 마해의 눈치만 볼 뿐 막아서는 자 한 명 없었다. 그럴 만한 간담을 가진 자도, 실력을 가진 자도 없었던 것이다. 하지만 이제 서도문이 나섰으니 다른 이들도 눈치를 보지 않고 나설 것이다.

"아! 십대초인. 십대초인이여."

서도문이 마해의 동군 선봉대와 싸우고 있는 그 시간 마해의 북군 선봉대는 또 다른 남자와 조우하게 된다.

"당신은 누구인가?"

북군 선봉대장 마도혈창(魔道血槍) 남정이 물었다. 그러자 일반인들보다 머리 두어 개는 더 큰 남자가 무심한 목소리로 대답했다.

"천화윤."

"천화윤? 뇌검(雷劍)인가?"

남정의 눈동자가 흔들렸다.

그는 단번에 천화윤의 정체를 알아보았다.

마해의 주적으로 지목된 환사영과 더불어 가장 큰 위험성을 내포한 자들이 바로 십대초인이었기 때문이다. 언젠가는 만나게 될 거라고 생각했지만 벌써 십대초인 중의 일인과 조우하게 될 줄은 미처 생각지도 못했다.

"우리를 막기 위해 나타난 것인가? 우리는 당신과 아무런 원한도 맺은 것이 없는 것으로 알고 있는데."

"꼭 원한이 있어야만 싸우는 것은 아니지."

"우리와 싸우기 위해 막아섰단 이야기군."

"그가 부탁했으니까."

"그? '그'가 누군지 알 수 있겠소?"

"일영(一影)."

"일영? 환영무인이란 말이오?"

"후후! 천하에 또 누가 있어 나를 움직일 수 있겠는가? 오직 그만이 나를 움직일 수 있지. 나뿐만이 아니다. 독황을 제외한 모든 십대초인이 그의 뜻에 따라 움직이고 있다. 아마 다른 선봉군에도 십대초인이 찾아갔을 것이다."

"십대초인이 왜 일영의 말을 듣는 것이오? 본교가 알기로 당신들은 어떤 연관이나 친분이 없을 텐데."

"훗! 나도 그게 궁금해. 그의 무엇이 십대초인을 한꺼번에 움직이게 하는 건지."

천화윤이 차가운 미소를 지었다. 그의 미소를 보는 순간 남정은 온몸에 흐르는 피가 싸늘히 식는 것을 느꼈다.

'정말 십대초인이 일영의 뜻대로 움직인단 말인가?'

마해에 수많은 책사들이 있었지만, 그들은 단 한 명도 이런 상황을 예측하지 못했다. 십대초인이 한꺼번에 움직인다는 것은 거의 불가능한 일이었기 때문이다. 그 때문에 정의맹을 정벌한 뒤 십대초인 개개인을 각개 격파하는 것으로 마해에서도 결론을 내지 않았던가?

'정말 십대초인이 일영의 뜻에 의해 움직인다면 큰일이다. 아직 본교에서는 이런 사실을 파악하지 못하고 있다. 설마 십대초인이 한꺼번에 움직일 줄이야.'

자신도 모르게 등 뒤로 식은땀이 흘러내리고 있었다. 하지만 그런 속마음과 달리 그는 호기롭게 외쳤다.

"설령 십대초인이 모두 덤빈다 해도 상관없다. 십대초인이라 할지라도 본교를 막을 수는 없으니까."

"그건 두고 보면 알게 되겠지."

스릉!

천화윤의 손에 거대한 중검이 들렸다.

남정과 선봉군의 얼굴에 지대한 긴장감이 떠올랐다. 그들이 상상하지도 못했던 최악의 악몽이었다. 하지만 그렇다고 물러설 수는 없었다.

"죽이 되든, 밥이 되든 한번 해보는 수밖에."

남정이 무기를 꼬나 쥐었다. 그러자 그의 수하들 역시 무기를 쥐고 천화윤을 노려봤다.

쿠우우!

가공할 기파가 일어나 대기를 흔들었다. 그 속에서 천화윤과 선봉군이 격돌했다.

쾅아앙!

한 줄기 굉음이 천지간에 울려 퍼졌다.

천하 전쟁의 시작을 알리는 신호였다.

십대초인이 일어난 날, 사람들은 이날 일어난 일을 가리켜 십천지난(十天之亂)이라고 불렀다.

*   *   *

천하각지에서 십대초인들이 일어섰다.

난세에 분연히 일어난 그들은 각지에서 마해의 진군을 막아 섰다. 동쪽에서는 서도문이, 북쪽에서는 천화윤이, 그리고 서쪽에서는 한청이, 남쪽에서는 연성휘가 적들의 선봉대와 조우해 격파했다.

십대초인이 일어섰다는 소식에 사람들이 환호했다. 특히 마해의 엄청난 위세에 벼랑 끝까지 몰려 있던 정의맹과 정파인들이 환호성을 내질렀다. 네 사람의 등장으로 잠시나마 숨통이 트였기 때문이다.

그뿐만이 아니었다. 그들의 뒤를 이어 빙마후(氷魔后) 예운향과 풍객 경천호가 움직였다. 그리고 정의맹에서는 불영(佛影) 명등이 반격의 기회를 잡고 움직이기 시작했다.

그야말로 십대초인의 대부분이 움직이기 시작한 것이다. 물과 불 같아서 절대 같이 뜻을 모을 것 같지 않던 십대초인이 약속이라도 한 듯이 동시에 움직이는 것에 많은 사람들이 수군거렸다.

"일영이다. 그가 십대초인을 움직였다."

"오직 그만이 십대초인을 한꺼번에 움직일 자격이 있다."

근거 없는 수군거림이었고, 추측이었지만 많은 사람들이 정설로 받아들였다. 천하가 넓다 하지만 십대초인을 한꺼번에 움직일 수 있는 영향력을 가진 사람은 오직 환사영 한 명밖에 없었기 때문이다. 하지만 십대초인이 분연히 일어서고 있는 이때 정작 환사영은 어디서도 모습을 보이지 않고 있었다.

십대초인만 움직인 것이 아니었다.

중원각지에서 마해에 협력하고 있는 자들이 암살당한다는 소식이 들려왔다. 암살자들은 마해에 협력한 자들을 귀신같이 찾아내서 암살을 하고 있었다.

암살당했다고 알려진 자들의 수만 무려 오백 명이 넘었다. 마해에 협조를 하던 자들이 공포에 떨기 충분한 소식이었다.

뒤늦게 마해에 협력한 자들을 암살한 자들의 정체가 밝혀졌다. 대륙제일의 암살조직이라는 암흑살막(暗黑殺幕)과 소수정예로 이루어진 절정검수들의 단체라는 백검련(百劍聯)이 이제까지 행한 암살의 주인공들이었다.

암흑살막과 백검련은 정체가 밝혀지자마자 천하에 선포했다.

누구든 막론하고 마해에 협력하는 자가 있다면 암흑살
막과 백검련의 방문을 받을 것이다. 의심이 간다면 마해
에 협력하거라. 그날 사신(死神)이 방문할지니.

　천하가 전율했다. 그 누구도 감히 암흑살막과 백검련의 선
포에 도전할 배짱이 없었다.

　곳곳에서 마해에 협력한 자들이 숨을 죽였다. 만일 그들이
마해에 협력한 사실이 알려졌다간 사신의 방문을 받게 될 것
이 분명했기 때문이다.

　십대초인과 암흑살막, 백검련이 동시에 움직였다는 소식은
소운천과 구유마전단에게도 전해졌다.

　"사영, 역시 움직였는가? 십대초인과 암흑살막 등을 동시에
움직일 수 있는 사람은 오직 너밖에 없지."

　소운천이 미소를 지었다.

　그는 본능적으로 일의 배후에 환사영이 있다는 사실을 느끼
고 있었다. 다른 사람은 몰라도 그는 환사영의 존재감을 느낄
수 있었다.

　백영이 곁에서 말했다.

　"이번 일로 본교의 전력에 큰 타격을 입었습니다. 정의맹을
압박하던 선봉군들이 모두 전멸했고, 그 때문에 사기가 많이
꺾였습니다."

　"그렇겠지. 처음으로 장애물을 만났으니까."

　"십대초인이 한꺼번에 움직일 줄은 예상하지 못했습니다.

아무래도 계획을 전면 수정해야 할 듯싶습니다."

웃고 있는 소운천과 달리 백영의 얼굴은 더할 수 없이 딱딱하게 굳어 있었다. 마해의 진군계획을 짜고 주도한 이가 바로 백영이었다.

그는 일어날 수 있는 모든 상황을 상정해서 계획을 짜고 진행했지만, 단 한 가지 십대초인이 한꺼번에 움직이는 경우만큼은 예상하지 못했다. 그 때문에 지금 그의 머릿속은 무척이나 복잡한 상태였다.

"후후! 혼란스러운 모양이구나."

"십대초인이 한꺼번에 움직일 줄은 예상하지 못했습니다."

"사영이니까 가능한 일이다."

"환 대장이 그들과 음으로 양으로 친분을 맺고 있다는 것은 알고 있었지만, 그들을 한꺼번에 움직일 줄은 몰랐습니다. 환 대장의 성격상 누군가를 움직이는 것은 상상이 되지 않았으니까요."

"그는 나와 함께 나란의 병사들을 이끌었다. 그가 움직이면 수많은 병사들이 움직였지."

"그 사실을 잊고 있었습니다. 저의 불찰입니다."

백영이 입술을 질근 깨물었다.

어쩌면 그는 이제까지 환사영을 은연중 얕보고 있었는지 몰랐다. 같이 나란의 군인으로 있던 시절, 그토록 그를 동경하고 두려워했으면서도 말이다.

"사영이 움직이면 세상이 요동칠 것이다."

어쩌면 소운천은 이렇게 되길 바라고 있었는지도 몰랐다. 그는 언제고 환사영이 움직일 줄 알았다. 환사영의 성격상 세상이 무너지는 모습을 그대로 지켜보지만은 않을 거란 사실을 알고 있었기 때문이다.

"사람들은 이 일을 가리켜 십천지난이라고 부르는 모양입니다. 열 개의 하늘이 일으킨 반역을 최대한 빨리 진압하지 않으면 앞으로 본교의 행보에 지대한 영향을 끼칠 겁니다."

"십대초인은 네가 알아서 처리하거라."

"주군께서는?"

"사영이 움직였다면 마땅히 내가 그를 상대해 줘야 하지 않겠느냐."

"주군."

소운천의 대답에 백영은 등이 식은땀으로 축축이 젖어 들어오는 것을 느꼈다.

'이건 좋지 않다.'

무언가 불길한 예감이 그의 뇌리를 스치고 지나갔다.

*　　　*　　　*

예운향은 경천호, 십방보와 함께 정의맹으로 향했다. 이미 정의맹으로 가는 대부분의 길목은 마해에서 점거하고 있었다.

비록 십대초인들에 의해 타격을 받긴 했지만, 그들은 정의 맹을 향한 천라지망을 풀지 않았다. 비록 십대초인에 의해 타격을 입더라도 정의맹만큼은 반드시 멸망시키겠다는 마해의 의지였다.

경천호는 정의맹으로 통하는 길목이 모두 마해에 점거된 것을 보고 혀를 찼다.

"정말 지독하구나. 이래서는 저들에게 들키지 않고 정의맹으로 들어갈 방법이 없겠어."

경천호 같은 절대의 고수마저 치를 떨게 만들 정도로 마해의 경계망은 촘촘하고 치밀했다. 십방보도 경천호의 말에 동의했다.

"후아! 지독하네요. 아주 정의맹의 씨를 말리려고 작정을 했군요."

"그만큼 정의맹이 눈엣가시란 이야기겠지."

"정의맹만 무너트리면 단일 세력으로 마해에 대항할 만한 조직이나 단체는 사실상 전멸하는 것일 테니까요."

"정말 무섭구나. 이토록 짧은 시간 안에 이런 일을 가능하게 만들다니. 도대체 천마의 능력은 그 끝이 어디까지인지 짐작조차 할 수 없구나."

경천호의 얼굴이 어두워졌다.

그는 소운천에 대한 두려움을 느끼고 있었다. 이제까지 강호가 좁다하고 종횡해 온 그였다. 천하육주는 물론이고 십대초인 중 그 누구에게도 두려움을 느낀 적이 없는 그였다. 하지만 소운천이라는 미지의 존재 앞에서는 두려움을 느끼지 않을 수 없었다.

스스로를 천마(天魔)라고 규정한 자.

인간의 삶을 던지고 하늘에 대항하는 마의 길을 걷는 남자.

그에 의해 뒤바뀔 앞으로의 세상이 두려웠다.

"반드시 그를 막아야 한다. 어떤 희생을 치르더라도. 그를 이대로 폭주하게 내버려 둔다면 강호무림은 멸망하고 말 것이다."

"형님이 반드시 그를 막을 거예요. 현 시대에서 그를 막을 만한 존재는 오직 형님뿐이에요."

"그렇겠지. 결국 그만이 이 어지럽게 꼬이고 엮인 매듭을 자를 수 있겠지."

결자해지(結者解之).

오직 시작한 자만이 끝을 낼 수 있을 뿐이다.

환사영과 소운천이 시작한 일, 끝내는 것도 결국 두 사람의 몫이었다.

이제까지 두 사람의 대화를 듣던 예운향이 말했다.

"이제 그만 가죠. 더 이상 지체할 시간이 없어요."

"음!"

"마해보다 먼저 정의맹에 도착해야 해요. 우리에겐 시간이 얼마 없어요."

예운향의 음성만 들어서는 전혀 바쁘거나 조급한 것처럼 보이지 않았다. 하지만 그녀는 실제로 서두르고 있었다.

세 사람은 말을 몰고 마해의 검문소를 향했다. 어차피 말을 타고 들어갈 수 있는 곳은 없었다. 정의맹으로 가기 위해서는 반드시 마해의 검문소를 통과해야 했다.

그들이 가까이 다가가자 아니나 다를까 검문소의 무인들이 경계의 빛을 드러냈다.

"멈춰라."

검문소에는 모두 십여 명의 무인들이 있었다. 하나같이 일류를 상회하는 수준의 고수들이었다. 그들 중 한 명이 큰 목소리로 말을 이었다.

"이곳은 아무도 통과할 수 없다. 목숨이 아깝지 않으면 썩 돌아가거라."

"잠깐."

"뭔가?"

"저기."

고함을 치던 사내를 만류한 털북숭이 사내가 고개로 말에 탄 예운향을 가리켰다. 순간 검문소를 지키던 사내들의 눈빛이 변했다.

비록 면사로 얼굴을 반쯤 가리긴 했지만 예운향의 미모는 숨길 수 있는 종류의 것이 아니었다. 단지 말에 타고 있는 자태만으로도 검문소를 지키던 마해의 무인들은 타는 듯한 갈증을 느꼈다.

고함을 지르던 사내가 말을 바꿨다.

"모두 말에게서 내리거라. 아무래도 수상한 것이 몸수색을 해야겠구나."

검문소의 무인들이 우르르 예운향 등을 에워쌌다. 그들의 모습을 보면서 십방보가 한숨을 푹 쉬었다.

"하아! 도대체 이놈들은 무뇌아들만 모여 있는 건가? 어쩌면 하나같이 반응이 이리 똑같은지."

이제까지 예운향을 본 이들의 반응은 하나같이 똑같았다. 일단 놀라고, 그 다음에는 분수도 모르고 탐욕을 부린다.

"놈! 뭐라고 중얼거리는 것이냐? 어서 말에서 내리지 못하겠느냐? 계집은 저리로 데려가 따로 검문할 테니 어서 내리거라."

검문을 하던 무인들이 목소리를 높였다. 하지만 여전히 말 위에 탄 세 사람은 미동조차 하지 않았다. 그러자 검문을 하던 무인들의 얼굴에 노기가 떠올랐다. 이제까지 목소리를 높이던 자가 다시 뭐라 입을 열 때였다.

휘잉!

예운향이 소맷자락을 허공에 흔들었다. 그러자 대기 중의 수증기가 순식간에 응결되면서 목청을 높이던 사내의 주변 공기가 얼어붙었다.

"크윽!"

소리를 지르려던 남자가 갑자기 꺽꺽대기 시작했다. 그러자 곁에 있던 동료들이 남자를 부축하며 말했다.

"이봐! 왜 그래?"

"이 친구?"

"이건?"

순간 사내들은 남자의 목 부근이 새하얗게 얼어붙은 것을 보았다. 마치 서리가 내린 것처럼 한 겹 얼음이 끼어 있는 남자의 목. 그 때문에 남자는 제대로 숨을 쉬지 못하고 있었다.

"이게 무슨 짓이냐?"

사내들이 그제야 무언가 상황이 이상하게 돌아가는 것을 깨닫고 무기를 꺼내들었다. 하지만 그들이 무기를 채 꺼내들기도 전에 경천호가 움직이고 있었다.

쉬익!

마치 바람이 스쳐지나가는 것 같았는데, 사내들은 정신을 잃고 말았다. 순식간에 마혈을 제압당하고 만 것이다.

"잠시 동안은 괜찮을 테지만, 곧 적들이 이들을 발견하고 추적해 올 것이다. 빨리 이곳을 뜨자."

마해의 검문소가 있다는 말은 근처에 마해의 정예들이 있다는 말과 다르지 않았다. 곧 순찰을 도는 이들이 발견을 하고 추적을 해올 것이 분명했다.

예운향이 목이 얼어붙은 사내를 바라보다 말을 몰았다. 지금 당장은 고통스럽긴 하겠지만 죽지는 않을 것이다. 단 얼음이 녹을 때까지 고생은 하겠지만.

경천호와 십방보가 예운향의 뒤를 따랐다.

그들이 떠난 직후 검문소를 지키던 사내들은 순찰을 돌던 마해의 무인들에 의해 발견됐다. 곧 비상호각이 울리고 마해의 무인들이 경계태세에 들어갔다. 하지만 그들이 추적을 개시했을 때는 이미 예운향 일행이 그들의 포위망을 뚫고 정의맹의 영역에 들어간 후였다.

예운향은 차분한 시선으로 주위를 둘러보았다.

불과 몇 달 전에 왔을 때만 하더라도 생기가 감돌던 정의맹의 영역은 마치 버려진 도시처럼 을씨년스럽기 그지없었다. 거리를 오가던 사람들은 모습을 감췄고, 물건이 가득 쌓여 있던 상점들은 텅 비어 있었다. 사람들의 목소리는 어디서도 들리지 않았고, 간혹 지나다니는 들개만이 거칠게 짖어댈 뿐이었다.

"사람들이 모두 도망갔나 보군요."

"어떤 이들은 알아서 도망가고, 어떤 이들은 정의맹 안으로 피신했지. 아마 거의 반반이라고 보면 옳을 것이야. 그렇다고 도망간 이들을 욕할 수만도 없는 일이지. 목숨은 누구에게나 소중한 법이니까."

"하긴 그들에게 억지로 희생을 강요할 수는 없는 법이니까요."

"그래! 만일 정의맹이 그들에게 믿음을 주었다면 도망가는 사람은 거의 없었겠지. 하지만 정의맹은 그들에게 믿음을 심어주지 못했고, 그 결과가 이렇게 나타나는 것이라네."

경천호가 씁쓸한 표정을 지었다.

정의맹이 이렇게 민심을 잃은 것에는 그 역시 책임이 없다고 할 수는 없었다. 어쨌거나 정의맹의 제일 어른으로서 내부 단속을 철저히 하지 못한 것은 그의 책임이었다.

"노야의 책임만이라고는 볼 수 없지요. 다 자신들의 권력싸움에 정신이 팔려 단합을 소홀히 한 정의맹 수뇌부들의 책임이지요."

"하지만 그들을 제대로 계도하지 못한 노부의 책임 또한 없다고는 할 수 없네. 정말 부끄럽군. 자네들에게는 제대로 된 모습을 보여주고 싶었는데."

"너무 자책하지 마세요. 앞으로는 잘될 테니까."

"나도 그리 되었으면 좋겠네. 어쨌거나 자네라도 함께 해주니 마음이 든든하구만."

경천호의 말은 사실이었다.

비록 환사영은 함께하지 못했지만, 예운향이 함께하는 것만으로도 마음이 든든했다. 오 년 전 힘없이 천하에 쫓기던 불쌍한 여아는 어느새 그와 같은 반열의 절대고수가 되어서 든든하게 힘을 보태주고 있었다.

저 멀리 정의맹의 굳게 닫힌 성문이 보였다. 이미 정의맹은 전시태세였다. 정의맹 주위에는 절진이 펼쳐졌고, 각종 기관

진식들이 곳곳에서 작동하고 있었다. 그 때문에 정의맹의 주변에 함부로 발을 들여놨다가는 불귀의 객이 되기 십상이었다.

다행히 경천호는 정의맹 주위에 펼쳐진 기관진식과 생로에 대해 알고 있었다. 그는 예운향과 십방보를 이끌고 사로(死路)를 피해 정의맹 입구에 접근했다. 자칫 한 발짝만 정해진 경로에서 어긋나면 진이 발동되는 상황이었다. 하지만 세 사람 모두 일반인의 범주를 벗어난 무인들이었다. 그들은 무사히 정의맹의 정문에 도착했다.

정의맹을 지키던 무인들이 경천호의 얼굴을 알아보았다.

"태상장로님이십니까?"

"그래! 노부가 돌아왔다. 문을 열거라."

"잘 돌아오셨습니다. 태상장로님이 귀환하셨다. 문을 열어라."

정문을 지키던 무인의 외침에 거대한 정의맹의 성문이 서서히 열리기 시작했다.

정문 안쪽에는 경천호의 귀환소식을 듣고 정의맹의 수뇌부들이 마중 나와 있었다. 그중에는 맹주인 명등과 군사인 모용관도 있었다. 그들이 경천호에게 다가와 인사를 했다.

"아미타불! 태상장로님의 귀환을 진심으로 환영합니다. 가셨던 일은 잘되셨습니까?"

"보다시피 협조를 얻어 빙마후와 함께 돌아올 수 있었다네."

명등의 눈가에 실망의 빛이 스치고 지나갔다. 하지만 그는 억지로 자신의 감정을 감추며 말했다.

"환 대협은 오지 않았습니까?"

"그는 따로 할 일이 있다고 했네. 대신 빙마후가 우리의 일에 힘을 보태줄 걸세."

경천호는 일부러 예운향을 빙마후라고 불렀다. 그녀가 십대 초인의 일원이란 사실을 모두에게 자각시키기 위해서였다.

명등이 예운향에게 예를 취했다.

"도와주시기 위해 불원천리 먼 길을 달려와 주셔서 감사합니다. 정의맹은 결코 이 은혜를 잊지 않을 겁니다."

"내 뜻이 아니에요. 나는 두 번 다시 이곳에 오고 싶지 않았어요."

"그럼?"

"그분의 뜻이었어요. 그분께서는 제가 정의맹의 내부 정비를 하는 것을 원했어요."

"내부 정비라면?"

"모래알처럼 흩어진 정의맹의 힘을 하나로 모으는 일. 그래서 그분이 하는 일에 최대한 힘을 보태주는 일. 그것이 내가 맡은 역할이에요."

예운향의 목소리는 서늘했다. 그녀의 목소리를 듣는 순간 명등은 말할 수 없는 부끄러움을 느꼈다. 그녀의 목소리가 마치 자신의 무능을 꼬집어 탓하는 것 같았기 때문이다. 그의 얼굴이 절로 붉게 물들었다.

그때였다.

"말씀이 너무 심하신 것 같습니다. 도와주러 오신 것은 감사하지만, 본맹의 맹주께 너무 함부로 말하는 것이 아닌가요? 이곳은 정의맹입니다. 맹주님께 예를 취해 주십시오."

모용관이었다.

정의맹의 군사 자격으로 그가 나선 것이다. 그의 곁에는 친구인 하도진이 함께하고 있었다.

예운향의 시선이 그들을 향했다. 한겨울의 얼어붙은 북해의 바다처럼 차갑기 그지없는 그 눈빛에 모용관과 하도진이 움찔했다. 하지만 그들은 물러서지 않았다. 이대로 물러선다면 앞으로도 예운향에게 끌려 다닐 수밖에 없다고 판단했기 때문이다.

상황이 이 지경이 되어서도 그들은 결코 자신의 기득권을 예운향에게 빼앗기고 싶은 생각이 없었다. 두 사람의 뒤에는 그들을 지지하는 세력의 수장들이 모여 있었다.

순간 예운향의 눈이 차가운 한광을 흩뿌렸다.

"요컨대 도와주는 것은 고맙지만 시답지 않게 나서지 마라. 이건가요?"

"……."

너무나 신랄한 예운향의 말에 모용관은 대답하지 않았다.

하지만 그의 얼굴은 그렇다고 표정으로 말하고 있었다.

예운향이 그를 향해 말했다.

"건방지군요."

"뭣이?"

순간적으로 모용관이 화를 참지 못하고 발끈했다. 그만큼 예운향의 말은 뜻밖이었고, 그의 자존심을 무섭게 자극하고 있었다.

"예의를 갖출 사람은 당신이에요. 내가 누군지 알고 그런 이야기를 하는 건가요? 난 빙마후예요."

"하지만 이곳은 정의맹이오."

"그래요. 내일이면 세상에서 사라질 이름뿐인 문파, 정의맹이 이곳이지요. 그래도 내가 정의맹을 존중해 줘야 한다는 건가요?"

"정의맹은 멸망하지 않소. 그건 정의맹의 힘을 모르는 자들이나 떠드는 무지몽매한 소리에 불과하오."

"호호호! 정말 그런가요? 이름뿐인 맹주에, 자파의 이익밖에 모르는 자들이 모여 만든 모래알로 이루어진 성. 그리고 그들을 따라 움직일 수밖에 없는 불쌍한 이들이 모여 있는 곳, 그곳이 내가 아는 정의맹이에요. 마해는 정의맹을 크게 생각하고 있지 않아요. 그런 당신들의 특성을 이해하고 있기 때문이죠. 아마 내일 마해의 정예들이 들이닥치면 이따위 성은 두세 시진도 버티지 못하고 무너져 내릴 거예요. 그때도 그렇게 큰소리 칠 수 있는지 두고 보겠어요."

"정의맹을 모욕하다니?"

"그럼 나를 납득시켜 봐요. 정의맹이 이제까지 세상을 위해 한 게 무엇이 있는지. 정말 마해에게서 이 땅을 지켰는지. 여기에 있는 그 누가 마해의 무인들과 직접 검을 마주하고 싸웠는지 알고 싶군요. 그런 사람이 있으면 나오라고 해요. 내가 직접 정중하게 사과를 할 테니. 하지만 내가 알기로 이곳에 있는 그 누구도 나의 사과를 받을 자격이 있는 사람은 없어요. 당신들은 물론이고, 정의맹의 맹주인 명등 스님조차도 말이에요. 사과는 당신들이 해야 해요. 천하를 어지럽힌 죄를 어떻게 갚을 건가요?"

우웅!

예운향의 사자후는 정의맹 안에 널리 널리 울려 퍼졌다. 그녀의 외침에 정의맹의 수뇌부들은 떫은 감을 씹은 표정이 되었고, 하급무사들은 속 시원하다는 표정을 지었다.

예운향의 외침은 현 정의맹의 치부를 세상에 그대로 드러내 놓고 있었다. 그녀의 도발에 맞서 모용관은 얼굴만 붉힐 뿐, 쉽게 말을 잇지 못하고 있었다. 반박하기에는 그녀의 말이 너무 논리 정연했고, 사실만을 말하고 있었다.

실제로 그는 예운향과 환사영을 이용할 생각만 하고 있었지, 자신들이 가진 기득권을 넘겨줄 생각은 하지 않았다. 어떻게든 자신들이 가지고 있는 기득권만은 반드시 지킬 생각이었다.

모용관은 여기서 밀리면 끝장이라고 생각했다.

"말씀이 심하시오. 마후께서 일영의 여인이라는 것은 알고 있지만, 그 후광이 끝까지 당신을 지켜주지는 못할 것이오. 마후께서 이렇게 정의맹을 모욕한다면 정의맹의 칠천 제자는 결코 참지 않을 것이오."

"호호! 후광이라고 했나요? 좋아요. 이렇게 하죠. 내가 어떻게 되든 그분께서는 상관하지 않는다면 어쩌겠어요? 그렇다고 해도 감히 나와 싸울 담량이 있는 자가 여기에 있나요?"

"본맹의 제자는 모두 칠천 명이 넘소. 칠천 명이 넘는 무인을 당신 혼자서 상대할 수 있을 듯싶소? 당신은…… 킥!"

짜악!

그 순간이었다. 한참 열변을 토해내던 모용관의 뺨이 그대로 돌아갔다. 모용관은 어떻게 된 일인지 상황도 알지 못하고 얼얼한 뺨을 어루만졌다.

"다, 당신?"

"모욕이란 것은 이런 것을 말하는 거예요. 당신처럼 말만 많이 하는 것이 아니라. 이제 어쩔 건가요? 내가 당신을 모욕했는데 말이에요."

"이익!"

모용관의 얼굴이 종이처럼 구겨졌다.

"자, 어찌할 생각이죠? 또다시 말로만 정의맹을 모욕하지 말라 말할 건가요? 당신도 사내라면, 말로만 떠들 것이 아니라 두 팔을 걷고 덤벼 봐요. 그러면 무인 대 무인으로 얼마든지 상대해 줄 테니까."

"감히 정의맹의 군사를 함부로 대하다니. 뭐하고 있는 것이냐? 어서 이 계집을 무릎 꿇리지 않고."

얼이 빠진 모용관 대신 소리친 이는 그의 친구인 하도진이었다. 하지만 하도진은 말을 채 끝내기도 전에 예운향의 손바닥 맛을 봐야 했다.

짜악!

"킥!"

하도진이 외마디 비명과 함께 바닥을 때구루루 굴렀다. 그도 가전의 무공을 익혀 스스로 고수라고 자부하고 있었지만, 예운향이 어떻게 손을 쓰는지 보지도 못했다.

"이, 이 계집이……."

짜악! 쫘악!

욕설을 내뱉던 하도진이 다시 예운향의 손바닥에 뺨을 맞았다. 그의 얼굴은 순식간에 두툼하게 부풀어 올라 형체를 구별할 수 없게 되었다.

모용관과 하도진의 수하들이 움직이려 했다. 하지만 그들이 움직이려는 순간 예운향의 차가운 목소리가 울려 퍼졌다.

"만일 이들을 도와주기 위해 움직이는 자들이 있다면 나 빙마후와 일생일대의 대적이 되기 위해 작심한 것으로 인식하겠다. 그런 자들은 마해보다 먼저 나 빙마후의 손에 멸망하리라."

예운향의 쩌렁쩌렁한 목소리에 정의맹 칠천무사들이 압도당했다. 그 누구도 감히 예운향의 행동에 제동을 걸지 못했다. 심지어는 모용관과 하도진을 뒤에서 후원하던 자들마저도 말이다.

그 순간에도 예운향의 목소리는 칠천 명 무사들의 고막을 파고들고 있었다.

"어찌 작은 모욕은 참지 못하면서, 큰 모욕은 참는 건가요? 마해가 정의맹의 영역을 침범했는데도 웅크리고 있는 것은 스스로의 모자람을 내보이는 행동이 아닌가요? 언제까지 그렇게 자파의 이익만 계산하며 어린 계집처럼 숨어 있을 것인가요? 당신들이 그러고도 당당한 정파의 무인이라고 자부할 수 있는가요?"

후우웅!

예운향의 당당한 외침은 엄청난 파장을 불러일으켰다.

당당한 그녀의 태도는 정의맹의 하급무사들이 그토록 원하던 영웅의 모습이었다. 이제까지 그들은 누군가 이렇게 당당한 외침을 토해주길 바랐다. 그들은 자파 수뇌부들의 속물적인 태도에 이미 진저리가 날 만큼 난 상태였던 것이다.

정의맹의 무인들 중 유난히 얼굴에 수염이 많이 난 사내가 한 발자국 앞으로 나서며 말했다.

"일영은…… 환영무인은 어쩌고 있습니까? 그도 움직이는 겁니까?"

"그분은 이미 이 땅을 위해 움직이기 시작했어요."

"그렇다면 나 역시 당신을 따르겠습니다. 이따위 자신의 이득만 따지는 정의맹에는 신물이 났습니다. 나의 모든 것을 걸고 마해와 맞서 싸우겠습니다."

"나도 마찬가집니다. 수뇌부들의 정치놀음에 신물이 나서 더 이상 믿지 못하겠소. 나 윤 모는 빙마후를 따르겠소."

"나도 따르겠습니다."

이제까지 참던 하급무사들이 앞을 다퉈 예운향을 따르겠다고 나섰다. 그 모습을 보면서도 정의맹의 수뇌부들은 아무런 말도 할 수 없었다. 예운향의 무력이 무섭기도 했지만, 하급무사들의 이탈이 너무나 충격적이었기 때문이다.

명등이 눈을 감았다.

"아미타불, 아미타불!"

예운향의 외침은 그의 가슴에도 커다란 파문을 불러일으키고 있었다.

정의맹의 칠천 무사들이 예운향을 따르겠다고 목소리를 높였다. 그 속에서 모용관과 하도진은 부풀어 오른 뺨을 잡고 겁에 질린 눈을 하고 있었다. 그들이 우려했던 최악의 상황이 눈앞에 펼쳐지고 있었다.

제 5 장
평행선 위의 남자들

　소운천이 고개를 들어 허공을 올려다봤다. 아직은 세상의 모든 것이 어둠에 잠겨 있는 새벽하늘이었다. 오직 별들만이 빛나는 하늘, 그곳을 선회하는 물체가 있었다.

　기신조(祈神鳥).

　언젠가부터 소운천을 따르기 시작한 검은색의 괴조는 오늘도 허공을 날고 있었다. 기신조는 소운천이 있는 곳이라면 그 어디라도 따라왔다. 그 때문에 기신조가 있는 곳에 소운천이 있다는 소문이 사실로 전해져 퍼져 나가고 있었다.

　소운천이 허공을 향해 손을 들어 보였다. 그러자 허공을 선회하던 기신조가 무서운 속도로 하강하기 시작했다. 유성처럼 낙하하던 기신조는 소운천의 지척에 이르러 그 커다란 날개를 활짝 폈다. 그러자 급격히 속도가 줄어들며 소운천의 팔 위에 사뿐히 안착했다.

소운천의 팔뚝 위에 내려앉은 거대한 기신조는 소운천의 뺨에 자신의 부리를 비벼댔다. 소운천은 차가운 기신조의 감촉을 즐기며 입을 열었다.

"너는 어째서 나를 따르는 것이냐?"

그러자 기신조가 말귀를 알아듣기라도 한 것처럼 고개를 갸웃거리며 소운천을 바라봤다. 윤기가 흐르는 검은 깃털과 마찬가지로 칠흑처럼 검은 눈동자를 바라보고 있자니 소운천은 왠지 마음이 편해지는 것을 느꼈다.

소운천은 거대한 마기를 품고 있었다. 그리고 기신조는 그의 마기에 영향을 받아 성장했다. 어쩌면 기신조가 소운천을 따르는 것이 당연한 일인지도 몰랐다. 소운천의 곁에 있으면 기신조는 끝없이 성장할 수 있을 테니까.

소운천이 기신조의 턱을 쓰다듬었다. 그러자 기신조가 기분 좋은 울음을 흘려냈다.

"후후! 이제 파국이 머지않았다. 나의 눈엔 그 광경이 벌써 선하게 보이는구나."

소운천의 입가에 옅은 미소가 피어올랐다.

수많은 사람들이 죽어갈 것이다. 무기를 든 자들은 자신이 무공을 익혔음을 후회할 것이고, 이 시대에 태어난 자들은 소운천과 같은 시대에 태어났음을 저주하게 되리라. 이 땅을 지배해 온 오랜 법칙이 깨지고, 새로운 질서가 태동하게 되리라.

이전까지와는 전혀 다른 세계.

기존의 모든 것이 뒤집힌 새로운 세상.

그것이 소운천이 원하는 바였다.

"오직 내가 원하는 질서만이 존재하는 세상. 그 외의 어떤 질서도 용납하지 않겠다."

나란이 멸망했을 때부터 생각했었다.

왜 나란은 멸망했어야 했을까?

왜 오만 명의 선량한 사람들이 목숨을 잃었어야 했을까?

아무리 생각해도 결론은 한 가지뿐이었다.

이 땅에는 너무 많은 자들이 힘을 가지고 있었다. 힘 있는 자들이 각자 패권을 바라고 움직이고 있었다. 그들이 움직일 때마다 죄 없는 사람들이 죽어 나가고 있었다. 힘 있는 자들의 꿈을 위해 수많은 자들이 죽어 나가는 것이다.

각자의 질서와 힘을 가진 수많은 권력자들에 의해 비극이 잉태되는 세상. 이 어긋난 세상을 바로잡기 위해서는 강력한 힘을 가진 단 한 가지의 질서가 필요했다.

바로 소운천이라는 이름의 강력한 질서.

세상의 모든 법이 그 하나로 통하게 되면 그 어떤 분란도, 다툼도 존재하지 않게 될 것이다. 허나 그러기 위해서는 기존의 모든 질서를 송두리째 파괴해야 했다.

그 과정에서 수많은 이들이 죽어 나갈 것이다. 그리고 그보다 많은 사람들이 고통 속에서 신음할 것이다. 그래도 소운천은 자신의 행보를 전혀 멈출 생각이 없었다.

새로운 창조를 위해서는 기존의 모든 것을 파괴해야 한다는 것이 소운천의 신념이었다.

지금은 새로운 창조를 위해 파괴를 하는 과정이었다. 기존에 존재하는 모든 질서를 밀어버려야 할 때였다.

"후후! 아마 나는 악마로 불리게 될 테지. 피도 눈물도 없는 파괴자. 하늘에 대항하는 마. 그래서 천마(天魔)라는 이름이 내겐 어울린다."

소운천의 자조 어린 웃음에 기신조가 눈알을 뒤룩뒤룩 굴렸다. 마치 소운천의 말을 알아듣기라도 하는 것처럼 말이다.

구르륵!

기신조의 입에서 기괴한 울음소리가 흘러나왔다.

그때마다 소운천의 마기가 요동쳤다.

"훗!"

소운천의 입가에 옅은 미소가 떠올랐다.

그의 휘하 구유마전단조차도 알지 못하는 기신조의 비밀이 바로 이것이었다. 왜인지 이유는 알 수 없었지만, 기신조는 마기를 먹고 성장해 주위에 영향을 끼친다. 그 영향이 어떤 형태로 나타나는지 아는 사람은 오직 소운천뿐이었다.

소운천이 허공을 향해 손을 휘저었다. 그러자 검은 기신조가 하늘을 향해 힘차게 날아올랐다. 기신조가 허공을 날아오르는 모습을 보면서 소운천이 미소를 지었다.

"이제 얼마 남지 않았군."

정의맹까지는 이제 불과 반나절 거리였다. 해가 중천에 뜰 시간이면 코앞에서 정의맹을 볼 수 있을 것이다.

정파 최후의 보루.

정파를 지지하는 수많은 문파들이 모여 만든 최후의 단체.

정의맹만 밀어 버리면 더 이상 소운천에 대항할 문파는 없었다. 있다면 오직 십대초인뿐이었다. 하지만 소운천은 십대초인에 커다란 의미를 두지 않았다.

"사영, 너뿐이다. 너는 어디까지 왔느냐? 언제까지 그렇게 숨죽이고 있으려는 것이냐?"

아직까지 환사영이 움직인다는 첩보는 어디서도 보고되지 않았다. 하지만 소운천은 알고 있었다. 환사영이 움직이고 있다는 사실을. 비록 세상 사람들의 눈에는 보이지 않지만, 그가 움직이고 있다는 사실을 그는 본능적으로 알고 있었다.

기존의 질서 정점에 환사영이 서 있었다.

십대초인을 움직이고, 이 시대를 움직이는 남자. 그를 쓰러트리기 전에는 소운천이 원하는 세상은 오지 않을 것이다.

소운천이 이끄는 마해의 정예들은 마침내 정의맹의 십 리 밖에 도착했다. 이곳까지 오는 동안 정의맹의 반항은 그야말로 미미했다. 반항이라고 해봐야 별동대를 조직해 기습을 하는 것 정도였는데, 그마저도 금방 발각되어 대부분의 별동대가 목숨을 잃었다. 그에 비해 마해의 피해는 거의 없다고 봐도 무방할 정도였다.

저 멀리 거대한 정의맹의 성벽이 보였다.

"드디어……."

마해의 정예들이 격동했다.

드디어 그들은 정의맹을 눈앞에 두고 있었다. 아직은 굳건한 모습을 보이고 있었지만, 조만간 정의맹이 무너질 거란 사실을 의심하는 자는 아무도 없었다.

천라지망을 형성해 진군해 오던 마해의 정예들이 속속 본진에 합류하고 있었다. 동서남북의 사군(四軍)은 물론이고, 그들을 지원하기 위한 일반 마해 교도들이 속속 모여들고 있었다.

그 수만 무려 일만이 넘는 대군이었다.

일만이 넘는 대군이 수많은 깃발을 휘날리며 한자리에 모여 있는 모습은 그야말로 장관이었다. 그 중심에 소운천과 구유마전단이 있었다. 사람들은 소운천을 중심으로 군진을 형성했다.

일만 명의 무인들이 쉴 수 있는 군막이 건설되고, 지휘막사가 만들어졌다. 지휘막사에 마해의 지도부가 모여들었다.

지휘막사의 태사의에는 소운천이 앉아 있었고, 그의 좌우에 백영과 구유마전단의 수뇌부들이 도열해 있었고, 마해가 영입

한 절정고수들이 긴 탁자를 중심으로 의자에 앉아 있었다.

사람들이 숨을 죽이고 태사의에 앉아 있는 소운천을 바라보았다. 그들 중에는 당천위도 있었다. 당천위는 질투심 어린 시선으로 소운천을 바라보았다.

일만의 거대 군세를 이끌고 태사의에 앉아 있는 소운천. 그의 자리가 그렇게 부러울 수가 없었다.

처음 당천위의 목적은 단순했다.

바로 당가(唐家)를 부흥시키는 것. 그래서 당문(唐門)으로 격상시키는 것이 바로 당천위의 본래 목적이었다. 하지만 이제는 그 생각이 변했다. 더욱 큰 야망을 품게 된 것이다.

이제는 단순히 당문의 부흥으로는 성이 차지 않았다. 이 거대한 군세(軍勢)의 주인이 되고 싶다. 그래서 저 태사의에 앉아 지배자가 되고 싶었다. 하지만 아직은 아니었다. 그는 아직 자신의 힘이 태사의에 앉아 있는 소운천의 힘에 비할 수 없다는 사실을 잘 알고 있었다.

태사의에 앉아 있는 저 괴물은 끝을 모를 저력과 어마어마한 파괴력을 간직하고 있었다. 그의 자리에 앉기 위해서는 우선 구유마전단부터 뛰어넘어야 했다. 그러지 않고서는 그의 꿈은 영원히 이루어지지 않을 망상에 불과했다.

'언젠가는 반드시 내가 그 자리에 앉겠다. 그 자리에 앉아 천하를 호령하고 말겠다. 그때까지는 얌전히 그대의 충실한 종복이 되어주지.'

당천위가 비릿한 미소를 지었다.

그는 자신의 생각에 양심의 가책을 느끼지 않았다. 어차피 무림이란 먹고 먹히는 세계, 강하지 않은 자는 잡아먹히기 마련이었다. 그런 세상에서 끝까지 살아남기 위해서는 독심을 품지 않으면 안 됐다.

당천위의 곁에는 동생인 당문위가 불안한 표정으로 그를 바라보고 있었다. 형인 당천위를 위해 이제까지 살아온 당문위였다.

당천위의 그림자로 평생을 살아왔기에 누구보다 그에 대해 잘 알고 있는 이가 바로 당문위였다. 그런 당문위가 최근 들어 당천위에게 불안감을 느끼고 있었다.

'어쩌면 형님으로 인해 당가는 큰 화를 입을 수도 있다. 더 늦기 전에 대책을 마련해야 할지도.'

최근 들어 당천위는 폭주하는 경향이 있었다. 그가 폭주할 때면 수많은 이들이 목숨을 잃었다. 지금 당장은 마해의 세력이 압도적이기에 아무렇지 않게 넘어갈 수 있지만, 혹시라도 일이 잘못된다면 당천위로 인해 당가에 큰 위기가 올 수도 있다는 사실을 당문위는 인지하고 있었다. 그렇게 당문위가 한참 상념에 빠져 있을 때 태사의에 앉아 있던 소운천이 입을 열었다.

"이제 시작하지."

"예! 우선 현재 정세를 말씀드리겠습니다."

대답을 한 이는 소운천의 심복인 백영이었다.

"현재 적들은 모두 성 안에 모여 전력을 집중하고 있습니다. 성 주위에는 절진과 기관이 설치된 것으로 파악되었습니다. 기관과 절진을 파훼하기 위해서는 적잖은 시간이 소요될 것으로 보입니다."

"기관과 절진을 파훼하는 데 걸리는 시간은?"

"하루, 어쩌면 그 이상의 시간이 소요될지 모릅니다."

"내일 아침까지 파훼하도록. 해가 뜨는 대로 총공세를 시작한다."

"알겠습니다."

"본교의 피해는?"

"이곳으로 오는 동안 선봉대가 십대초인들에 의해 궤멸됐습니다. 그 때문에 전력의 손실이 조금 있었습니다만 크게 우려할 부분은 아닙니다. 단지 마음에 걸리는 것이 있다면 선봉대가 궤멸되면서 정예들이 합류하는 시간이 길어졌다는 것뿐입니다. 하지만 내일 오후가 되면 늦은 자들도 모두 합류하게 될 겁니다."

"십대초인의 움직임은?"

"선봉대를 궤멸시킨 후 종적이 묘연해졌으나, 추적자들을 붙였으니 곧 보고가 들어올 것으로 보입니다. 그들에 대한 대책은 이미 세워져 있습니다."

"믿지."

소운천이 고개를 끄덕였다. 그런 그의 모습에서는 절대적인 자신감이 느껴졌다. 십대초인이 어떤 움직임을 보이더라도 능히 감당할 자신이 있는 것이다.

소운천이 주위를 둘러보았다. 모든 사람들이 오직 그 한 명만을 바라보고 있었다. 그들 중에서도 유독 당천위의 시선이 빛났다.

"당천위."

"예! 교주님."

"몸은 좀 어떠한가?"

"좋습니다."

"내일 선봉을 맡겨도 되겠는가?"

"기다리던 바입니다. 맡겨만 주십시오. 죽음의 비를 그들의 대지에 내리겠습니다."

"믿지."

당천위의 장담에 소운천이 고개를 끄덕였다.

당천위는 매우 유용한 존재였다. 그가 펼치는 독공은 적수를 찾기 힘들 뿐 아니라 방비하기가 매우 힘들었다. 그가 선봉에 서는 이상 수많은 사상자들이 나올 것이 분명했다. 그의 독공은 아군에게도, 적군에게도 공포의 대상이었다.

소운천의 입가에 차가운 미소가 떠올랐다.

"내일이면 세상이 바뀔 것이다. 이제까지의 모든 질서가 파괴되고 새로운 질서가 만들어질 것이다. 바로 '천마'라는 이름의 새로운 질서가."

"모든 것이 교주님의 뜻대로 되실 겁니다."

수십 명의 사내들이 일제히 고개를 숙였다. 그들의 표정은 결연했다. 그들은 소운천을 위해서 자신의 목숨을 초개처럼 내던질 수 있었다. 그들은 소운천을 따라 새로운 세상이 열리길 기대하는 사람들이었다.

당천위 형제는 조용히 소운천의 막사를 나섰다.

당천위가 당문위에게 말했다.

"잠시 걸을까?"

"예. 형님."

당문위는 조용히 당천위를 뒤를 따랐다.

당천위가 향한 곳은 정의맹의 성벽이 환히 보이는 인근의 야산 위였다.

당천위가 말했다.

"보이느냐?"

"보입니다."

"무엇이 보이느냐?"

"정의맹이 보입니다."

"그러냐? 나에겐 모래성이 보인다. 내일이면 무너질 거대한 모래성이."

"그……렇습니까?"

"그렇다. 내일 이후 세상은 마해의 것이 될 것이다. 시대의 흐름이 이미 그렇게 돌아가고 있다. 그 누구도 감히 그 흐름을 막을 수는 없을 것이다."

당천위의 눈에는 이미 마해의 세상이 된 모습이 보이고 있었다. 이 거대한 흐름을 막을 수 있는 존재는 세상 어디에도 없어 보였다. 적어도 당천위의 눈에는 그렇게 보였다.

"가문의 전력은 얼마나 완성되었느냐?"

"칠 할 이상 완성되었습니다. 나머지는 시간이 해결해 줄 겁니다."

"아직도 부족하군."

"그나마도 형님이 지원해 준 덕분에 이만큼 할 수 있었습니다. 가문의 어른들도 형님에게 고마워하십니다."

"후후! 하지만 그것도 여기까지야."

"그게 무슨 말씀이십니까?"

"이제부터 나는 가문의 일에서 손을 완전히 뗄 생각이다. 그보다 더 큰일에 매진하기 위해서지."

"더 큰일이라면 설마?"

"그렇다. 나는 천하를 노릴 것이다."

"하지만 천마가 있습니다. 천마는 결코 넘을 수 없는 벽입니다."

"알고 있다. 그렇기에 더욱 피가 들끓어 오른다. 천마도 처음부터 지금의 권력을 얻은 것은 아닐 터. 그렇다면 나에게도 언젠가는 기회가 올 것이다."

"형님."

당문위가 안타까운 눈으로 당천위를 바라보았다. 하지만 당문위는 당천위를 말릴 수 없었다. 그러기에는 그의 몸에서 느껴지는 기운이 너무나 뜨거웠기 때문이다.

거대한 야망을 가진 사내의 최후는 둘 중의 한 가지뿐이다.

야망을 이루거나, 파국을 맞이하거나.

지금 당천위는 그 두 가지 길이 교차하는 접점에 서 있었다. 그러니까 그에게 남겨진 길도 두 가지 중의 하나였다.

성공하거나, 실패하거나.

"오늘 너를 따로 부른 것은 가문을 부탁하기 위해서이다."

"형님, 그게 무슨 말씀입니까?"

"후후! 나는 오늘부로 가문을 떠날 것이다. 나의 야망을 위해서."

"형님?"

"후후! 성공하면 상관없지만, 실패하면 나의 가문까지도 세상에서 지워지겠지. 그래서 나는 가문을 버릴 것이다. 가문은 이제부터 네가 이끌어 가거라."

"형님, 말도 안 되는 소립니다. 형님이 아니면 이제부터 누가 가문을 이끌어 간단 말입니까? 당문은 형님이 없으면 안 됩니다."

"이걸 가져라. 그간 내가 얻은 심득과 독공을 정리해 놓았다. 이거라면 당문을 출범시키기에 부족함이 없을 것이다."

당천위가 내놓은 것은 누런 책자였다. 꽤나 심혈을 기울여 만든 것인 듯 보이는 책자의 표지에는 만독진결(萬毒眞決)이라고 적혀 있었다.

"아직 적혀 있는 부분보다 비어 있는 부분이 더욱 많다. 만독진결을 완성하는 것이 앞으로 당문의 과제다."

"형님?"

"나는 이제부터 당문에서 받은 이름을 버리겠다. 나의 이름은 당천위가 아니다. 그래, 양사위(陽死衛)가 좋겠다. 나는 이제부터 양사위가 될 것이다."

"진정으로 그리 하실 작정입니까?"

"후후! 이게 최선이야. 그리고 너도 언제까지 나의 그림자만으로 살 수는 없는 법이니까."

"형님……."

당문위는 말을 잇지 못했다.

방금 전까지 가문의 안위를 위해서 모종의 대책을 강구하던 그였지만, 막상 당천위가 이렇게 나오자 어떤 말도 할 수 없었다.

"나는 수많은 사람을 죽일 것이다. 학살의 주인공이 되는 셈이지. 나의 악명은 가문에 막대한 부담을 줄 것이다. 차라리 나와 인연을 끊는 것이 당문에도 훨씬 좋을 게야. 그리고 나도 훨씬 홀가분하게 천하를 노릴 수 있지. 내가 잘못돼도 당문은 무사할 수 있을 테니까. 후후!"

당천위의 입에서 음산한 웃음이 흘러나왔다.

모든 결정이 그의 야망을 위한 것이었다.

당천위는 그렇게 양사위가 되었다. 하지만 그 사실을 아는
자는 천하에 오직 한 명 당문위뿐이었다.

*　　　　*　　　　*

예운향은 성벽 위에서 눈앞에 펼쳐진 엄청난 군진을 바라보
았다. 십 리 밖이라고 해도 워낙 엄청난 수의 무인들이 한데
모여 있기에 그 모습이 너무나 선명하게 보였다.

현재 모인 자들만 일만 명이었고, 후속부대들도 속속 모여
들고 있다는 점을 감안하면 최종적으로 만오천 명 이상의 무
인들이 모일 거란 것이 정의맹이 파악한 내용이었다.

말이 만오천 명이지 정말 기가 질릴 정도의 엄청난 숫자였
다. 그런 엄청난 대군이 정의맹을 노리고 있었다. 현재 모여
있는 마해의 전력만으로도 정의맹을 압도하고 있었다.

예운향의 곁에 있던 십방보가 그 위용에 기가 질렸는지 나
직한 목소리로 중얼거렸다.

"미치겠네. 내 평생 이토록 많은 인간들이 한자리에 모인
모습은 처음 본다."

정의맹의 인원까지 합치면 합이 이만에 육박하는 숫자였다.

이만에 달하는 군세가 서로를 노려보고 전의를 다지고 있었다. 무림이 시작된 이래 이토록 엄청난 숫자의 무인들이 동원된 적은 단 한 번도 없었다. 단지 보는 것만으로도 기가 질려 버릴 정도였다.

예운향이 거대한 마해의 본진을 보며 말했다.

"이제 시작이군요. 천하의 운명을 건 대회전(大會戰)이."

"잘돼야 할 텐데 걱정이네요."

십방보의 근심 어린 대답에 경천호가 억지로 밝은 미소를 지으며 말했다.

"잘될 것이다. 걱정하지 말거라. 무림이 시작된 이래 천하에서 가장 강하다고 공인받은 무인들이 한마음 한뜻으로 움직이고 있다. 마해가 제아무리 강하다 할지라도 우리는 반드시 그들을 이길 수 있을 것이다."

하지만 말과는 달리 그의 얼굴 표정은 결코 밝지 않았다. 억지로 환한 표정을 짓고 있었지만, 그 역시 긴장을 하고 있는 것이다. 그것은 주위에 있는 다른 사람들 역시 마찬가지였다.

명등을 비롯한 정의맹의 수뇌부들의 얼굴에도 긴장의 빛이 떠올라 있었다. 이제 이 한 번의 대회전으로 강호의 운명이 결정될 것이다. 여기에서 패하는 쪽은 영원히 쇠락의 길을 걷게 될 것이다.

그때 정의맹 측에서 누군가 외쳤다.

"적들이 움직이고 있습니다."

사람들의 시선이 일제히 목소리의 주인이 가리킨 방향을 향했다. 정말 그의 말처럼 마해에서 일단의 무리들이 튀어나왔다. 수백 명으로 이뤄진 일단의 무인들은 정의맹을 향해 천천히 다가왔다.

　"선봉대인가?"

　단순한 선봉대라고 보기에는 그 수가 너무 적었다. 그들은 정의맹을 향해 조심스럽게 다가오고 있었다.

　성벽 위에서 예운향과 정의맹의 수뇌부들은 그 모습을 지켜보았다. 겨우 수백 명의 인원으로 무엇을 할지 궁금했기 때문이다. 더구나 정의맹의 성벽 외곽에는 거대한 절진이 펼쳐져 있었다.

　절진 속에는 기관이 설치되어 있었기에 발을 디디는 순간 죽음의 함정으로 돌변하고 만다. 그 사실을 모르지 않을 텐데 겨우 수백 명의 무인을 동원한 마해의 의도가 의심스러웠다.

　"무얼 하자는 거지?"

　"설마 진식을 파훼하기 위해 선발대가 나온 것인가?"

　정의맹에서는 진식의 존재를 철저히 비밀에 붙였다. 물론 진식이 펼쳐져 있다는 사실은 적들도 알고 있지만, 어떤 절진이 펼쳐졌는지는 비밀 중의 비밀이었다. 그 때문에 적들이 선발대를 보내 어떤 절진이 펼쳐져 있는지 탐색하려는 것 같았다.

　예운향이 급히 명등에게 말했다.

"적들이 절진을 파악하도록 두어서는 안 돼요. 정예 무인을 내보내 저들을 격퇴시켜야 돼요."

"그렇게 되면 준비도 못하고 대규모의 전투로 이어질지도 모르오."

"그래도 어쩔 수 없어요. 처음부터 저들에게 밀리면 끝까지 밀릴 수밖에 없어요. 이번 전투는 기세싸움이에요."

예운향은 단호했다.

그녀는 마해에 대해서 이곳에 있는 그 누구보다 잘 알고 있었다. 마해를 이끄는 소운천이 어떤 사람인지 그녀보다 잘 아는 사람은 없었다. 소운천을 상대하기 위해서는 초반부터 기세에서 밀리는 모습을 보여줘서는 안 된다.

예운향의 단호한 어조에 명등이 어쩔 수 없다는 듯이 뒤에서 있던 수하에게 명령을 내렸다. 그러자 미리 안에서 대기하고 있던 호정대(護正隊)가 정문을 열고 출진했다.

호정대주 이곽이 외쳤다.

"서전(緖戰)은 우리 호정대가 연다. 건방진 마해의 잡졸을 물리쳐 정의맹의 위대함을 만천하에 알리자."

"와아아!"

이곽의 외침에 호정대가 큰소리로 함성을 내지르며 말을 달렸다. 호정대는 진이 발동되지 않도록 생문을 지나 외부의 적들과 조우했다.

호정대주 이곽이 외쳤다.

"마해의 잡졸들이 감히 이곳까지 들어오다니. 아주 묏자리를 제대로 찾아들어왔구나."

"정의맹의 떨거지가 입만 살았구나. 본인은 신교의 집마대(集魔隊)의 대주인 곽진양이라고 한다. 너는 나와 더불어 천 초를 싸울 자신이 있느냐?"

"본인은 정의맹의 호정대주 이곽이다. 이 몸이 기꺼이 당신의 상대가 되어주마."

"좋다."

곽진양이 호기롭게 앞으로 나섰다. 그러자 이곽 역시 수하들을 뒤로 하고 앞으로 나섰다. 양측 선봉대장들의 격돌이었다.

이곽은 나부파(羅埠派)의 절기를 한 몸에 익힌 절정의 무인이었고, 곽진양은 정사지간의 문파인 한천문(寒天門)에서 파문된 경력을 가진 절정의 무인이었다. 비록 문파와 배운 절기는 다르지만 자신이 소속된 조직을 대표하기에는 하등의 부족함이 없는 무인들이었다.

그들은 각자의 명예와 조직의 기세를 살리기 위해 앞으로 나섰다.

이곽이 허리에 걸려 있던 자전신검(紫電神劍)을 뽑아들었다. 나부파의 보물인 자전신검으로 펼치는 이곽의 뇌격십이연검(雷格十二聯劍)은 가히 무림의 일절이라 할 만했다.

이곽의 뇌격십이연검에 대응해 곽진양이 거대한 대부(大斧)

를 꺼내들었다. 곽진양이 대부를 이용해 펼치는 혈풍선광부법(血風旋光斧法)은 마해에서도 인정해 주는 절정의 부법(斧法)이었다.

콰앙!

자전신검과 대부가 허공에서 격돌했다.

정의맹과 마해 양측의 무인들이 두 사람의 싸움에 집중했다. 예운향의 말대로 이것은 기세싸움이었다. 여기서 지는 쪽은 기세에서 크게 밀릴 것이 자명했다. 그 때문에 두 사람은 혼신의 힘을 다해 자신의 절기를 펼쳤다.

이곽이 자전신검을 이용해 뇌격십이연검의 절초를 연이어 풀어냈고, 곽진양은 거대한 대부를 이용해 그런 이곽의 공격의 맥을 끊었다.

두 사람의 싸움은 쉽게 끝이 날 것 같지 않았다. 하지만 사람들은 손바닥에 땀이 나는 것도 모르고 두 사람의 싸움에 집중했다.

그렇게 두 사람이 치열하게 싸움을 벌이고 있을 때 곽진양이 이끌고 나온 짐마대의 몇몇 무인들이 은밀히 눈을 빛내고 있었다.

그들은 자신들의 대주인 곽진양의 싸움은 보지도 않고, 호정대가 지나온 길과 주위의 지형지물을 유심히 살피고 있었다.

그들은 짐마대로 위장한 마해의 책사들이었다. 그들의 임무는 집마대가 정의맹의 시선을 끄는 사이 절진의 종류와 기관이 설치된 지역을 파악하는 것이었다.

그들은 호정대가 지나온 길을 머리에 각인시켜 두었다. 설령 시시각각 생문이 변한다 할지라도 이렇게 기준을 잡아놓으면, 나중에 필요에 따라 생문을 계산하는 일이 훨씬 수월하기 때문이다.

그들은 여러 가지 가능성을 열어두고 있었다.

"생문과 사문이 따로 존재하지 않고 얽혀 있다. 천문의 변화에 따라 진의 운용도 바뀐다. 천시운환진(天時運環陣)이 진의 한 축을 이루고 있음이다."

"바람이 바뀔 때마다 진의 기세가 시시각각으로 변하고 있다. 이건 분명 사기미종진(四氣迷踪陣)이 가미된 흔적이다."

책사들은 주위의 변화와 기의 흐름으로 어떤 진이 펼쳐져 있는지 파악했다. 그런 사실도 모른 채 이곽은 곽진양을 상대로 자신의 절기를 모두 펼쳐내고 있었다.

까앙!

곽진양의 대부가 이곽의 자전신검에 의해 튕겨나갔다. 그러자 가슴이 열리며 허점이 노출됐다. 이곽은 곽진양의 허점을 놓치지 않았다.

스거억!

이곽의 자전신검이 곽진양의 가슴에 긴 자상을 남기며 스쳐지나갔다. 갈라진 근육 사이에서 엄청난 양의 선혈이 치솟아

나왔다.

"크윽!"

곽진양이 나직한 신음성을 흘리며 뒤로 물러났다. 그러자 이곽이 확실하게 그의 숨통을 끊기 위해 자전신검을 휘두르며 접근했다.

"대주님을 지켜라."

곽진양이 위기에 빠지자 집마대가 그를 지키기 위해 움직였다. 그러자 이제까지 지켜보고 있던 호정대도 이곽을 지키기 위해 나섰다.

"우와아! 놈들을 몰아내자!"

"더러운 정파의 잡졸들이!"

촤촤—촹!

그것이 신호였다. 호정대와 집마대가 격돌하자 이제까지 지켜보던 양측에서 무인들을 내보내기 시작했다. 예운향의 말처럼 서전에서 밀리면 기세싸움에서 밀린다는 사실을 인지하고 있기 때문이다.

수많은 사람들이 뒤엉켜 싸우며 누런 먼지가 일어나 허공을 뒤덮었다. 그 속에서 정의맹과 마해의 무인들은 생사를 걸고 격돌했다.

그렇게 양측의 무인들이 치열하게 싸우고 있을 때도 마해의 책사들은 정의맹 주위에 펼쳐진 절진의 정체를 파악하기 위해 고군분투했다. 그리고 그들은 결국 정의맹 주위에 펼쳐진 절진의 정체를 파악할 수 있었다.

"천시운환진과 사기미종진을 동시에 운용할 수 있는 거대한 진법은 한 가지밖에 없었다. 대윤회연환진(大輪回連環陣). 분명 이것은 대윤회연환진이다."

대윤회연환진은 하나의 절진을 지칭하는 것이 아니었다. 십여 개 이상의 절진을 큰 틀 안에서 동시에 운용할 수 있는 획기적인 개념의 진법이었다.

대윤회연환진은 그 자체가 커다란 위력을 가지고 있는 것은 아니었지만, 십여 개의 진법을 어떻게 배열하고 구성하느냐에 따라 천양지차의 위력을 가지게 된다. 십여 개의 진법을 모조리 부수기 전에는 대윤회연환진을 완벽하게 파훼할 수 없었다.

"쉽지 않겠군. 대윤회연환진에 숨겨져 있는 기관까지 생각한다면 파훼하는 데 걸리는 시간은 기하급수적으로 늘어날 것이다."

"하지만 천마님께서는 내일 아침까지 이 모든 진법을 해체하길 원하신다. 독황께서 선봉에 서기 전에 모든 진법을 파훼하길 바라시는 것이지."

"피해를 감수할 수밖에 없겠군."

책사들이 서로 시선을 교환했다. 그들의 시선이 의미심장한 빛을 띠고 있었다.

　　　　*　　　　*　　　　*

　정의맹과 마해가 한참 격돌하고 있을 그 시각 마해의 후속부대 중 하나인 광혈군(狂血軍)이 전선을 향하고 있었다. 광혈군은 마해가 전대의 거마들을 한데 모아 결성한 최정예 부대로 모두 백 명으로 이루어져 있었다.

　그 자체의 무력만으로도 가공할진대 광혈군은 모두 광혈단을 지급받은 상태였다. 광혈단이 인간의 능력을 극대화시킨다는 점을 생각하면 광혈군은 엄청난 전력이었다.

　아직 정의맹에서는 광혈군의 존재를 파악하지 못하고 있었다. 그들은 당장의 대회전에 정신이 팔려 광혈군을 비롯해 마해의 후속부대에 신경을 쓸 여유가 없었다.

　광혈군을 이끄는 자는 머리를 파르르 민 중년의 승려였다. 회색의 승복에 붉디붉은 가사를 걸친 중의 법호는 공령이라고 했다.

　공령의 외모는 무척이나 독특했는데 남자인지, 여자인지 구별하기 힘들 정도의 중성적인 모습과 하얀 피부가 왠지 모를 섬뜩함을 안겨주었다.

　자존심 하나만큼은 어디를 가도 뒤지지 않는 전대의 거마들이 두말하지 않고 공령의 명령을 따르고 있었다. 누구 하나 불평을 터트릴 만도 하건만 거마들은 하나같이 공령의 눈치만 보고 있었다.

이 자리에 무려 백 명에 이르는 전대의 거마들이 있었지만, 그 누구도 감히 공령의 권위에 도전할 생각도 하지 못하고, 그의 말을 충실히 따르고 있었다.

이제는 세상에서 거의 잊힌 이름이었지만, 거마들은 공령의 이름을 똑똑히 기억하고 있었다. 삼혈승(三血僧)의 일원으로 중원전체를 경악과 공포에 몰아넣었던 그 전율적인 이름을.

공령은 삼혈승 중 둘째였다. 첫째인 만공과 셋째인 천혈과 그를 합해 삼혈승이라고 불렀다. 그들이 용무익의 추적을 따돌리고 마해에 합류한 것이 사 년 전이었다.

이미 용무익에게 쫓겨 벼랑 끝으로 몰렸던 삼혈승이었다. 그들에겐 선택의 여지가 없었다. 그들은 호법 자격으로 마해에 합류했다. 그리고 각자 광혈군과 천종군(天宗軍), 무량군(無量軍)을 이끌었다.

구유마전단을 제외한 마해 최고의 전력이 바로 그들이 이끄는 세 개의 군단이었다. 그들의 존재는 마해에서조차 아는 사람이 거의 없었다. 소운천은 최후의 패로 그들을 준비해 놓았던 것이다.

공령은 입가에 차가운 미소를 짓고 있었다. 그의 미소는 요염해 보이기까지 했다. 그는 엄청난 내공을 바탕으로 노화를 제어한 상태였다. 그 때문에 그는 전대의 거마들로 구성된 광혈군 중에서도 가장 젊게 보였다.

공령이 입을 열었다.

"정의맹까지는 얼마나 남았는가?"

"내일 저녁이면 도착할 수 있을 겁니다."

"내일 저녁이라? 그때까지는 무료한 시간을 보낼 수밖에 없겠군."

수하의 대답에 공령이 아쉬운 표정을 지었다.

평생을 도산검림에서 살아온 그였다. 평생 수많은 적들과 은원관계를 맺고 긴장감 속에서 살아왔기에 이렇게 평화로운 시간은 오히려 그를 지겹게 만들었다.

"차라리 용무익과의 추격전이 그립게 느껴지는 것은 비단 노부만의 생각이련가?"

그는 자신의 가장 큰 주적인 용무익을 떠올렸다. 수십 년 전의 사소한 원한 때문에 철천지원수가 된 용무익은 집요할 정도로 끈질기게 삼혈승을 추적해 왔고, 그 때문에 목숨이 경각에 달했던 순간도 여러 번이었다. 하지만 마해에 몸을 의탁하면서 그런 위험했던 순간도 모두 과거의 일이 되고 말았다. 그리고 어느 순간부터 삶이 무료해졌다.

다시 한 번 짜릿함을 느꼈던 예전의 순간으로 돌아가고 싶다. 그것이 공령이 광혈군을 이끌고 세상에 나온 이유였다. 정의맹과의 싸움이라면 다시금 예전의 그 황홀했던 기분을 만끽할 수 있으리라는 것이 그의 계산이었다.

"응?"

그렇게 계산하며 말을 몰던 공령의 눈에 문득 이채가 어렸다.

저 멀리 누군가 서 있었다. 공령과 광혈군이 통과해야 하는 길목 가운데 누군가 우두커니 서서 그들을 바라보고 있었다. 그와의 거리는 무려 삼백여 장, 그런데도 그의 시선이 느껴졌다.

"호!"

공령이 호기로운 표정을 지었다.

삼백 장을 격하고 자신의 존재감을 알릴 수 있는 존재라면 결코 흔치 않았다. 더구나 그의 모습은 마치 자신들이 이곳을 지나갈 줄 알고 오래전부터 기다린 듯하지 않은가?

공령이 천천히 말을 몰아 길목 한가운데 있는 사내에게 다가갔다. 그 뒤를 백 명의 광혈군이 따랐다.

이백 장.

일백 장.

그리고 십여 장 앞까지 다가오도록 사내는 움직일 줄 몰랐다. 그 모습에서 공령은 그가 자신과 광혈군을 기다리고 있다는 확신을 했다.

공령은 찬찬히 길을 막고 선 사내의 얼굴을 뜯어보았다.

검붉은 피풍의를 걸친 매우 잘생긴 얼굴의 남자였다. 우수에 찬 얼굴과 깊은 눈동자, 그리고 무엇보다 허리춤에 걸린 단봉이 인상적인 남자였다.

공령이 물었다.

"우리를 기다리고 있었는가?"

사내가 말없이 고개를 끄덕였다.

공령의 새빨간 입술이 꼬리를 그리며 올라갔고, 눈이 요요롭게 빛나기 시작했다. 무언가 흥미로운 것을 발견했을 때 나타나는 그만의 특징이었다.

"이름을 알 수 있겠는가?"

"환사영."

"일영인가?"

사내가 말없이 고개를 끄덕였다.

공령과 광혈군의 길을 막아선 사내는 환사영이었다. 그가 드디어 강호에 모습을 드러낸 것이다.

공령의 눈에 붉은 기운이 감돌기 시작했다. 환사영이란 존재에 대해 흥미를 보이기 시작한 것이다.

그가 강호에 들어와서 가장 많이 들은 소문이 바로 십대초인에 관한 것이었다. 그들이 강호를 비운 사이 천하는 십대초인이란 단어를 만들어냈고, 열광했다. 그리고 십대초인과 별개로 가장 많이 회자되는 단어가 바로 일영과 일마였다.

일영은 환사영을 가리키는 단어였고, 일마는 소운천을 가리키는 단어였다. 마해의 교주인 소운천과 동격으로 치부되는 사내가 눈앞에 있었다. 당연히 공령의 흥미를 끌 수밖에 없었다.

"뜻밖이군. 일영은 모습을 감췄다고 들었는데. 이곳에 나타난 것이 우연은 아니겠지?"

환사영은 말없이 고개를 끄덕였다. 그러자 공령의 요요로운 미소가 더욱 짙어졌다.

"후후! 그동안 모습을 보이지 않던 일영이 광혈군의 앞에 모습을 드러냈다는 것은 광혈군의 앞길을 막겠다는 뜻. 그렇지 않은가?"

이미 공령은 그렇다고 확신하고 있었다. 하지만 그는 전혀 위축된 표정이 아니었다.

환사영이 소운천과 함께 강호 최고의 고수로 명성을 날리고 있다지만, 그 역시 삼혈승이란 무시무시한 이름으로 수십 년 전부터 강호의 정점에 군림해 왔다. 그가 환사영을 두려워할 이유는 어디에도 없었다. 더구나 그에겐 광혈군이란 백 명의 전대 거마가 있었다. 유리한 것은 그였지, 환사영이 아닌 것이다.

"흐흐! 강호인들이 일영이라고 너무 띄워주었더니 간덩이가 부었군. 감히 혼자서 우리의 앞길을 막다니."

"우리가 없는 동안 강호의 수준도 많이 떨어졌군. 겨우 저 따위 애송이를 이리도 신격화시키다니."

"우리가 너무 오래 자리를 비웠군."

공령의 뒤에 있던 거마들이 저마다 환사영을 보면서 조소를 흘렸다. 그도 그럴 것이 그들이 강호에서 활동을 할 때는 환사영은 태어나지도 않았었다. 환사영이 태어나기도 전에 이미 전설적인 악명을 얻은 무인들이 환사영을 두려워할 이유가 없는 것이다.

전대의 거마들이 조소와 함께 살기를 피워 올렸다. 하지만 그들의 모습을 보면서도 환사영의 표정은 전혀 흔들리지 않았다.

그가 이곳에 나타난 것은 결코 우연이 아니었다. 그가 광혈군의 존재를 파악한 것은 모두 담상윤 덕분이었다. 담상윤이 은밀히 감춰져 있던 광혈군의 존재를 파악하고 환사영에게 알려왔다.

전대의 거마들로 이뤄진 광혈군이 전장에 투입되면 어떤 결과를 불러오리란 것을 환사영은 알고 있었다. 그 때문에 그는 십대초인을 움직임과 동시에 광혈군을 막기 위해 이곳으로 홀로 왔다.

천종군과 무량군을 막기 위해서 한청과 천화윤도 움직이고 있었다. 아마 지금쯤이면 그들이 천종군, 무량군과 대치하고 있을 것이다.

소운천에게 가기 위해서는 반드시 이들을 넘어서야 했다. 각기 일가를 이룬 백 명의 거마들, 그리고 그들을 이끄는 공령이란 존재는 결코 범상한 자가 아니었다. 하지만 환사영은 그들이 두렵다고 생각하지 않았다.

이들은 단지 소운천에게 가기 위한 과정에 불과했다. 이들에게 막힌다면 소운천에게 도전할 자격조차 없다고 봐야 했

176 환영무인

다.

"오늘 이곳은 당신들의 거대한 무덤이 될 것이다."

"건방진!"

환사영의 광오한 말에 공령의 눈초리가 치켜져 올라갔다. 그의 눈에서는 가공할 살기가 일렁이고 있었다.

공령이 거마들에게 말했다.

"놈을 제압하도록. 숨통은 내가 직접 끊겠다."

"흐흐흐!"

"장담은 하지 못하지만, 최대한 노력해 보도록 하지요."

거마들이 일제히 살기를 피워 올렸다. 그들은 서서히 다가와 환사영을 둥글게 포위했다.

일백 명의 거마에게 포위당한 환사영. 하지만 그때까지도 여전히 움직임이 없었다. 그 모습에 발끈한 거마 중 한 명이 환사영에게 달려들었다.

"건방진!"

쉬아악!

그의 손에 들린 거치도가 도강(刀罡)을 뿜어냈다. 거대한 도강이 금방이라도 환사영의 몸을 두 동강이 낼 듯 날아왔다.

그 순간 환사영이 허리에 차고 있던 단봉을 들었다. 그러자 단봉이 순식간에 일 장 가까이 늘어났다. 드디어 관천이 그 본 모습을 보인 것이다.

쉬르륵!

관천이 환사영 주위를 휘돌았다. 그런 관천의 몸통에 붉은 기운이 어리는가 싶더니 거마의 도강을 튕겨냈다.

"크윽!"

도강을 발출했던 거마의 눈이 크게 떠졌다. 그를 향해 붉은 색의 물결이 닥쳐오고 있었기 때문이다. 허공을 가득 메우며 날아오는 붉은색의 향연.

츄화학!

"끄윽!"

붉은 물결에 휩쓸린 거마의 입에서 답답한 신음성이 흘러나왔다.

"저건?"

"깃……발인가?"

도강을 발출했던 거마의 몸을 휘감은 물체는 분명 거대한 깃발이었다. 그리고 깃발은 환사영이 들고 있는 관천과 연결이 되어 있었다.

환사영이 손을 움직였다.

"크아악!"

그러자 깃발에 휘말렸던 거마의 몸이 처절한 비명과 함께 산산이 조각나며 허공으로 비산했다.

환사영의 손에는 거대한 깃발이 들여 있었다. 붉디붉은 깃발은 방금 전까지 그의 몸에 걸치고 있던 피풍의, 혈룡포(血龍袍)였다.

혈룡포가 관천과 결합되면 거대한 깃발(幡)이 된다.

이것이야말로 관천과 혈룡포의 본 모습이라 할 수 있었다.

이름하여 혈룡번(血龍幡).

나란 시절 환사영의 상징이었다.

환사영이라는 일인군단을 상징하는 거대한 깃발, 그것이 바로 혈룡번인 것이다.

환사영은 소운천을 상대로 혈룡번을 꺼내들었다. 그의 눈은 코앞에 있는 공령과 백명의 거마를 보고 있지 않았다. 그의 눈은 공간을 뛰어넘어 소운천을 향하고 있었다.

"건방진!"

공령의 눈썹이 치켜 올라갔다.

그는 환사영의 시선이 자신을 바라보고 있지 않다는 사실을 느끼고 있었다. 자신을 눈앞에 두고도 다른 곳에 신경을 쓴다는 것 자체가 무시를 당한 것이나 마찬가지였다.

쿠우우!

일백 명의 거마들이 환사영을 향해 밀려들고 있었다. 거대한 해일에 금방이라도 휩쓸려 버릴 듯 위태롭게만 보이는 환사영. 하지만 여전히 그의 시선은 거마들을 향해 있지 않았다.

펄럭!

환사영의 손에 들려 있던 거대한 혈룡번이 맞바람에 활짝 펼쳐졌다. 환사영의 공력이 집중되자 붉기만 하던 혈룡번의 표면에 비상하는 붉은 용의 모습이 뚜렷이 떠올랐다.

푸화학!

환사영이 혈룡번을 휘둘렀다. 그러자 일진광풍이 일어나 공격해 오던 거마들을 휩쓸어 버렸다.

단순한 바람이 아니었다. 혈룡번에 의해 일어난 바람에는 환사영의 가공할 공력이 담겨 있어, 날카롭게 벼려진 칼날과도 같은 위력을 가지고 있었다.

"빌……어먹을!"

"크아악!"

칼바람에 휩쓸린 거마들이 비명을 토해냈다. 그들의 살 거죽이 가공할 칼바람에 쩍쩍 갈라져 나가고 있었다.

쿠오오오!

혈룡이 거대한 포효를 토해내고 있었다.

거마들의 고막이 퍽퍽 터져나가 검붉은 선혈이 흘러내렸다.

"이것 또한 내가 짊어져야 할 업보."

환사영의 눈빛이 더욱 어두워졌다.

그가 한 발을 앞으로 내딛었다. 그러자 질퍽한 느낌과 함께 발목까지 핏물에 잠겼다. 하지만 환사영은 결코 멈추지 않았다.

한 발.

또 한 발.

환사영은 공령을 향해 걸음을 옮겼다. 아니, 그는 공령을 넘어 소운천에게 가고 있었다.

"운천, 결코 너를 혼자 두지 않을 것이다. 너만 혼자 지옥에 내버려두지 않을 것이다. 나 역시 지옥의 길을 걸을 것이다."

푸화학!

눈앞에서 혈룡번에 걸린 거마의 몸이 두 동강이가 나면서 선혈이 흩뿌려졌다. 환사영은 붉디붉은 선혈을 피하지 않고, 몸으로 고스란히 받았다.

"놈을 막아!"

"이런 괴물 같은 놈."

곳곳에서 거마들의 비명에 가까운 고함이 터져 나왔다.

벌써 서른 명 이상의 거마들이 차가운 대지에 몸을 누였다. 환사영은 그들이 흩뿌린 피를 고스란히 뒤집어썼다. 그래도 그는 멈추지 않았다.

그 모습을 바라보는 공령의 미간이 한껏 찌푸려졌다.

그는 환사영의 등 뒤에 어린 거대한 그림자를 엿보았다.

꾸욱!

공령이 입술을 깨물었다. 어찌나 세게 깨물었는지 붉은 선혈이 입술을 타고 흘러내렸다. 그래도 공령은 고통을 느끼지 못했다.

대기가 흔들리고 있었다. 자신의 몸을 둘러싸고 있는 마기가 산산이 흩어지는 느낌에 등골이 서늘해져 왔다.

"이건……."

머리보다 몸이 먼저 상대의 강함을 느끼고 있었다. 그의 피부 위로 어느새 소름이 올라와 있었다. 그는 예전에도 이런 느낌을 받은 적이 있었다. 그 상대가 바로 소운천이었다. 그의 강함에 굴복해 삼혈승은 마해에 들어갔다.

당시 그들이 소운천에게 느꼈던 감정은 바로 두려움이었다. 그것은 필생의 적수인 용무익에게서도 느끼지 못했던 생소한 감정이었다. 두 번 다시 느끼지 못할 거라고 생각했던 두려움이란 감정이 눈앞에 있는 환사영을 통해 또다시 느껴지고 있었다.

"한 번 꾼 악몽은 영원히 반복된단 말인가?"

주르륵!

공령의 입술을 비집고 선혈이 계속 떨어졌다. 그래도 공령은 아픔을 느끼지 못했다. 그는 공력을 끌어올렸다.

쿠와아!

그 순간에도 환사영은 거대한 혈룡번을 휘둘러 거마들을 쓰러트리고 있었다. 그를 향해 부나방처럼 달려들던 거마들도 이젠 그의 강함을 느꼈는지 슬금슬금 뒤로 물러나고 있었다. 하지만 그들을 향한 환사영의 손속에는 망설임이 없었다.

그의 손을 타고 누군가의 선혈이 흘러내렸다. 바로 앞에서 거대한 덩치의 사내가 통나무처럼 큰소리를 내며 쓰러졌다. 혈룡번에 관통당한 거마 중 한 명이었다.

죽음을 뿌리는 거대한 붉은 깃발.

칠십 명의 거마들이 혈룡번을 휘두르는 환사영의 위용에 완전히 압도되었다. 혈룡번에서 뿜어져 나온 거대한 와선형의 기류에 휩쓸린 거마 다섯 명이 형체가 짓이겨지고 뭉개져 스러지고 있었다.

가만히 있을 때는 몰랐는데, 막상 움직이자 어마어마한 파괴력을 뿜어내며 주위의 모든 것을 파괴하고 있는 환사영의 위용은 가히 압도적이었다. 그의 엄청난 존재감에 살아남은 거마들이 치를 떨었다.

"으으으!"

자신도 모르게 뒤로 물러서는 자들도 있었다.

하지만 환사영은 그들이 후퇴하는 것을 용납하지 않았다. 어차피 바닥까지 가야 끝이 날 싸움이었다.

"혈룡번천(血龍翻天)."

다시 한 번 환사영의 절기가 엄청난 기운을 토해냈다. 거대한 붉은 용의 습격에 거마들이 비명도 지르지 못하고 휩쓸려 갔다.

그 순간이었다.

"놈! 멈추지 못하겠느냐?"

이제까지 망설이던 공령이 커다란 외침을 토해내며 환사영을 향해 북명천환수(北溟天煥手)를 펼쳐냈다. 북명천환수는 그가 서역의 대수인(大手印)과 자신의 심득을 섞어 만들어낸 절기였다.

콰콰콰!

허공에서 유성우가 떨어지는 듯 수많은 손바닥이 환사영을 엄습했다. 그에 환사영이 혈룡번을 회수해 자신의 전면을 가렸다.

촤르륵!

콰앙!

혈룡번이 들썩였다. 하지만 가공할 북명천환수의 공격에도 혈룡번에는 흠집조차 생기지 않았다. 대신 혈룡번이 미친 듯이 펄럭였다. 붉은 용이 노한 것처럼 격렬하게 꿈틀거렸다.

환사영의 시선이 공령을 향했다. 그의 시선을 마주하는 순간 공령은 가슴 한켠이 서늘해지는 것을 느꼈다.

"무슨 놈의 눈빛이……."

사신의 눈을 보는 기분이었다.

무겁게 가라앉은 눈빛이 천근만근의 무게로 그의 가슴을 짓눌러왔다. 단지 존재감만으로도 환사영에게 압도당하는 것이다. 하지만 그는 그런 기분을 애써 지우며 환사영에게 자신이 알고 있는 초식을 모두 쏟아붓기 시작했다.

북명천환수를 시작으로 만벽신장(萬壁神掌), 남천대라인(南天大羅印) 등 공령이 알고 있는 모든 절학이 순식간에 펼쳐졌다. 그것은 마치 유성우의 습격과도 같았다. 환사영은 그의 공격을 미처 피하지 못하고, 순식간에 격중당했다.

콰콰콰쾅!

환사영을 중심으로 폭발이 일어나고, 엄청난 굉음과 함께 누런 먼지가 피어올랐다.

그렇게 공령은 단숨에 모든 공력을 쏟아부어 환사영을 압도했다.

"헉헉!"

극심한 공력의 소모로 인해 숨이 턱 끝까지 차올랐지만, 공령은 한시도 긴장을 풀지 않고 누런 먼지가 피어오르는 곳을 노려보았다.

"단주님."

"역시 단주님이십니다. 그 괴물을 그리 쉽게 해치우시다니."

근처에 있던 거마들이 환호성을 내질렀다. 그들은 자신들이 공포를 느꼈던 괴물을 너무나 수월하게 처단한 공령에게 존경심이 담긴 눈빛을 보냈다.

하지만 돌아온 공령의 대답은 너무나 뜻밖의 것이었다.

"아직 끝나지 않았다. 준비해."

"예?"

푸푹!

순간 공령에게 반문하던 거마의 이마에 구멍이 뻥 뚫리면서 뒤로 날아갔다. 바닥에 떨어졌을 때 거마의 숨은 이미 끊어져 있었다.

"놈은 전혀 타격을 받지 않았다. 모두 힘을 모아야 한다."

공령이 그렇게 소리쳤다.

그의 말은 사실이었다. 그는 혼신의 힘을 다해 모든 공격을 쏟아부었지만, 환사영은 거의 타격을 받지 않았다. 그는 혈룡번을 이용해 그의 모든 공격을 파훼한 것이다.

타악!

환사영이 대지를 박차고 뛰어올랐다. 그가 자욱하게 일어난 누런 먼지를 뚫고 모습을 나타냈다.

"놈이다."

"젠장!"

그제야 거마들이 경호성을 내지르며 방비하려고 했지만 이미 늦었다. 어느새 환사영이 그들 한가운데에 뛰어든 것이다. 그 상태로 환사영이 혈룡번을 휘둘렀다.

위잉!

소름끼치는 음향과 함께 혈룡번이 환사영을 중심으로 원을 그렸다. 그에 급히 공령이 허공으로 뛰어올랐다. 하지만 다른 거마들은 그처럼 행동이 재빠르지 못했다.

"……."

잠시 동안 지독한 정적이 찾아왔다. 이어서 정적을 깨는 나직한 소음들.

투두둑!

거마들의 몸이 허리에서부터 양단되어 바닥에 떨어지고 있었다. 공령을 제외한 모든 거마들이 환사영의 가공할 공격에 허리가 양단되고 만 것이다.

공령의 표정이 딱딱하게 굳었다.

그의 발밑으로 피바다가 펼쳐져 있었다. 그가 이끌고 왔던 백 명의 거마들이 단 한 명도 남김없이 피바다 속에 누워 있었다. 그 한가운데에 환사영이 혈룡번을 들고 서 있었다. 그리고 그의 시선은 공령을 향해 있었다.

"노……놈!"

공령의 얼굴이 푸들푸들 떨렸다. 그의 얼굴에는 지독한 분노와 알 수 없는 미지의 존재에 대한 공포가 한데 섞여 기묘한 표정이 떠올라 있었다.

칠흑의 어둠처럼 깊게 침전되어 있는 환사영의 눈빛은 공령을 압도하고 있었다. 무심하기 이를 데 없는 그 표정이 무섭다고 생각됐다. 하지만 공령은 애써 그런 자신의 생각을 감추며 환사영에 대한 공격을 감행했다.

선수필승(先手必勝).

이 이상 밀리면 기회가 없다는 것을 본능적으로 느끼고 행동으로 옮긴 것이다.

공령은 자신의 모든 공력을 끌어올렸다. 그러자 그의 몸 주위에 핏빛 아지랑이가 피어올랐다. 심연 깊은 곳에서 피어오르는 불빛보다 더욱 붉은 빛의 아지랑이는 그의 공력의 총화였다.

쿠우우!

공령이 무서운 속도로 환사영을 향해 떨어져 내리기 시작했다. 밤하늘에 혜성이 지나가는 것처럼 엄청난 빛무리가 그의 몸에서 피어났다. 주위의 대기가 요동쳤다.

붕천멸혼공(崩天滅魂功).

공령 최후의 절기이자, 최고의 절기였다.

자신의 모든 것을 불태워 상대를 소멸시키는 궁극의 살인무공(殺人武功). 그것이 붕천멸혼공이었다.

공령은 동귀어진을 해서라도 환사영과 같이 죽을 작정이었다. 그게 나머지 삼혈승을 위한 최선의 방법이라고 생각했기 때문이다.

공령이 환사영을 향해 손바닥을 뻗었다. 그러자 엄청난 압력이 환사영을 향해 형성됐다.

그그극!

환사영의 다리가 그 압력을 이기지 못하고 바닥을 파고들었다. 하지만 환사영의 눈은 그 어느 때보다 고요했다. 그가 공령을 향해 혈룡번을 뻗었다.

공령의 눈에 유난히 펄럭이는 붉은 용의 깃발이 들어왔다.

"놈! 어림없다. 같이 가는 거다. 네놈이 아무리 대단하다 할지라도 노부의 육탄공세를 감당할 수는 없을 터."

번쩍!

그 순간 공령은 붉은 번개가 치는 것을 보았다. 붉은 번개는 하늘에서 떨어진 것이 아니라, 대지에서 시작해 하늘로 올라갔다. 그리고 붉은 번개는 공령의 몸을 관통했다.

모든 것이 새하얗게 변했다.

공령의 몸도, 공령이 보는 세상도.

세상 모든 것이 하얗게 변해갔다. 그리고 공령의 눈에 보이던 세상이 모두 사라졌다.

쿵!

공령의 몸이 바닥으로 힘없이 추락했다. 바닥에 떨어진 공령은 이미 숨이 끊어진 상태였다.

환사영이 자신의 발밑에 나뒹구는 공령의 시신을 잠시 내려다보다 걸음을 옮기기 시작했다.

그의 손에는 여전히 혈룡번이 들려 있었다.

그의 걸음은 소운천을 향해 있었다.

"운천."

혈룡번이 바람에 휘날리며 그를 따랐다.

*   *   *

"극타는 잘 지내고 있으려나?"

율단하가 허공을 바라보며 중얼거렸다.

조카 율단하가 무공을 배우겠다고 한청을 따라 간 지도 벌써 오 년이었다. 아무런 소식도 없기에 그저 잘 지내고 있으려니 하고 있었지만, 그래도 문득 그리워지는 것이 사실이었다.

"휴! 무심한 녀석. 정 시간이 나지 않으면 인편으로 서신이라도 보내주면 좋으련만."

율단하가 나직이 한숨을 내쉬었다.

"이것 좀 봐. 움직였어."

"정말?"

갑자기 마을 사람들의 동요가 느껴졌기 때문에 율단하가 고개를 돌렸다. 율단하의 눈에 몇몇 사람들이 웅성거리고 있는 모습이 보였다.

"무슨 일인가?"

"그게 저……."

마을 사람들이 말하기를 머뭇거렸다.

율단하의 미간에 골이 패였다. 흑우족과 백우족이 하나로 뭉친 것이 벌써 오 년이었다. 그들은 이제 기신족(祈神族)이라는 이름으로 뭉쳤다. 하지만 너무 오랜 세월을 독자적으로 지내 와서 그런지 아직도 흑우족에서는 율단하를 어려워하는 사람들이 많았다. 말을 머뭇거린 사람들 역시 흑우족 출신의 사람들이었다. 율단하는 흑우족 출신 사람들이 자신이 어렵기 때문에 말을 머뭇거리는 줄 알았다. 하지만 돌아온 대답은 그가 예상한 바와 전혀 달랐다.

"그게 저……."

"말해 보게. 무슨 일인가?"

"그게 기신조의 알이 움직인 것 같아서."

"기신조의 알이 움직여?"

"예! 분명 방금 전에 기신조의 알이 움직였습니다."

사내가 가리킨 곳은 마을 공터 한쪽에 세워진 제단이었다. 그곳에는 기신조의 알이 보관되고 있었다. 오 년 전 악몽을 경험한 이후로 기신족 사람들은 항상 제단에 사람을 보내 기신조의 알을 감시하게 했다. 말을 한 사내 역시 그런 이유로 제단을 지키던 중이었다.

"지난 오 년 동안 가만히 있던 기신조의 알이 움직일 리가 있나?"

"저도 그렇게 생각해서 잘못 본 줄 알았는데……. 분명히 움직였습니다."

사내의 표정은 진지했다. 그의 말이 거짓이 아님을 깨달은 율단하는 제단에 놓인 기신조의 알을 향해 다가갔다.

그러고 보니 기신조의 알이 예전보다 두 배 이상 커져 있는 것처럼 보였다.

"내 착각인가?"

율단하가 두 눈을 비볐다.

자세히 살펴보니 기신조의 알 표면에 실금이 수없이 나 있는 모습이 보였다.

"이게 어떻게 된 일이지?"

분명 예전에는 없었던 현상이었다. 불과 며칠 전에 확인을 했을 때도 이런 변화는 없었다.

쩌저적!

그 순간에도 실금은 기신조의 알 전체로 번져 나가고 있었다.

"이, 이건?"

"알이 부활하려나 봐요."

"설마 이때에……."

율단하의 눈이 크게 떠졌다.

모두의 시선이 기신조의 알에 집중됐다.

그 순간.

퍽!

갑자기 기신조의 알껍데기가 깨지며 하얀 물체가 튀어나왔다. 하얀 물체는 눈부신 빛에 휩싸여 있어 형체를 알아보기 힘들었다.

"아아!"

율단하와 사람들이 자신도 모르게 입을 벌리고 그 광경을 바라보았다. 그들의 얼굴에는 황홀한 빛이 떠올라 있었다.

빛을 뿜어내던 물체는 갑자기 날갯짓을 하기 시작했다. 몇 번 힘겨운 날갯짓을 하던 괴 생명체는 조금씩 허공으로 떠오르기 시작했다. 율단하와 마을 사람들은 넋을 잃고 그 광경을 바라보았다.

"기, 기신조다."

"기신조가 부활했다."

마을 사람들이 웅성거리기 시작했다.

사람들의 주목 속에서 날갯짓을 하던 기신조는 이윽고 하늘 높이 떠올랐다. 그리고 보산을 몇 차례 선회하더니 이내 무서운 속도로 남하하기 시작했다.

끼이이!

이내 기신조의 모습이 저 멀리 사라지고 날카로운 울음소리만이 보산에 메아리쳤다.

율단하가 망연히 중얼거렸다.

"이런 시기에 기신조가 깨어나다니. 과연 평화를 불러오려는 것인가? 그도 아니면 혼돈을 일으키려는 것인가?"

제 6 장
역천라지망
(易天羅之網)

새벽이 밝아오고 있었다.

전날부터 시작된 전투는 한밤을 지나 새벽까지 이어졌다. 정의맹과 마해 양측은 전력을 전선에 투입해 기선을 제압하고자 했다. 세력 면에서는 마해가 압도했으나, 정파 측에는 대윤회연환진(大輪回連環陣)이 있었다.

대윤회연환진의 압도적인 위력이 전력의 열세에도 정의맹의 무인들이 뒤로 밀리지 않게 해주었다. 마해의 무인들은 몇 번이나 기회를 잡았음에도 불구하고 대윤회연환진에 막혀 더 이상 전진을 하지 못했다. 그런 상황이 지루하게 계속되고 있었다.

전장을 바라보는 예운향의 눈빛이 어두워졌다. 수많은 사람들이 죽어 나가고 있었기 때문이다. 대지는 수많은 사람들의 선혈로 붉게 물들어 있었고, 허공에는 인간의 살점을 맛본 까마귀들이 선회를 하고 있었다.

인세의 지옥이 눈앞에 펼쳐져 있었다. 하지만 예운향은 그 광경을 외면할 수 없었다. 그들의 죽음을 자신만큼은 외면할 수 없었기 때문이다.

"지금부터가 고비다. 밤새도록 전투를 치른 우리 측 피로도는 극에 달했다. 반면 저들은 아직도 전투에 투입하지 않은 전력을 다수 보유하고 있다. 그들이 투입된다면 전황이 크게 달라질 것이다."

예운향이 안타깝다는 표정을 지었다.

투지나 무력만으로 극복할 수 없는 것이 바로 수의 열세였다. 마해는 정의맹에 비해 두 배 이상의 전력을 소유하고 있다.

그들은 전력을 돌려가며 전선에 투입함으로써 정의맹의 전력을 소모시키고, 자신들의 전력은 고스란히 보전하는 방법을 쓰고 있었다. 그 사실을 뻔히 알면서도 지금으로서는 별다른 뾰족한 수가 없다는 것이 문제였다.

"그래도 버티는 수밖에. 그분이 올 때까지 버티는 수밖에."

예운향이 입술을 악물었다. 감당하기에는 너무나 큰 책임과 의무. 하지만 그녀는 기꺼이 인내해야 했다. 지금 예운향이 흔들리면 그녀를 바라보고 따르는 정의맹의 무사들도 흔들릴 것이기에.

급보가 들어왔다.

"중앙전선이 크게 밀리고 있다는 전언입니다. 중앙에 지원군을 파견해야 합니다."

"내당의 고수들을 일부 그쪽으로 투입하세요."

"알겠습니다."

급히 중앙전선에 내당의 고수 이백여 명이 투입됐다. 그 덕에 잠시 한숨을 돌릴 수 있었지만, 다른 전선에서도 지원을 요청해 왔기에 한시도 마음을 놓을 수가 없었다. 하지만 그래도 아직은 대윤회연환진이 있어 버틸 수가 있었다.

동이 터오고 있었다. 또다시 새로운 하루가 본격적으로 시작되고 있었다. 하지만 그 사실을 아는 자들은 거의 없었다. 눈앞에서 벌어지는 전투에 몰입을 하고 있기에 주위의 변화에 신경을 쓸 여유가 없었던 것이다.

그때 마해의 전선에 이상이 감지되었다. 갑자기 그들이 형성하고 있던 전선이 크게 요동치기 시작한 것이다.

물결이 갈라지듯 전선 한가운데가 갈라지며 일단의 무리가 모습을 드러냈다.

"도, 독황이다."

"독황이 나타났다."

몇몇 무인들이 무리의 선두에 서 있는 자를 알아보고 소리쳤다. 녹의를 입고 있는 일단의 무리들을 이끌고 있는 자는 분명 당천위였다.

드디어 당천위가 소운천의 명령을 이행하고자 선두에 나선 것이다. 오늘 총공격의 선봉장은 당천위였다.

당천위가 대윤회연환진을 보며 중얼거렸다.

"무능한……."

밤새도록 공격을 퍼부었는데 대윤회연환진은 아직도 멀쩡했다.

대윤회연환진에 가로막혀 마해는 전진을 하지 못하고 있었다. 눈앞에 탐스런 먹이가 있는데 말이다.

"우선 이 귀찮은 절진을 해체해야겠군."

당천위의 입가를 타고 섬뜩한 미소가 나타났다.

츠츠츠!

당천위의 주위에서 기묘한 소리가 흘러나왔다. 마치 수만 마리의 벌이 일제히 날갯짓을 하는 듯한 그 섬뜩한 음향에 사람들은 모골이 송연해지는 것을 느꼈다.

"무, 무어냐?"

그 순간 사람들은 보았다. 당천위 주위의 대지가 움직이는 것을. 아니, 그것은 대지가 아니었다. 대지를 뒤덮고 있는 수만, 수십만 마리의 검은 거미가 움직이고 있는 것이다.

흑천혈주(黑天血蛛).

당천위가 만들어낸 저주받은 마물이 다시금 세상에 모습을 드러낸 것이다. 오직 본능에 의해 움직이는 흑천혈주는 진의 영향을 받지 않고 그 안에 존재하는 사람들을 공격할 수 있다.

당천위가 무어라 중얼거리면서 손으로 대윤회연환진을 가리켰다. 그러자 그의 몸 주위에서 요동치던 흑천혈주들이 이내 대윤회연환진을 향해 몰려가기 시작했다.

"뭐, 뭐야?"

"으아악!"

흑천혈주의 행로에 있던 무인들이 처절한 비명을 내질렀다. 흑천혈주는 적아를 가리지 않고 자신들의 앞을 가로막는 모든 생명체를 죽였다.

일단 흑천혈주에게 물리면 어떤 수를 쓰더라도 살아날 수 없다. 해독할 시간도 없이 독이 전신으로 퍼져 절명하기 때문이다.

흑천혈주가 지나간 자리에 길이 뻥 뚫렸다. 그 열린 길을 당천위가 걸었다.

"독황이다. 독황을 막아라."

"독황을 반드시 죽여야 한다."

정의맹 무인들이 당천위를 향해 달려들었다. 하지만 그들은 채 반도 달려오지 못하고 바닥을 나뒹굴었다. 당천위의 몸에서 흘러나오는 가공할 독기(毒氣) 때문이었다. 당천위의 독기는 평범한 인간들이 감당할 수 있는 수준을 이미 오래전에 넘어섰다.

숨을 들이쉬고, 내쉬는 것만으로도 방원 십여 장을 죽음의 대지로 만들 수 있는 당천위였다. 그의 반경 십 장 안으로 들어온 무인들은 예외 할 것 없이 한 줌의 독수로 녹아내렸다.

츠츠츠!

"크악!"

"살려줘!"

처절한 비명만이 울려 퍼졌다.

사람들의 비명소리를 들으며 당천위는 웃었다.

"감히 나의 앞길을 막으려 하다니. 어리석은 자들."

그때였다.

당천위의 앞길을 막아서는 무인이 있었다.

정의맹의 내당주 고진수였다. 그가 당천위를 향해 외쳤다.

"독황, 당신은 당가의 혈족으로서 천하에 부끄럽지도 않소? 마해의 주구가 되어 정의맹을 공격하다니."

"후후! 나는 이미 당가를 버렸다. 당연히 당천위라는 이름도 버렸지. 나의 이름은 양사위, 이제부터는 나를 양사위라고 불러라. 독황 양사위라고."

"낳아주고 길러준 가문을 버렸단 말인가?"

"후후! 나는 하늘이 될 사람. 당가라는 좁은 틀로 나를 가둬 놓기에는 나의 야망이 너무 크다."

"간악한 인간. 내 오늘 이 자리에서 당신을 막겠다."

"건방지군. 감히 나를 막을 수 있다고 생각하다니."

당천위의 입가에 비릿한 미소가 어렸다. 그것은 명백한 비웃음이었다.

츠츠츠!

흑천혈주가 대윤회연환진의 전권으로 파고들어갔다. 그와는 별도로 당천위는 고진수를 바라보며 독기를 피워 올렸다. 그렇지 않아도 가공할 독기를 발산하던 당천위였다.

그가 독기를 끌어올리자 독의 영향권이 반경 이십여 장으로 확대되었다. 그러자 멀찌감치 물러서 있던 자들마저 괴로워하며 바닥을 나뒹굴었다.

고진수는 호흡을 멈추고, 모공을 닫아 독의 침투를 막았다. 그런 직후 당천위를 향해 몸을 날렸다.

당천위가 이대로 활개 치게 놔둔다면 정의맹의 피해는 기하급수적으로 커질 것이다.

그전에 당천위에게 타격을 입혀야 한다. 그것이 고진수가 생각한 최선이었다.

"일검진혼(一劍鎭魂)."

고진수는 처음부터 자신이 가진 최고의 절초를 펼쳤다. 여유를 남겨두고 어찌할 수 있는 상대가 아니란 것을 잘 알기 때문이었다.

위잉!

위맹한 검기가 피어났다. 그것도 십여 개의 검기가 동시에.

십여 개의 검기는 당천위를 향해 일직선으로 날아왔다. 그리고 그 자신 역시 검기와 함께 당천위를 향해 날아왔다.

쉬아악!

섬전처럼 날아오는 검기를 보면서도 당천위는 움직일 줄 몰랐다. 어쩌면 그는 피하는 것을 포기했는지도 몰랐다.

고진수의 얼굴에 의혹이 떠올랐다. 그는 당천위가 결코 쉽게 자신의 목숨을 포기할 사람이 아니란 사실을 알고 있었다.

그 순간에도 고진수의 검은 당천위의 코앞에까지 도달하고 있었다. 그래도 당천위는 움직이지 않았다.

고진수가 외쳤다.

"끝이다, 놈!"

쩌어엉!

하지만 고진수의 검은 더 이상 앞으로 나아가지 못했다. 마치 보이지 않는 벽에라도 막힌 것처럼 그의 검은 당천위의 바로 코앞에서 멈춰 있었다.

최고경지에 오른 독인만이 사용할 수 있다는 호신독강(護身毒罡)이 펼쳐진 것이다. 고진수의 검은 바로 호신독강에 막혀 더 이상 나아가지 못하고 있었다.

"이익!"

고진수가 이를 악물며 더욱 공력을 끌어올렸다. 하지만 아무리 공력을 끌어올려도 마찬가지였다. 그의 검은 더 이상 앞으로 나가지 못하고 부들부들 떨리기만 했다.

"홋!"

당천위가 노골적으로 조소를 흘렸다. 그러자 고진수의 얼굴이 벌겋게 변했다.

"상대의 역량도 파악하지 못하는 어리석은 자여. 너는 이 세상에 흔적을 남길 이유조차 없구나."

츠츠츠!

순간 고진수의 검 끝이 녹아내리기 시작했다. 검 끝을 시작으로 검신, 그리고 손잡이까지 녹아내리는 데 걸린 시간은 촌각에 불과했다.

고진수는 급히 검을 놓고 물러나려 했다. 하지만 자석에 붙은 쇠처럼 그의 손은 검에서 떨어질 줄 몰랐다.

"크아악!"

고진수가 처절한 비명을 질러댔다. 검을 모두 녹인 가공할 독기가 그의 손마저 녹이기 시작했기 때문이다. 생살이 녹아내리는 고통에 고진수가 연신 처절한 비명을 내질렀다. 의식이 멀쩡한 채로 온몸이 녹아내리는 고통은 이루 말로 표현할 수 없는 것이었다.

"으아악!"

고진수의 처절한 비명에 인근에 있던 정의맹 무인들이 동요하기 시작했다.

정의맹의 내당을 이끌던 내당주 고진수가 너무나 무기력하게, 그리고 잔인하게 살해를 당하고 있었다.

손끝부터 녹아내리는 고진수의 모습에 주위에 있던 사람들이 토악질을 하며 고개를 돌렸다. 하지만 당천위는 웃었다. 주위 사람들의 두려움이 느껴졌기 때문이다.

당천위는 사람들의 두려운 감정을 기분 좋게 받아들였다. 그는 사람들이 두려워하는 마음만큼 자신의 힘이 늘어난다고 생각했다. 그래서 더욱 기분이 좋았다.

고진수는 더 이상 비명을 지르지 못했다. 그의 흔적은 더 이상 세상에 남아 있지 않았다. 그저 한 줌의 독수만이 바닥에 흥건하게 남아 있을 뿐이었다.

"악마다."

"어찌 인간을 저리 잔인하게……."

사람들의 공포에 절은 음성이 들려왔다. 그들의 두려움이 당천위를 더욱 강하게 만들었다.

그 누구도 감히 당천위에게 접근할 엄두도 내지 못했다. 고진수의 최후가 어떠했는지 자신들의 두 눈으로 똑똑히 확인한 사람들은 당천위의 공포에 몸을 떨었다.

"으아악!"

"거미, 거미다."

그때 대윤회연환진 안쪽에서 사람들의 처절한 비명성이 터져 나왔다.

그리고 대윤회연환진이 요동치기 시작했다. 정상적인 움직임과는 전혀 다른 움직임이었다.

당천위가 같이 온 무리들에게 명령했다.

"시작해."

"존명!"

이어서 움직이는 사람들. 그들은 마해에서 나온 진법가들이었다. 그들은 흑천혈주에 의해서 내부로부터 공략당하는 대윤회연환진의 외부를 파훼하기 시작했다.

불과 반 시진 전까지만 하더라도 대윤회연환진은 철옹성 같았지만, 지금은 달랐다. 진을 운용하는 주요 인사들이 흑천혈주의 공격에 목숨을 잃었기에 파훼하기가 훨씬 수월해졌다.

"놈들을 막아야 해. 대윤회연환진이 파훼되게 내버려둬서는 안 된다."

"어서 막아."

곳곳에서 당천위의 의도를 눈치챈 정의맹 무인들이 소리를 쳤다. 하지만 아무리 많은 무인이 달려들어도 당천위를 어찌할 수는 없었다.

당천위의 몸에서 흘러나오는 독기에 십여 장 주위로 접근하기조차 힘이 들었다.

"건(乾)에서 감(坎)으로, 그리고 이(離)에서 손(巽)으로."

진법가들은 흔들리는 대윤회연환진을 공략했다. 그들이 손을 움직일 때마다 자욱하게 끼어 있던 운무가 줄어들기 시작했다. 진법가들은 거침없이 움직였다. 그들의 배후를 당천위가 봐주고 있기 때문에 가능한 일이었다.

철옹성처럼 정의맹을 지키던 대윤회연환진이 마침내 무너

지기 시작했다. 천시운환진(天時運環陣)을 시작으로 사기미종진(四氣迷踪陣), 환궁무영진(幻穹無影陣) 등이 순차적으로 파훼되기 시작했다. 그에 따라 열 개의 진법이 연환되는 대윤회연환진의 위력도 기하급수적으로 줄어들기 시작했다.

"이런!"

명등의 얼굴에 당혹감이 떠올랐다.

대윤회연환진이 파괴되면 어떤 결과가 나올지 그는 알고 있었다. 어떻게 해서든 대윤회연환진이 파괴되는 것을 막아야 했다.

하지만 정의맹 안에서 당천위를 막을 수 있는 자는 거의 없었다. 같은 십대초인의 반열에 오른 자가 아니라면 결코 당천위를 막을 수 없었다.

"아미타불! 내가 아니면 누가 지옥불에 뛰어들까?"

나직한 불호와 함께 명등이 누가 말릴 사이도 없이 당천위를 향해 몸을 날렸다.

"이보게."

"맹주님!"

경천호와 예운향이 불렀지만, 명등은 들은 척도 하지 않았다. 이제까지 무거운 짐을 어깨 위에 올려 놓았던 명등이었다. 그 때문에 환사영을 배척하기도 했지만, 결국 그는 깨달았다.

자신이 있어야 할 곳은 전선이라는 사실을. 이제 그는 맹주로서 자신이 떠안아야 했던 모든 짐을 예운향에게 넘기고 당천위를 막기 위해 나섰다.

"아미타불!"

그의 사자후(獅子吼)가 전선을 울렸다.

불문의 정심한 공부인 사자후는 파사(破邪), 파마(破魔)의 힘을 가지고 있었다.

뿐만 아니라 정파의 무공을 익힌 자들의 머리를 맑게 해주고, 정신력을 고양시켜주는 효능이 있었다.

명등의 사자후를 들은 정파의 무인들은 용기가 백배했고, 마해의 무인들은 기가 꺾였다.

마해가 당천위의 투입으로 전선의 상황을 크게 바꿔놓았듯, 정의맹 역시 맹주인 명등이 직접 나섬으로써 반격을 가하는 것이다.

"멈추시오."

명등이 크게 소리치며 진법가들을 향해 소림의 절기인 관음선수(觀音仙手)를 펼쳤다.

쿠콰콰!

허공이 온통 명등의 손바닥으로 가득 찼다.

"후후! 드디어 거물이 납셨군."

진법가들의 앞을 가로막은 이는 바로 당천위였다. 그가 독강(毒罡)을 펼쳐 명등의 관음선수를 막아냈다.

쿠콰쾅!

당천위의 몸과 대지가 크게 요동쳤다. 하지만 당천위의 얼굴 표정은 변하지 않았다. 완벽하게 명등의 공격을 해소시켰기 때문이다. 하지만 그의 얼굴 표정과 달리 명등의 공격을 막아낸 손바닥은 붉게 변해 있었다. 충격이 뼛속까지 도달한 것이다.

'역시 정의맹의 맹주란 것인가? 그냥 명성만으로 맹주가 된 것은 아니란 뜻이군.'

당천위가 날카로운 눈으로 명등을 노려보며 말했다.

"후후! 드디어 무거운 엉덩이를 움직인 건가?"

"어찌 정파 출신으로 마해의 주구가 될 수 있단 말이오?"

"후후! 당가와는 아무런 상관도 없는 일이야. 조금 전에도 말했다시피 나는 당가를 버렸으니까. 지금의 나는 당천위가 아니라 양사위다. 땡중."

"아미타불! 그런다고 당신의 죄과가 없어지는 것은 아니오. 당신의 죄과는 당가에도 큰 영향을 끼칠 것이오."

"협박하는 것인가?"

"사실을 말하는 것뿐이오. 아미타불!"

"당신이 걱정해 줄 일이 아니야."

이미 자신의 모든 것은 당문위에게 전해줬다. 당문위라면 외부의 외풍에 상관없이 당가를 훌륭하게 지킬 수 있을 것이다. 그 때문에 당천위는 부담 없이 전투에 임할 수 있었다.

"오래전부터 소림의 절학을 견식하고 싶었지. 얼마나 대단하면 무림의 맹주라고 거들먹거리는지 말이야."

"이 몸이 당신을 상대해 주겠소. 결코 대윤회연환진을 파괴하도록 내버려두지 않을 것이오."

"늦었어. 이미 시위는 쏘아졌어. 땡중, 당신의 능력이 아무리 대단할지라도 쏘아진 시위를 되돌릴 수는 없어."

당천위가 공력을 끌어올렸다. 그러자 녹색의 독기가 더욱 강렬해졌다. 명등은 그에 대응해 무상대능력(無上大能力)을 끌어올렸다. 그러자 당천위에 결코 뒤지지 않는 기도가 흘러나왔다.

그들은 잠시 서로를 노려봤다. 단지 노려보는 것만으로도 그들은 서로의 역량을 읽어냈다.

십대초인(十大超人).

비록 익힌 바 무공은 달랐지만, 그들은 세상을 오시하는 초강자들이었다.

그들의 대치에 주위에 있던 무인들이 숨을 죽였다.

먼저 움직인 것은 명등이었다. 명등의 목적은 당천위와 겨루는 것이 아니라 그가 보호하고 있는 진법가들을 격퇴하는 것이다.

그리하여 대윤회연환진을 보호하는 것이 그의 본래 목적이었다. 때문에 급한 것은 명등일 수밖에 없었다.

다시금 명등이 진법가들을 노리고 관음선수의 절초인 관음십팔장을 펼쳐냈다.

"어딜 감히!"

연이어 열여덟 번의 장력이 발출되었다. 하지만 명등의 장력은 당천위에게 허무하게 막혀 소멸됐다.

　명등의 눈빛이 흔들렸다. 이제야 그 역시 당천위를 쓰러트리기 전에는 진법가들에게 다가갈 수 없다는 사실을 분명히 깨달았다.

　"아미타불!"

　명등이 불호를 외면서 손바닥을 마주쳤다. 그러자 강력한 기파가 일어나 당천위에게 밀려갔다. 불영수(佛影手)라는 소림의 절기였다. 불영수는 단순한 박수가 아니라 마심(魔心)을 씻어내는 불조의 제마수(制魔手)였다.

　당천위의 마심을 씻어낼 수는 없을 것이나, 그의 마음을 흔들어놓을 수는 있을 거란 판단에서 명등은 불영수를 펼쳐냈다. 하지만 불영수를 맞이하는 당천위의 표정에는 전혀 흔들림이 없었다.

　카앙!

　당천위가 호신독공을 끌어올려 명등의 공격을 튕겨냈다. 이어 그가 명등을 향해 달려들었다.

　콰우우!

　그의 손짓 한 번에 가공할 독기가 구름처럼 일어나 해일처럼 명등을 향해 밀려갔다. 그에 명등이 호신강기를 끌어올려 전신을 보호하면서 다라엽지(多羅葉指)를 펼쳤다.

　따다다다당!

독기와 다라엽지가 부딪치며 쇳소리가 터져 나왔다.

그들의 격돌에 주위 사람들의 넋이 빠졌다. 상상도 하지 못했던 절기가 두 사람의 몸을 빌려 나타났기 때문이다.

명등은 소림사의 절학인 용화권(龍華拳), 광한지(廣寒指), 미륵삼천해(彌勒三天解) 등을 연이어 펼쳐냈고, 당천위는 자신이 창안한 만독진결(萬毒眞決) 상의 무공으로 명등을 압박했다.

쿠콰콰쾅!

두 사람의 격돌에 지축이 흔들리고, 대기가 요동쳤다. 인근에 있던 무인들은 여파를 피해 서둘러 자리를 떴다.

주변에 있던 모든 사람들이 숨을 죽이고 두 사람의 대결을 지켜봤다.

쩌저적!

그 순간에도 대윤회연환진은 조금씩 파훼되고 있었다. 하지만 명등에게는 그에 신경을 쓸 여유가 없었다. 당천위와의 대결만으로도 벅찼기 때문이다.

'빙마후는 무엇을 하는가? 어서 그들을 막지 않고.'

명등은 애가 탔다. 하지만 그 순간에도 예운향은 움직이지 않고 있었다.

츠츠츠!

흑천혈주가 대윤회연환진을 내부에서부터 흔들고 있었다. 진의 운용을 책임지던 이들은 흑천혈주에 의해 중독되어 쓰러졌다.

흑천혈주는 검은 해일과도 같았다. 마치 사막에 흐르는 유사처럼 무리지어 움직이는 흑천혈주를 막을 자는 존재하지 않았다.

흑천혈주는 가로막는 모든 생명체를 말살하며 전진했다. 이대로 두었다가는 대윤회연환진이 문제가 아니라 정의맹 내부에 있는 무인들이 몰살당하기 직전이었다.

흑천혈주를 제어할 수 있는 유일한 이가 바로 당천위였다. 하지만 지금 이 순간 당천위는 명등과의 싸움에 온 기력을 집중하고 있어 흑천혈주를 제어하지 못했다. 그 때문에 흑천혈주는 통제에서 벗어나 폭주를 하고 있었다.

흑천혈주는 일반무인들이 상대할 수 있는 존재가 아니었다. 크기가 성인의 엄지손톱만큼이나 작지만, 껍질이 상상을 초월할 정도로 단단하고, 그 수가 엄청나게 많아 도검을 휘둘러 퇴치하는 것은 한계가 있었다. 그 때문에 흑천혈주가 일단 들이닥치면 막기가 거의 불가능했다.

"으아악!"

"피해!"

진을 운용하던 무인들이 흑천혈주의 습격에 기겁을 하며 도망쳤다. 하지만 흑천혈주는 그런 무인들을 끝까지 추적했다. 일단 마성이 동한 흑천혈주는 눈앞에 움직이는 생명체가 없을 때까지 무차별적인 파괴를 멈추지 않는다.

츠츠츠!

기괴한 소리를 내며 흑천혈주가 밀려들었다. 흑천혈주는 인향(人香)을 추적했다. 그들은 사람들의 채취에 이끌려 끝없이 몰려들었다.

사람들이 결국 막다른 벽에 몰렸다. 이리 피하고, 저리 피하던 사람들은 결국 막다른 벽에 한데 몰려 몸만 벌벌 떨 수밖에 없었다.

"크으으! 어디서 저런 마물이."

"이젠 끝장이다."

수만, 수십만 마리의 흑천혈주가 몰려들어왔다. 그 징그러우면서도 파괴적인 모습에 사람들은 그만 눈을 질끈 감고 말았다.

츄화학!

그때 성벽 위에서 검은 액체가 쏟아졌다. 검은 액체는 교묘하게 성벽에 몰린 무인들을 피해 흑천혈주를 적셨다.

"이건?"

사람들이 검은 액체에 의문을 표할 때 성벽 위에서 들려오는 목소리가 있었다.

"밧줄을 잡고 피해요."

동시에 성벽에서 밧줄이 십여 개가 내려왔다. 궁지에 몰렸던 사람들은 서둘러 밧줄을 잡고 성벽 위로 올랐다. 그들을 따라 흑천혈주들이 성벽을 오르기 시작했다. 수십만 마리의 흑천혈주가 성벽을 오르는 모습은 공포스럽기 그지없었다.

그때였다. 성벽 위에서 말을 걸었던 주인공이 익살스런 음성으로 다시 한 번 말했다.

"여기까지다, 이 징그러운 놈들아."

이어 횃불 하나가 흑천혈주 사이로 떨어졌다.

화르륵!

엄청난 불길이 흑천혈주들 사이에서 피어올랐다.

키에엑!

기괴한 괴성이 터져 나왔다.

방금 전 흑천혈주를 덮쳤던 검은 액체는 바로 기름이었다. 그것도 모두 타기 전에는 절대 꺼지지 않는 만종유(萬終油)였다. 만종유는 서역에서만 극히 소량 생산되는 특별한 기름으로 구하기가 너무 힘들어 중원에서는 거의 아는 사람조차 없었다.

일단 만종유에 불이 붙자 엄청난 불길이 치솟아 오르며 흑천혈주를 태우기 시작했다. 타닥타닥 거리는 소리와 함께 흑천혈주들의 몸이 불길에 터져 나갔다.

"헤헤! 까불고 있어. 독물의 상극은 바로 불이지."

흑천혈주가 타는 모습을 보며 기분 좋은 미소를 짓는 이는 바로 십방보였다. 흑천혈주에게 만종유를 뿌린 이 역시 십방보였다.

수십만 마리의 흑천혈주가 타면서 매캐한 연기가 피어올랐다. 극독을 함유하고 있는 독연이었다. 정의맹의 무인들은 독연을 들이켜지 않도록 멀찌감치 떨어져 흑천혈주가 타오르는 모습을 지켜보았다.

경천호가 그 모습을 보며 말했다.

"다행이구나. 그래도 대윤회연환진이 깨지기 전에 독물들을 제압할 수 있었으니."

그가 예운향을 바라보았다. 애당초 만종유를 이용할 생각을 한 이가 예운향이었기 때문이다.

"이제 어찌할 생각이냐? 언제까지 명등을 저리 방치해 둘 생각이냐? 늦기 전에 지금이라도 움직이는 것이 낫지 않겠느냐?"

"조금 더 기다려야 해요."

"언제까지 기다린단 말이냐?"

"대윤회연환진이 완벽하게 깨질 때까지."

"설마 아직도 대윤회연환진을 믿고 있는 것은 아니겠지. 이미 다섯 번째 진까지 해체된 이상 대윤회연환진은 더 이상 커다란 위력을 발휘하지 못한다. 조만간 마지막 진까지 파훼되면 적들이 물밀듯 밀려올 것이다."

"그래도 기다려야 해요. 알고 계시잖아요?"

"그래! 머리로는 알고 있지. 하지만 초조하구나. 이러다 명등을 잃을 수도 있다는 생각을 하니."

"누가 뭐래도 그는 정의맹의 맹주이자 십대초인의 일원이에요. 저희는 조금 더 그를 믿을 필요가 있어요.”

예운향의 단호한 말에 경천호는 더 이상 어떤 말도 할 수 없었다.

‘허! 위기 때야말로 사람의 본성을 알 수 있다더니. 이 아이는 위기가 닥칠수록 오히려 냉정해지는구나. 이것 역시 그의 영향을 받아서인가?’

명등과 당천위의 싸움은 점입가경으로 치닫고 있었다. 두 사람이 싸우는 여파로 주위는 완전히 초토화되었다. 그리고 두 사람의 몸에도 상처가 하나둘씩 늘어났다. 하지만 그 어느 것도 숨통을 단숨에 끊을 만한 치명상은 아니었다.

명등은 점차 호흡이 가빠오는 것을 느꼈다. 당천위의 독에 대비하기 위해 호흡을 참다 보니 당천위보다 먼저 체력이 급속히 소진된 것이다.

그에 비해 당천위는 한결 편안한 신색을 유지하고 있었다. 하지만 그것은 어디까지나 겉으로 보이는 모습일 뿐, 그의 속내는 달랐다.

‘땡중이 정말 대단하구나. 소림이 모든 것을 쏟아부어 키운 기재라더니, 정말 공력 하나만큼은 천하제일이라고 봐도 무방할 정도가 아닌가?’

명등의 공력은 정순했다. 그리고 웅혼했다. 마치 장강이 도도하게 흐르듯 끝없이 이어지는 그의 가공할 공력은 오만한 당천위조차 인정하지 않을 수 없게 만들었다.

명등도 명등대로 당천위에게 감탄을 금치 못하고 있었다.

독공의 한계를 뛰어넘어 독강을 자유자재로 부리며 수많은 독물을 지배하는 당천위의 모습은 가히 만독의 조종(祖宗)이라고 불릴 만했다.

명등이 이제까지 펼친 소림의 절공을 당천위는 아무렇지 않게 받아내고 있었다. 그것은 명등의 가슴에 커다란 파문을 남기고 있었다.

당천위가 독공을 극성으로 끌어올렸다. 명등 역시 마찬가지였다. 평범한 절기로는 서로를 어찌할 수 없다는 사실을 명확하게 인지했기에 선택한 방법이었다.

우우웅!

그들이 서로의 공력에 감응했다.

두 사람이 공력을 극성으로 끌어올리면서 대지가 흔들리기 시작했다. 사람들은 큰일이 일어날 것 같은 불길한 예감에 급히 뒤로 물러났다.

이어 그들이 서로를 향해 몸을 날렸다.

"구련조화인(九蓮造化印)."

"진원마독환(眞元魔毒丸)."

그들의 외침과 함께 아홉 개의 연꽃과 작게 응축된 독환(毒丸)이 허공에 나타났다. 그리고 격돌했다.

쿠와아앙!

거대한 폭풍이 전장에 휘몰아쳤다. 일진광풍에 휩쓸린 무인들이 훨훨 날아갔고, 바닥에는 운석이라도 추락한 듯 거대한 구덩이가 파였다.

"이게 도대체?"

"크으으! 어떻게 되었지?"

사람들이 상황을 살피기 위해 실눈을 떴다.

누런 먼지가 걷히고 상황이 만천하에 드러나기 시작했다.

거대한 구덩이 속에 두 사람이 서로를 바라보고 있었다. 한 명은 오연한 자세로 서 있었고, 한 사람은 한쪽 무릎을 꿇은 채 울컥 피를 토해내고 있었다.

"우웩!"

무릎을 꿇은 채 선홍색의 선혈을 토해내는 남자는 바로 명등이었다. 그의 안색은 마치 백지장처럼 창백하게 변해 있었다.

그는 왼손으로 오른쪽 어깨를 감싸고 있었는데, 손가락 사이로 끝없이 선혈이 흘러내리고 있었다. 오른쪽 팔이 어깨 부근부터 흔적도 없이 사라진 것이다.

방금 전 격돌에서 명등은 엄중한 내상과 함께 오른팔을 잃었다. 그에 반해 당천위의 모습은 한결 나아 보였다. 비록 얼굴색이 창백하긴 했지만, 운신하는 데 문제는 없어 보였다.

당천위가 광소를 터트렸다.

"당가가, 아니 당문이 소림의 절기를 능가했다. 이 내가 소림의 희망을 꺾었다. 크하하하!"

그는 진심으로 이 순간을 기뻐하고 있었다.

당문을 진심으로 사랑했기에 그는 당문을 버렸다. 독과 암기를 쓴다는 이유만으로 정파에게 배척받던 당문이 소림을 꺾었다.

앞으로 그 누구도 당문을 무시하지 못하리라. 자신의 심득은 이미 당문에 전해졌으니까.

이제 당천위는 한 줌의 망설임도 없이 양사위로 살아갈 수 있었다. 독공의 조종으로 말이다.

쿠쿠쿵!

그 순간 정의맹이 크게 흔들리기 시작했다.

이제까지 정의맹을 보호해 주던 대윤회연환진이 마침내 완벽하게 파훼된 것이다.

당천위가 앙천광소를 터트리며 외쳤다.

"크하하하! 길이 열렸다. 마해의 자랑스런 군사들아. 정의맹을 짓밟아라. 오늘이 지나기 전에 정의맹을 이 세상에서 지워 버려라. 그들이 존재했었다는 흔적조차 없게 말이다."

"와아아아!"

"정의맹을 무너트리자."

당천위의 외침에 마해의 교도들이 용기백배해 달려들었다. 그들을 가로막고 있던 대윤회연환진이 이미 깨졌기에 그들의 발걸음엔 거침이 없었다. 그들과 상대하던 정의맹의 무인들이 속절없이 뒤로 밀렸다.

이미 기세에서 밀린 정의맹의 무인들은 별반 대응도 하지 못하고 후퇴를 하다 정의맹으로 들어갔다. 그런 정의맹 무인들을 쫓아 마해의 교도들이 들개처럼 달려들었다.

그 모습을 보며 당천위가 미소를 지었다. 그가 명등에게 물었다.

"보이는가? 땡중. 당신이 모든 것을 걸고 지키던 것들이 무너지는 광경이. 이제 곧 정의맹도 무너질 것이다."

당천위가 손을 들었다. 이제 마무리를 하려는 것이다. 명등의 목숨을 빼앗음으로써 그의 명성은 천하를 울릴 것이다. 그리고 소운천에게 한 발 더 가까워질 것이다.

당천위의 입가에 섬뜩한 미소가 어리는 순간 그의 팔이 명등을 향해 떨어져 내렸다. 단두대에서 떨어져 내리는 거대한 칼날처럼 말이다.

쉬악!

명등은 눈을 감았다.

정의맹을 지키지 못하고 이대로 목숨을 잃어야만 한다는 사실이 안타까웠다.

결국 자신은 정의맹을 마해에게서 지켜내지도 못했고, 세상에 그 어떤 도움도 주지 못했다. 결국 세상에 남기는 것은 한 가닥 미련뿐이었다.

그때였다.

"아직 포기하지 마시오, 맹주."

외마디 외침과 함께 누군가 명등과 당천위 사이에 끼어들었다. 그는 마치 하늘에서 먹이를 노리고 활강하는 매처럼 무서운 속도로 명등을 채가지고 하늘로 날아올랐다.

당천위의 미간이 성큼 치켜 올라갔다.

"감히!"

눈앞에서 명등을 채가는 존재를 향해 당천위가 독강을 발출했다. 엄청난 기세로 날아가는 독강은 금방이라도 명등과 조력자를 산산조각낼 것만 같았다. 하지만 독강이 격중하기 직전 방해하는 손길이 있었다.

콰앙!

어디선가 날아온 한 가닥 차가운 기운이 당천위가 날린 독강과 부딪쳐 소멸했다.

당천위가 이빨을 빠득 갈았다.

"풍객. 빙마후."

그의 눈이 무섭게 빛났다.

명등을 채간 존재는 경천호였다. 천하에서 가장 빠른 경공술을 소유하고 있다는 그가 순식간에 명등을 가로채고, 성벽 위의 예운향이 빙강(氷罡)을 날려 당천위의 행사를 방해한 것이다.

당천위는 눈앞에서 다잡은 먹이를 채간 두 사람을 보며 이를 갈았다. 하지만 이미 명등은 경천호에 의해 정의맹으로 무사히 구출된 후였다.

당천위는 명등을 쫓아 정의맹으로 몸을 날릴까 생각도 했다. 하지만 성벽 위에서 오연히 그를 내려다보고 있는 예운향을 보자 생각을 바꿨다. 굳이 자신이 위험을 감수하면서 적진에 먼저 뛰어들 필요가 없다고 느낀 것이다.

"내 몸을 희생하면서까지 천마에게 좋은 일만 시킬 수는 없지."

그는 결국 정의맹으로 난입하는 것을 포기했다.

적의 선봉장인 명등을 꺾었으니, 그의 임무는 완수한 것이나 다름없었다.

나머지는 수하들의 몫이었다. 먼저 희생해서 적의 전력을 조금이라도 소모시키는 것. 본래 졸개들의 존재 이유가 그런 것이다.

당천위는 한 발 뒤로 물러서서 마해의 교도들이 득달같이 정의맹을 향해 달려드는 모습을 지켜보았다. 마해의 교도들이 사다리를 앞세워 성벽을 오르려는 모습이 보였다.

무공이 조금 더 높은 사람들은 경공을 펼쳐 성벽을 단숨에 넘으려 했다. 하지만 그들의 시도는 정의맹의 완강한 저항에 부딪쳐 무위로 돌아가고 있었다.

그 모습이 당천위의 눈에는 부질없는 마지막 저항으로 보였다.

당천위의 시선이 뒤로 향했다. 어디선가 전장을 보고 있을 소운천과 구유마전단을 찾는 것이다.

당천위의 몸짓에는 자신감이 담겨 있었다. 맡은 바 임무를 훌륭하게 완수했단 자신감이 그를 당당하게 만들었다.

"보고 있는가? 나는 결코 당신에게 뒤지지 않는다."

소운천을 향한 그의 외침이었다.

소운천이 전장을 보며 중얼거렸다.

"그는 제법 훌륭하게 일을 처리하고 있군."

"그만큼의 능력과 야망이 있는 자입니다. 훗날 마땅히 경계를 해야 할 자입니다."

백영의 눈이 빛났다.

그들의 시선이 향한 곳에 당천위가 있었다. 거만한 몸짓으로 한껏 위세를 떨치고 있는 그의 모습이 유독 눈에 들어왔다.

소운천은 그런 당천위의 몸짓을 담담한 표정으로 받아들이고 있었지만, 백영은 그렇지 못했다. 백영은 이미 오래전부터 당천위를 경계해 왔다.

당천위는 위험한 자였다. 그는 커다란 야망을 숨기고 마해를 이용해 왔다. 그는 마해의 지원을 이용하여 단기간 안에 가공할 정도의 성취를 이뤄냈다.

그의 성취는 유래를 찾아보기 힘들 정도로 파격적이었다. 그런 능력 덕분에 당천위는 마해에서도 파격적인 지위를 차지했다.

때때로 당천위는 소운천의 자리에 대한 열망을 가감 없이 드러내기도 했다. 소운천은 그런 당천위의 열망을 아무렇지 않게 받아들였지만, 백영은 달랐다. 그는 항상 당천위를 경계하고, 멀리하려 애를 썼다. 당천위의 야망을 홀로 경계한 것이다.

"사냥개를 무서워하는 주인은 없다. 그의 야망이 아무리 크다 해도 결국은 사냥개의 생존본능에 불과할 뿐. 그에 대해선 걱정할 필요 없다."

"하지만……."

"그는 지배자의 그릇이 되지 못한다. 이미 한계에 도달한 상태. 그가 올라설 수 있는 최상의 한계선이 바로 지금이다."

소운천은 명확히 당천위의 한계선을 그어 버렸다.

백영은 당천위와 능력이 비슷하기에 그를 경계하고 있지만, 소운천은 달랐다. 당천위가 아무리 노력해도 소운천의 경지에 다다를 수는 없었다. 이미 소운천은 그런 사실을 꿰뚫어보고 있었다.

당천위뿐만이 아니었다. 십대초인 그 누구도 소운천에 비할 수는 없었다. 불사의 힘을 소유한 소운천에게 위협이 될 만한 무인은 천하에서 오직 단 한 명, 환사영뿐이었다. 환사영을 제외한 그 누구도 소운천을 위협할 수는 없었다.

"당천위에 대해서는 전혀 신경 쓸 필요 없다. 당장은 정의맹 정벌에만 신경을 쓰도록."

"알겠습니다. 속하가 쓸데없는 걱정으로 주군의 심기를 건드렸습니다. 용서해 주십시오."

"너는 나에게 용서를 구할 필요가 없다. 너희들은 나의 혈육과도 같은 존재. 설령 내 팔 하나를 떼어준다고 해도 나는 아깝지가 않다."

"주군."

백영의 눈동자가 흔들렸다.

소운천을 따른 지 이십 년이 훨씬 넘었지만, 그가 이렇듯 속내를 자신에게 드러낸 것은 이번이 처음이었다.

소운천은 언제 그랬냐는 듯이 평소의 생각을 알 수 없는 표정으로 돌아가 있었다. 하지만 백영에겐 그것만으로도 충분했다.

'주군! 나는 당신을 따른 것을 결코 후회하지 않습니다. 당신이 어떤 결정을 내리든, 당신이 어디를 가든 나는 결코 당신의 곁을 떠나지 않을 겁니다.'

백영은 죽어서도 그를 떠나지 않겠다는 영혼의 맹세를 했다. 그뿐만이 아니었다. 백여덟 명의 구유마전단은 모두 그처럼 소운천을 죽어서도 따를 거라는 맹약을 한 상태였다.

그들은 영혼의 맹약으로 묶여 있는 하나의 존재였다.

그때였다.

"와아아! 적의 성문이 뚫렸다."

마해의 교도들이 환호성을 터트렸다. 그토록 굳건하게 문을 걸어 잠그고 있던 정의맹의 성문이 드디어 무너진 것이다. 무너진 성문 사이로 마해의 교도들이 난입하는 모습이 보였다.

소운천의 주위에 있던 무인들도 큰 함성을 내지르면서 정의맹으로 뛰기 시작했다. 만오천 명에 이르는 대군세가 한꺼번에 쳐들어가는 장면은 엄청난 장관이었다.

거대한 먼지구름이 일어나 하늘을 뒤덮었고, 사람들의 함성소리가 천지를 울렸다. 말들은 투레질을 하며 흥분했고, 하늘을 선회하는 까마귀들은 불길한 울음소리를 흘렸다.

하늘이 무너지는 것같이 구름이 요동치고 있었다.

시대의 흐름이 변하고 있었다.

그 모습을 보면서도 소운천은 표정의 변화가 없었다. 어쩌면 너무나 당연한 일이기에 반응을 보이지 않는 것일 수도 있었다.

마해의 전력은 정의맹을 압도하고 있었다. 일단 성문이 뚫리자 정의맹은 맥을 추지 못하고 속절없이 무너지고 있었다.

그렇게 마해의 전력이 정의맹에 투입되었을 때였다.

"급보입니다."

말을 타고 달려온 전령이 내려와 백영 앞에 무릎을 꿇었다.

"무슨 일이냐?"

"전력을 지원하기 위해 이곳으로 오던 광혈군이 모두 몰살당했다는 소식입니다."

"뭣이? 광혈군이라면 삼혈승 중 하나인 공령이 이끌던 전대 거마로 이루어진 부대가 아니던가? 누가 있어 감히 그들을 몰살시킬 수 있단 말이냐?"

"그, 그게 단 한 명이라고 합니다."

"누구냐?"

"일영. 그가 움직였다고 합니다. 그가 홀로 광혈군을 몰살시키고 이쪽으로 오고 있다고 합니다."

"환 대장이……."

백영의 눈동자가 흔들렸다.

가장 우려했던 일이 벌어졌다. 백영의 시선이 절로 소운천을 향했다. 하지만 소운천의 얼굴에는 여전히 어떤 표정의 변화도 없었다.

그가 담담한 얼굴로 중얼거렸다.

"역시 움직였군, 사영."

그는 놀라지 않았다. 환사영의 성격이라면 가장 극적일 때 가장 극단적인 형태로 등장할 거라고 생각했었기 때문이다. 하지만 백영은 소운천처럼 담담할 수 없었다.

광혈군은 그가 만약을 위해 대비해 두었던 비밀전력이었다. 비밀전력을 잃었다는 것은 그만큼 전력의 약화를 의미했다.

하지만 급보는 여기서 끝이 아니었다. 뒤를 이어 몇 명의 전령이 급히 달려왔다.

"천종군이 몰살을 당했다는 소식입니다. 천종군을 이끌던 만공님과 휘하 백여 명이 모두 목숨을 잃었다고 합니다."

"뭣이? 누가 그들을 몰살시켰단 말이냐?"

"파검 한청이라고 합니다. 그가 정체를 알 수 없는 일단의 무리들과 함께 천종군을 몰살시켰다고 합니다."

"이럴 수가."

백영이 이빨을 덜덜 떨었다. 하지만 급보는 그것이 끝이 아니었다.

"천혈님이 이끌던 무량군도 당했다는 소식입니다."

"이번엔 또 누구더냐?"

"뇌검 천화윤이라고 합니다. 그가 수하들과 함께 무량군을 급습했다고 합니다. 그들 중에는 북해빙궁에서 온 북천휘와 설영대도 있다고 합니다."

이젠 더 이상 놀랄 기운도 없었다. 하지만 수하들의 보고는 아직 끝나지 않았다.

"이곳으로 오던 후속군들이 십대초인들에 의해 모두 저지되거나, 몰살당했다고 합니다. 더 이상의 지원군은 없습니다."

"으음!"

최악의 상황이었다. 백영이 심혈을 기울여 만든 비밀조직이 이로써 모두 사라졌다.

뿐만 아니라 오히려 십대초인에 의해서 외곽에서부터 포위된 형국이었다. 백영이 우려했던 최악의 상황이 벌어진 것이다.

"정의맹을 상대로 펼친 천라지망이 오히려 역효과가 나타난 것인가? 어떻게 이런 일이……."

백영이 망연히 중얼거렸다.

그때였다.

약속이라도 한 듯이 정의맹의 일제 반격이 시작됐다. 이제까지 속절없이 수세에 몰리던 정의맹의 무인들이 갑자기 쏟아져 나오기 시작한 것이다. 그들의 기세에 거침없이 밀고 들어가던 마해의 무인들이 뒤로 밀리기 시작했다.

안쪽에서는 정의맹이 역공이.

외곽에서는 십대초인의 포위망이.

그 사이에 마해가 있었다.

소운천이 중얼거렸다.

"역천라지망(易天羅之網)을 펼친 것인가? 친구여."

제 7 장
폭풍 속의 두 남자

환사영이 역천라지망(易天羅之網)을 계획한 것은 검창산에서
였다. 상유촌이 멸망했다는 소식을 듣고, 마해가 천라지망을
펼쳐 정의맹을 압박하기 시작했다는 이야기를 들으면서 그는
역천라지망을 계획했다.

천라지망을 역으로 이용하는 계획.

소운천의 계획을 역으로 이용하려는 이 계획을 위해서 십대
초인들이 동원됐다. 한청과 천화윤, 연성휘 등이 외곽에서 마
해를 흔들고, 예운향, 경천호, 명등이 안쪽에서 반격해 나가는
계획. 그것이 바로 역천라지망이었다.

역천라지망을 펼치기 위해서는 정의맹을 최대한 이용해야

했다. 정의맹이 적당히 당해주면서 수세에 몰려야 마해의 무인들이 다가올 것이기 때문이다. 그를 위해 투입된 이가 바로 예운향이었다. 사분오열되었던 정의맹을 예운향이 휘어잡았기에 역천라지망은 비로소 완성될 수 있었다.

이제 마해는 안과 밖에서 협공을 당하는 형국이 되고 말았다. 이제까지 밀리는 모습만 보여주던 정의맹은 전력을 추슬러 반격에 나섰고, 외곽에서도 십대초인이 등장해 마해를 압박하고 있었다.

무인의 수는 마해가 월등히 많았지만, 양쪽으로 포위되었기에 운신의 폭은 마해가 훨씬 좁고 불리했다. 더구나 마해의 무인들이 느끼는 심리적인 동요는 상당한 것이었다.

전선은 점점 마해에게 불리하게 돌아갔다.

"십대초인이 움직였습니다. 정의맹에서는 빙마후와 풍객이 나섰고, 외곽에서는 파검과 광도, 그리고 뇌검이 움직이고 있다는 소식입니다."

"일영은? 일영의 종적은 발견되었느냐?"

"그도 이곳으로 오는 것으로 파악되었습니다. 단지 다른 십대초인보다 도착하는 데 시간이 좀 걸릴 듯싶습니다."

부하의 보고에 백영의 미간에 깊은 골이 패였다.

절대고수라는 존재를 일반무인들이 상대할 수는 없었다. 절대고수 앞에서 일반무인의 수가 많고 적음은 아무런 문제가 되지 못했다.

"십대초인을 상대하기 위해서는 구유마전단을 움직여야 한다. 구유마전단을 움직인다면 십대초인을 막을 수도 있을 것이다. 하지만……."

백영이 소운천을 바라봤다.

그 순간에도 소운천은 급변하는 전장을 무심히 바라보고 있었다. 급변하는 전장의 상황조차도 그에게는 아무런 감흥을 줄 수 없는 듯했다.

백영이 소운천에게 말했다.

"구유마전단을 움직이겠습니다. 괜찮으시겠습니까?"

"후후! 왜 그러느냐? 내가 불안해 보이느냐?"

"아, 아닙니다."

"나는 천마다."

소운천의 말이 백영의 가슴을 울렸다.

천마(天魔).

자신의 이름을 버린 대가로 소운천이 얻은 이름.

그는 스스로를 버려 천마가 되었다.

천마라는 이름에 담긴 수많은 의미와 눈물을 모를 백영이 아니었다.

"구유마전단을 움직이겠습니다. 그들이라면 십대초인을 제지할 수 있을 겁니다."

"후후! 십대초인은 너에게 맡긴다고 하지 않았더냐? 마음대로 하려무나."

"그럼."

백영이 소운천에게 고개를 숙여 보인 후 구유마전단을 향해 다가왔다. 치열한 싸움이 벌어지는 전장을 바라보는 구유마전단의 얼굴에는 어느새 강렬한 투기가 일렁이고 있었다.

백영이 그들에게 말했다.

"지금부터 구유마전단은 전장을 제압한다. 십대초인 한 명에 열 명씩 붙어 상대하고, 남는 인원은 마해의 무인들을 도와 전황을 역전시킨다."

"흐흐!"

"후후후! 드디어 시작인가?"

백영의 말에 구유마전단이 음산한 웃음을 흘렸다.

그토록 고대하던 순간이었다.

구유마전단은 마해 최후의 조직이었다. 마해의 모든 것이 소운천과 구유마전단으로 인해 시작되었다. 바꿔 말하면 소운천과 구유마전단만 있다면 얼마든지 또 다른 마해를 세울 수도 있다는 뜻이었다.

백영을 필두로 구유마전단이 자신의 상대를 찾아 전장을 움직이기 시작했다.

"크흐흐! 감히 마해의 잡졸들이 천하를 노리다니. 우습지도 않구나."

청광운이 앙천광소를 터트리며 주먹을 휘둘렀다. 그가 주먹을 휘두를 때마다 마해의 무인들이 처참하게 죽어 나갔다. 그는 맹룡(猛龍)이란 별호답게 사나운 기세로 전장을 유린했다.

"쯧쯧! 저렇게 품위가 없어서야."

모사역이 그 광경을 보며 고개를 저었다. 대붕(大鵬)이라는 별호를 얻고 있는 모사역이었다. 그는 청광운과 함께 천화윤의 수하로 들어온 남자였다.

말은 그렇게 했지만 모사역의 손속 역시 청광운에 비해 결코 뒤지지 않았다. 그가 지나가는 자리에는 수많은 살육의 흔적이 남았다.

두 사람이 지나간 자리로 담시현이 걸음을 옮겼다.

'역천라지망. 실로 두려운 자다, 일영. 그 짧은 시간에 역천라지망이란 계책을 생각해내다니. 일영의 무력과 영향력이 아니라면 감히 그 누구도 상상하고, 실행할 수 없는 계획이다.'

아무리 생각해 봐도 지금 상황에서 이 이상의 계획은 없는 것 같았다. 그래서 두려웠다. 그 짧은 시간 동안 상대의 역량을 파악하고 최적의 계획을 짜고 실행할 수 있는 환사영이.

'그가 천하에 큰 뜻이 없는 것이 다행이다. 자칫 했으면 그가 주군의 가장 큰 적이 될 뻔했다. 이 난세가 지나간 다음에도 예의 주시해야 할 자이다. 만일 그가 다른 마음을 먹는다면 제일 먼저 경계를 해야 할 것이다.'

그는 문득 환사영에게 두려움을 느꼈다. 그의 주군인 천화윤을 압도하는 존재감과 능력을 가진 사내. 어쩌면 그가 느끼는 두려움은 당연한 것인지도 몰랐다.

'향후의 모든 계획은 철저하게 일영의 존재를 상정하고 짜야 한다. 일영, 실로 두려운 자다.'

*　　　　*　　　　*

"크르륵!"

사내가 가래 끓는 소리를 흘리며 두 손을 허우적거렸다. 그런 사내의 눈에서 생명의 빛이 급속도로 사그라졌다.

한청은 무너지는 사내를 뒤로 하고 걸음을 옮겼다. 그의 손에는 피가 뚝뚝 떨어지는 기형의 검이 들려 있었다. 마치 쇠꼬챙이처럼 가느다란 기형의 검은 이미 수많은 사람들의 생명을 빼앗았다.

"수경아, 이것은 너를 위한 진혼제다. 너를 위해 흘리는 피라면 나는 다시 혈루검(血淚劍)으로 돌아가도 상관없다."

그토록 버리고자 했던 별호다. 평생 동안 그를 옭아매던 족쇄 같은 별호를 떨쳐 버리기 위해 고행을 했다. 하지만 지금 이 순간만큼은 그는 과거의 혈루검으로 돌아가 있었다.

"내 손으로 안아보지도 못한 조카들을 위해 내가 해줄 수 있는 일이 겨우 이 정도밖에 없다."

한청의 눈이 이글거렸다.

백수경이 상유촌을 재건하고 잘 산다는 이야기를 들었을 때 그 얼마나 행복했던가? 자신과 환사영은 운명적으로 강호에서 떨어질 수가 없었다. 피를 보고, 싸우는 일이 그들의 일상사였다. 그렇기에 그는 백수경을 아끼고, 지켜주고 싶었다. 그만큼은 피와 온갖 암투가 난무하는 세상사에서 지켜주고 싶었다.

그런데 백수경과 그의 가족들은 처절한 죽임을 당했다. 한청의 조카라고 할 수 있는 백수경의 자식들은 채 꽃을 피우지도 못하고 죽임을 당했다. 아직 한청은 그들을 안아 보지도 못했다. 그래서 더욱 애통했다.

한청은 백수경과 목경화를 위해, 그리고 조카들을 위해 혈루검으로 돌아갔다. 그가 지나간 자리에는 온통 적들이 흘린 피눈물만이 남았다.

스걱!

한청이 검을 휘두를 때마다 하나의 생명이 덧없이 사라졌다. 그는 결코 망설이지 않았다. 마치 이렇게 하는 것으로 백수경과 그의 가족이 살아 돌아올지도 모른다는 듯이 말이다.

피가 튀고, 살이 갈라지는 소리가 전장에 울려 퍼졌다. 사람들의 비명과 절규가 전장에 가득했다.

"이것은 악몽이다. 어떻게 인간끼리 이럴 수가 있지?"

한청의 뒤를 따르는 율극타가 망연히 중얼거렸다.

한청을 따라 많은 싸움을 겪은 율극타였지만, 맹세코 이렇게 처절한 광경은 처음이었다. 사람이 이렇게 잔인해질 수 있다는 사실이 두려워졌다. 그러면서도 그는 살기 위해 검을 휘두르고 있는 자신을 발견했다.

어느새 율극타도 강호인이 되어 있었다. 머리로는 부정하고 있었지만, 그의 몸은 강호의 생리를 이해하고, 생존하기 위해 움직이고 있었다.

쉬익!

강력한 일격이 그를 향해 들이닥쳤다. 율극타는 검을 들어 일격을 막아내고 상대의 정체를 확인했다.

순간 율극타의 표정이 굳었다. 상대는 아직 앳된 티를 벗지 못한 소년이었다. 율극타보다 오히려 어려 보이는 소년. 그런 소년이 율극타의 목숨을 빼앗기 위해 검을 휘두르고 있었다.

까가가강!

율극타와 소년의 검이 허공에서 맞부딪치면서 불똥이 튀었다. 소년의 손속에는 자비란 존재하지 않았다. 어떻게든 율극타의 목숨을 빼앗겠다는 의지와 집념만이 가득했다.

'오직 상대의 목숨을 빼앗기 위해 만들어진 검공이다. 마해에서는 이런 어린 소년들을 살인병기로 양성한 것인가?'

분노가 치솟아 올랐다.

도대체 마해는 사람의 생명을, 존엄성을 무어라 생각하는 걸까? 목적을 위해서라면 이런 어린 소년의 목숨 따위는 아무렇지도 않다고 생각하는 것일까?

그런 생각을 하는 와중에도 소년은 율극타의 목숨을 빼앗기 위한 살초만을 쓰고 있었다. 자비심도 없고, 현묘함도 없는 오직 사람을 죽이기 위한 검법. 이 검법을 익힌 이는 자신도 모르게 살심에 물들고, 인성을 잃을 것이 분명했다.

"멈춰, 멈추란 말이야! 너를 죽이고 싶지 않아. 그러니까 멈추란 말이야!"

율극타가 외쳤다. 하지만 소년의 귀에는 율극타의 말이 들리지 않는 듯했다. 그는 오히려 더욱 무서운 기세로 율극타를 공격했다. 율극타는 모르지만 소년은 이미 광혈단을 복용한 상태였다. 광혈단의 약효에 지배받는 소년에게는 이미 이성이란 남아 있지 않았다.

"으아아!"

소년이 괴성에 가까운 고함을 지르며 더욱 맹렬히 율극타를 공격했다. 이젠 율극타도 적당히 봐주면서 상대할 수 없게 됐다. 이대로 소년의 공격을 계속 허용한다면 결국 율극타 자신이 위험해지게 된다.

"미안하다."

율극타가 입술을 질근 깨물며 한천어검류(寒天馭劍流)의 절초를 펼쳤다.

푹!

율극타의 검은 사정없이 소년의 심장을 파고들었다. 그런데도 소년이 꿈틀거리며 율극타를 잡으려 했다. 자신의 죽음조차 인지 못하는 그의 광기에 율극타가 고개를 돌리며 더욱 힘껏 검을 찔러 넣었다. 그제야 소년의 움직임이 잦아들었다.

"용서 못해. 절대로."

율극타는 태어나서 처음으로 강렬한 분노를 느꼈다.

이런 어린 소년들마저 살인병기로 이용하는 마해의 행태에 거대한 적개심이 생겨났다. 그는 한청의 뒤를 따라 걸음을 옮겼다. 한청과 함께 상대를 쓰러트리면서 전진했다. 그들이 향하는 곳에 마해의 수뇌부들이 있었다.

"거기까지다."

그때 냉혹한 음성과 함께 일단의 사내들이 그들 앞에 나타났다. 십여 명의 사내들이 모습을 나타내자 인근에 있던 마해의 무인들이 뒤로 물러났다. 그만큼 새로이 모습을 드러낸 남자들의 존재감은 엄청났다.

한청의 차가운 눈빛이 더욱 깊이 침전됐다.

"구유마전단."

"영광이군. 천하의 파검이 비루한 우리들을 기억하고 계시다니."

대답하는 사내는 구유마전단의 일원인 도승후였다. 그의 곁에 서 있는 사내들 역시 구유마전단의 일원들이었다. 드디어 구유마전단이 한청을 비롯한 십대초인을 막기 위해 나선 것이다.

"숙부님."

율극타가 한청의 곁에 섰다. 그러자 한청이 율극타에게 말했다.

"저들은 내가 상대하겠다."

"하지만……."

"아직은 네가 상대할 수 없는 존재들이다."

율극타가 피가 나도록 입술을 질근 깨물었다. 아직 자신이 한청에게 큰 힘이 되어줄 수 없다는 사실에 화가 났다. 하지만 그는 무모한 만용을 내세우는 대신 물러섰다.

분노가 크긴 했지만, 그래도 이성적으로 생각해 볼 때 자신이 저들을 상대할 수 있는 가능성이 거의 없었다. 그렇다면 한청에게 짐이 되기 전에 알아서 물러서는 것이 옳았다.

율극타는 결국 멀찍이 떨어져서 다른 상대를 찾았다. 그러면서도 한청을 살피는 것을 잊지 않았다.

한청과 구유마전단은 잠시 동안 대치했다. 한청은 호흡을 고르며 몸을 최상의 상태로 끌어올렸고, 구유마전단은 한청을 포위한 채 그의 허점을 살폈다.

하지만 한청의 자세는 그야말로 완벽, 그 자체였다. 마치 잘 벼려놓은 검을 보는 것처럼 한청의 몸에서는 칼날같이 예리한 기세가 흘러나오고 있었다.

한청은 그 자체로 하나의 명검이었다. 그는 파검이란 명성에 걸맞은 위엄을 보여주고 있었다.

'역시 십대초인, 만만치 않은 상대군.'

도승후의 눈빛이 착 가라앉았다.

그뿐만이 아니었다. 그의 곁에 있는 다른 구유마전단 모두 한청의 기세를 느끼고 긴장하고 있었다. 한청의 기세를 느낄 수 있다는 것 자체가 그들의 능력이 얼마나 대단한지 보여주는 것이었다.

구유마전단 역시 십대초인에 그다지 뒤지지 않는 절대고수였다. 그런 절대고수 십여 명이 포위를 하고 있음에도 한청은 전혀 위축되지 않았다. 아니, 오히려 상대를 압도하는 예리한 기세를 뿜어내고 있었다.

어떤 말이나 대화도 필요 없는 상대였다. 왜 이런 짓을 벌이느냐고 물어볼 필요도 없었다. 마해는 이미 자신들만의 논리로 스스로를 합리화시킨 후였다. 그런 상대에게는 어떠한 말도 통하지 않는단 사실을 한청은 잘 알고 있었다.

한청이 검을 들었다. 그러자 한청을 포위한 구유마전단원들이 일제히 무기를 꺼내들었다. 도와 검, 그리고 편(鞭)과 창까지 종류도 다양했다.

구유마전단의 몸에서도 엄청난 기세가 피어오르고 있었다. 세상 전체를 파괴할 만큼 강렬하면서도 짙은 투기가 공기를 타고 한청의 피부로 전해졌다.

눈앞에 십여 명의 절대고수를 두고 있으면서도 한청의 표정은 고요하기 이를 데 없었다. 이미 그는 두려움 따위의 감정을 잊은 지 오래였다. 그저 눈앞의 상대를 맞아 최선을 다할 뿐이었다. 이제까지 그래왔듯이 말이다.

구유마전단이 한청을 중심으로 돌기 시작했다. 한청은 눈을 감은 채 온몸의 감각을 끌어올렸다. 피부로 그들의 움직임이 느껴졌다. 한청은 마음속으로 그들의 모습을 그렸다. 그의 머릿속에서 열 명의 구유마전단은 현실 그대로의 모습으로 한청을 노려보고 있었다.

쉭!

머릿속의 구유마전단이 움직이는 순간 현실의 구유마전단도 움직였다. 그들이 움직이는 순간 한청도 움직이기 시작했다.

쉭 쉭 쉭!

모습은 보이지 않는데 파공음만 울려 퍼졌다. 열한 명의 절대고수가 일반 무인들이 인지할 수 있는 감각의 영역을 뛰어넘어 움직이기 시작한 것이다.

*   *   *

쾅!

"아아! 빌어먹을, 아프잖아."

강렬한 굉음과 함께 연성휘가 손바닥을 오므렸다 펴기를 반복했다. 그만큼 강렬한 충격이 그의 몸을 관통한 탓이었다.

연성휘가 전방을 바라보았다. 그의 눈앞에 강렬한 기도를 풍기는 십여 명의 절대고수가 서 있었다. 방금 전의 공격은 그들이 한 것이었다.

연성휘의 입꼬리가 말려 올라갔다.

상대의 강렬한 기도로 미루어 보아 구유마전단이라고 짐작한 것이다.

"그나저나 겨우 열 명만 왔는가? 이거 나를 너무 우습게 보는 것 아닌가?"

"우리 열 명만으로도 당신에겐 과분하다."

구유마전단원이 연성휘를 노려보며 말했다. 그의 살기 어린 음성에 연성휘가 고개를 설레설레 저었다.

"이런, 이런! 정말 단단히 미움을 받고 있는 모양이네. 그나저나 너무 우습게 보였군. 그래도 명색이 십대초인의 일원인데 겨우 열 명뿐이라니."

연성휘가 도를 잡은 손에 힘을 주었다. 굵은 힘줄이 손등 위로 돌아 오르며 잠시 빛을 잃었던 도가 강렬한 빛을 발하기 시작했다. 연성휘의 별호와 같은 광도(光刀)였다.

생전 처음 보는 광경에 구유마전단원들이 잠시 서로의 얼굴을 바라보았다. 그러나 그것도 잠시, 이내 그들이 연성휘를 향해 다가왔다. 이미 연성휘의 전력을 파악한 구유마전단원들이었다. 그들의 표정에는 일말의 흔들림도 없었다.

"좋아, 좋아!"

연성휘가 고개를 끄덕였다.

어느새 그의 몸에서도 강렬한 투기가 흘러나오고 있었다.

쉬익!

쾅!

흐릿한 형체만 남긴 채 그들이 격돌했다. 그들의 격돌로 인한 거대한 파장이 전장을 휩쓸었다.

그렇게 곳곳에서 십대초인이 구유마전단과 격돌하기 시작했다. 사람들은 서둘러 그들이 싸우는 전역에서 피했다. 괜히 근처에서 어슬렁거리다가 여파에 휩쓸리기라도 하면 헛되이 목숨을 잃을 것이 자명했기 때문이다.

사람들은 알고 있었다.

이번 전쟁의 향방이 그들에게 달렸다는 사실을. 십대초인과 구유마전단의 싸움 결과에 따라 이 땅의 운명도 갈릴 거라는 사실을.

십대초인이 이긴다면 기존의 질서가 유지될 것이고, 구유마전단이 승리한다면 새로운 질서가 도래할 것이다.

거대한 변혁의 시기.

누가 변혁의 주도권을 잡느냐 하는 전쟁이었다.

그 주도권을 잡기 위해 양측은 십대초인과 구유마전단을 앞세워 치열하게 전투를 벌이고 있었다.

*   *   *

"후후후!"

당천위가 음산한 웃음을 흘리며 손을 휘저었다. 그때마다 정의맹의 무사들이 별반 대항도 못해 보고 한줌의 독수로 녹아내렸다.

그 누구도 감히 당천위를 막지 못했다. 그 누구도 감히 그를 막을 엄두를 내지 못했다. 이미 정의맹주 명등이 어찌되었는지 자신의 눈으로 똑똑히 본 정의맹의 무사들이었다. 그들에게 가차 없이 독수를 뿌리는 당천위는 항거불능의 사신이나 마찬가지였다.

일반무인들은 그저 한 번에 한 명, 혹은 겨우 몇 명의 상대만 죽일 수 있을 뿐이지만, 독공을 익힌 당천위는 대량살상이 가능했다. 어디 독공뿐인가? 그의 암기술은 또 어떠한가? 도대체 그의 몸에 얼마나 많은 암기가 숨겨져 있는지 아무도 알지 못했다.

그의 일 수에 수십 명이 한 줌의 독수로 녹아내렸고, 그의 일 보에 수십 명의 무인들이 고슴도치처럼 암기를 맞고 쓰러졌다. 그에 의해 죽은 무인들의 수만 무려 수백 명이 넘었다.

"내가 바로 독황 양사위다. 이 몸이야말로 진정한 십대초인의 수좌다. 그 누가 있어 감히 나를 막겠는가?"

당천위의 광기에 찬 외침에도 누구 하나 앞으로 나서지 않았다. 이곳에 있는 무인들은 이미 목숨을 버릴 각오를 하고 있었다. 하지만 존재했었다는 흔적마저 남기지 못하고 독수로 녹아내리는 것은 사양하고 싶었다.

츠츠츠!

당천위는 가공할 독기를 뿌리며 점점 정의맹에 접근해갔다. 무인지경인 양 걸음을 옮기는 그의 앞길에 적수는 없었다.

당천위가 다시 손을 들었다. 그러자 엄청난 독기가 그의 손으로 몰려들었다. 이제 다시 흩뿌리기만 하면 수십 명의 무인들이 한 줌의 독수로 녹아내릴 것이다.

"으으으!"

당천위의 전방에 있는 정의맹 무인들이 공포에 절어 덜덜 떨었다. 그들에겐 당천위의 공격을 막을 그 어떤 방법도 없었다. 이제 당천위가 손을 흩뿌리기만 하면 그들의 존재는 흔적도 없이 사라질 것이다.

"도, 독황."

"세상에 존재해서는 안 될 저주받은 마인이다."

몇몇 무인들이 당천위를 저주했다. 하지만 당천위는 아랑곳하지 않고 그들을 향해 독기가 모인 손을 휘둘렀다.

츠으으!

가공할 독기가 해일처럼 정의맹 무인들을 향해 날아갔다. 독기에 노출된 정의맹 무인들은 감히 대항하거나, 피할 생각을 하지 못하고 눈을 질끈 감았다.

콰아앙!

그 순간 강렬한 굉음과 함께 일진광풍이 일어나 당천위의 독기를 멀리 날려 보냈다.

눈을 감았던 무인들이 몸에 통증이 느껴지지 않자 슬며시 눈을 떴다. 그 순간 그들은 볼 수 있었다. 자신들의 앞을 가로막고 있는 한 사내의 등을.

단단한 바위처럼 한없이 굳건하고, 강렬한 기도를 뿜어내는 사내의 무위는 독황 당천위에 비하여 전혀 밀리지 않았다.

당천위의 얼굴이 딱딱하게 굳었다.

"권패?"

"오랜만이군."

한 자 한 자 끊어 말하는 남자는 권패 서도문이었다. 그가 드디어 당천위 앞에 모습을 나타낸 것이다.

당천위를 바라보는 서도문의 눈빛은 무섭게 빛나고 있었다. 대량학살을 하고 있는 당천위의 모습을 보고 있으니, 자신의 아들 서문형이 생각났다. 하마터면 서문형도 당천위 때문에 죽을 뻔하지 않았던가? 제때 환사영이 나타나지 않았다면 서문형은 이미 이 세상 사람이 아니었을 것이다. 서도문은 한시도 그 사실을 잊어 본 적이 없었다.

"드디어 십대초인이 나타난 것인가?"

"내가 당신을 막겠다. 당천위."

"내 이름은 양사위다, 권패."

"당신의 이름이 어떤 것이든 중요한 것은 아니다. 중요한 것은 당신의 본질이 결코 용서할 수 없을 정도로 사악하다는 것이지."

"그래서 나를 막겠다?"

"그래! 설령 그 때문에 이 한 목숨을 잃는다고 할지라도."

"재밌겠군. 그렇지 않아도 반항도 못하는 자들을 상대로 한 대량살상에 무료하던 참이었는데."

당천위가 웃었다. 그 모습이 섬뜩했다. 하지만 서도문은 결코 자신의 의지를 꺾지 않았다. 두렵다는 생각은 들지 않았다. 단지 투지만이 들끓을 뿐이었다.

서도문이 파황일주권을 운용했다. 당천위 역시 만독진결 상의 독공을 극성으로 끌어올렸다.

이미 한 번 겨뤄봤던 상대, 그래서 만만치 않다는 사실을 잘 알고 있었다. 자신의 모든 것을 토해내서 싸워야 할 상대가 눈앞에 있었다.

쾅!

그들이 격돌했다.

예운향은 정의맹의 전력을 이끌고 앞으로 나섰다. 그녀가 따로 지휘를 할 필요는 없었다. 십대초인이 전장에 나섰다는 이야기를 듣는 순간 정의맹의 무인들이 용기백배했기 때문이다.

정의맹의 무인들은 사기가 한껏 올라 마해의 무인들과 맞서 싸웠다. 그 결과 그들은 마해의 무인들을 정의맹 밖으로 몰아낼 수 있었다. 그 기세를 몰아 그들은 마해의 무인들을 더욱 강렬하게 몰아붙였다.

예운향이 굳이 싸울 필요도 없었다. 그녀보다 먼저 정의맹 무인들이 앞으로 나섰다.

"와아아아!"

사람들의 함성 소리가 예운향의 주변에서 어지럽게 울려 퍼졌다. 하지만 주변의 어지러운 상황과 상관없이 예운향은 홀로 고고하게 존재하는 듯했다.

예운향이 차분한 얼굴로 주위를 둘러보았다. 수많은 무인들이 피를 튀기며 싸우고 있었다. 그 속에 인간은 없었다. 살육에 미친 인간들만 존재하는 일그러진 비정상적인 세계. 이곳은 인세의 지옥이었다.

예운향은 알고 있었다. 아무리 부인하고 싶어도 자신 역시 이런 지옥을 만드는 데 일조를 했다는 사실을. 이 자리에 있는 사람들의 원죄는 죽어도 사라지지 않을 것이다.

예운향은 지옥도를 외면할 수 없었다. 고개를 돌리고 싶었지만, 이 역시 자신이 감당하고 인내해야 한다는 사실을 그녀는 잘 알고 있었다.

문득 예운향은 강렬한 시선을 느꼈다. 강렬한 적의가 담긴 시선을. 예운향의 고개가 시선이 느껴진 곳으로 향했다. 그곳에 십여 명의 무인들이 있었다.

"백영, 구유마전단."

예운향은 한눈에 그들을 알아보았다.

왜 기억하지 못하겠는가? 그녀가 상유촌에서부터 겪었던 모든 일의 배후에 그들이 있었는데. 예운향의 가문인 천상예가(天上藝家)를 멸망시킨 것 역시 구유마전단이지 않던가.

구유마전단과는 악연으로 엮여 있는 예운향이었다. 자연 그녀의 눈빛이 차가워졌다. 예운향의 시선을 느꼈는지 백영이 차가운 목소리로 말했다.

"오랜만이군."

"그렇군요. 벌써 세월이 이만큼 흘렀으니."

"그 어린 계집이 이렇게 클 줄은 그 누구도 예상하지 못했을 것이다."

천상예가에서 살아남은 단 한 명의 생존자.

환사영이 살려준 그 조그만 계집이 자라서 빙마후라는 무시무시한 별호를 가진 여제가 되었다. 빙마후라는 이름이 주는 위압감은 구유마전단에게도 결코 녹록한 것이 아니었다.

백영 혼자였다면 쉽게 예운향 앞에 나서지 못했을 것이다. 혼자서 상대하기엔 예운향의 무력이 너무 버거웠기 때문이다. 하지만 열 명의 구유마전단이라면 이야기가 달라진다.

열 명의 구유마전단이라면 환사영과도 상대할 수 있을 거라고 자신하는 백영이었다. 하물며 그보다 못한 예운향 정도야.

"오늘에서야 후환을 완전히 없애겠구나. 천상예가의 생존자가 남아 있어서 늘 찝찝했었는데."

"나 역시 마찬가지예요. 이제까지 나는 단 하루도 편히 잠잔 적이 없어요. 억울하게 죽은 천상예가의 원혼들이 밤이면 자신을 잊지 말라고 나타났으니까. 나는 이제까지 단 한 번도 그들의 억울한 죽음을 잊은 적이 없어요."

"오늘이야말로 당신을 부모의 곁으로 보내주지."

"결코 쉽지 않을 거예요."

"마지막으로 한 가지만 물어보지."

"뭐든지요."

"정말 당신들 십대초인들만으로 구유마전단을 어찌할 수 있다고 생각했는가? 구유마전단이 건재한 이상 그 누구도 천마님을 어찌할 수 없다."

"설령 당신들을 죽이지 못해도 괜찮아요. 나와 다른 십대초인들의 역할은 당신들 구유마전단을 천마에게서 떼어놓는 것이었으니까요."

"뭣이?"

백영과 구유마전단의 얼굴색이 싹 변했다.

그들이 뒤돌아보았다. 그제야 저 멀리서 다가오는 거대한 기운이 느껴졌다. 거대한 기운은 소운천이 있는 곳을 향해 일직선으로 다가오고 있었다.

"환 대장?"

"설마 우리를 천마님과 떼어놓기 위한 계책이었단 말인가?"

"그래요. 이 전쟁은 십대초인과 구유마전단의 대결이 아닌 천마와 일영의 대결 결과에 따라 승패가 갈릴 거예요. 이 모든 것이 당신들을 천마와 떼어놓기 위한 안배였어요."

예운향이 얼굴색 하나 변하지 않고 그렇게 말했다.

구유마전단에게 둘러싸인 소운천은 난공불락의 요새나 마찬가지였다. 그를 둘러싸고 있는 구유마전단이란 성벽을 무너트리기 위해 동원된 것이 십대초인이었다. 십대초인은 구유마전단이 아니면 상대할 수 없는 존재였기에.

"돌아가야 한다. 이대로 환 대장이 천마님을 향하게 둘 수는 없다."

백영이 급히 귀환하려 했다. 하지만 이번에는 예운향이 그들의 길을 막아섰다.

"말했잖아요. 그들의 싸움에는 아무도 끼어들 수 없다고."

"비켜라."

"그럴 수 없다는 것은 당신들이 더 잘 알 거예요. 당신들이 천마에게 모든 것을 걸었듯이 우리들은 일영, 그분에게 모든 것을 걸었으니까요."

"결국 끝을 보자는 것이구나, 계집."

백영과 구유마전단이 이를 빠득 갈았다. 그런 그들의 몸에서는 엄청난 살기가 폭사되어 나오고 있었다.

츠츠츠!

예운향의 몸에서도 지독한 냉기가 흘러나왔다. 천빙요결을 운용하기 시작한 것이다.

더 이상 말은 필요 없었다. 모든 것은 지닌바 힘이 결정해

줄 것이다.

예운향의 시선이 문득 어느 한쪽을 향했다. 환사영의 기운이 느껴지는 곳이었다.

'내가 할 수 있는 일은 여기까지예요. 이제부터는 당신의 영역이예요. 부탁해요. 제발 천마를 막아줘요.'

그 순간 백영과 구유마전단이 예운향을 향해 달려들고 있었다.

제 8 장
지옥의 끝에서

금시현이 고개를 들어 전장을 바라보았다.

그는 나란 출신의 무인이었다. 하지만 그는 공식적으로 구유마전단에 뽑히지 않았다. 그는 무공도 대단했지만, 무엇보다 조직을 관리하고 다스리는 일에 능했다. 그 때문에 그는 마해의 조직을 효율적으로 재편하고 관리하는 역할을 맡았다.

고심 끝에 금시현은 마해의 무력 조직을 세 개로 나눴다.

무해(武海).

광해(狂海).

혈해(血海).

그리고 자신은 무해주가 되었다. 다른 두 명의 동료가 광해와 혈해의 주인이 되었다.

이제 시작인 조직이었다. 아직은 미약하고, 체계조차 잡혀 있지 않은 힘없는 조직이었다. 하지만 금시현은 자신했다. 자신이 틀을 만든 이 조직들이 향후 마해를 이끌어 나갈 것임을.

구유마전단은 비정상적으로 강인한 전투조직이었다. 전쟁에는 그들만큼 효율적인 집단이 존재하지 않았다. 하지만 언제까지 구유마전단이 전면에 서서 마해를 이끌어 나갈 수는 없었다.

금시현은 이 세 개의 조직을 위해 동료들인 구유마전단의 절기를 수집했다. 그리고 한데 모아 조직들의 특성에 맞게 나눠주었다.

금시현은 갓 구성된 이 조직의 구성원들을 데리고 전장으로 나왔다. 그들에게 자신들의 눈으로 전투를 지켜보게 할 생각에서였다. 마해를 위해 얼마나 많은 사람들이 피를 흘렸는지, 또 얼마나 많은 사람들이 목숨을 희생했는지 직접 보고 느끼게 할 생각이었다.

아직은 어린 아이들. 이제 겨우 열서너 살에서 열여덟 살 사이의 아이들이었다. 이들이야말로 향후 마해를 이끌어 나갈 중요한 인재들이 될 것이다.

아이들은 중원 각지에서 팔려오거나 납치된 아이들이었다. 그들은 지속적인 세뇌를 통해 마해에 충성을 바치는 존재가 되어 있었다. 그들은 두 눈을 크게 뜨고 곳곳에서 일어나는 피

끓는 전투를 바라보았다.

금시현이 아이들에게 말했다.

"다른 이들은 모두 잊어도 너희들은 결코 잊어서는 안 된다. 저들이 신교를 위해 어떤 희생을 치르고, 어떻게 목숨을 바쳤는지 그 눈으로 똑똑히 봐두고 기억하거라. 모두가 너희를 위해 흘리는 피다. 너희들이 이끌어 갈 세상을 위해 희생되는 목숨이다. 그 사실을 잊지 마라."

아이들이 두 눈을 부릅뜨고 전장을 바라봤다. 금시현의 말처럼 아이들은 마해의 고수들이 쓰러지고, 싸우는 광경을 하나하나 머리에 담아두었다. 그들은 오늘의 기억을 결코 잊지 않을 것이다.

아이들은 이미 마해의 충실한 심복이 되어 있었다. 앞으로도 그들은 마해를 위해 살아가고, 마해를 위해 기꺼이 목숨을 바칠 것이다. 이들이야말로 마해의 진정한 미래였다.

금시현이 다시 아이들에게 무어라 말을 하려 할 때였다.

쿠우우!

갑자기 대기가 요동치기 시작했다.

금시현의 얼굴색이 싹 바뀌었다. 비록 구유마전단에서 스스로 나오긴 했지만, 그 역시 절대의 무력을 소유했다고 자부하는 고수였다. 그런 그가 소름이 돋을 만큼 절대적인 존재감이 저 멀리서 느껴지고 있었다.

"이건?"

그는 이 느낌을 기억하고 있었다.

금시현이 서둘러 말했다.

"모두 뒤로 물러나라."

금시현이 동료들과 함께 아이들을 데리고 급히 물러났다. 아이들은 영문도 모르고 금시현의 뒤를 따랐다. 그렇게 한참을 물러난 후에야 금시현은 걸음을 멈추고 아이들에게 말했다.

"이제부터 잘 봐두거라. 지금 나타나는 남자야말로 신교의 이상을 방해하는 가장 큰 적이니까."

아이들의 시선이 금시현이 가리키는 방향으로 일제히 향했다. 그곳에서 한 남자가 걸어오고 있었다.

일 장에 달하는 거대한 깃발을 들고 홀로 걸어오는 남자. 붉은 용이 승천이라도 하는 것처럼 요동치는 문양이 새겨진 깃발이 바람에 흩날리고 있었다.

"음!"

금시현의 눈동자가 흔들리고 있었다. 그의 입술을 비집고 나직한 음성이 흘러나왔다.

"저것은 혈룡번……."

어찌 잊어버릴 수 있을 것인가?

십수 년 전 그들을 한자리에 모이게 했던 상징이다.

저 깃발 아래서 그들은 나란을 위해 싸웠다. 저 깃발은 그들을 상징하던 깃발이었다. 이제는 기억에서 지웠다고 생각했는데, 십수 년의 세월을 뛰어넘어 그의 눈앞에 다시 나타났다.

"환 대장."

혈룡번을 들고 선두에서 그들을 이끌던 남자가 이제 적이 되어 나타났다.

금시현은 알고 있었다. 환사영이 혈룡번을 들고 이곳에 나타난 이유를. 그것이 환사영의 의지일 것이다. 이제 자신들도 혈룡번의 적이라는. 혈룡번 아래 모였던 그들이 이제는 혈룡번의 적이 되었다.

거칠게 불어오는 전장의 바람 아래 혈룡번이 미친 듯이 펄럭이고 있었다. 그래도 환사영은 흔들리지 않고 걸음을 옮기고 있었다.

한 걸음.

또 한 걸음.

그렇게 환사영은 소운천을 향해 다가갔다.

혈룡번을 들고 걸음을 옮기는 환사영의 모습에서 금시현은 과거 나란 시절을 떠올렸다. 그 시절로 돌아갈 수 없다는 사실이 그저 비통할 뿐이었다.

다시 돌아가기에는 그들은 너무 다른 길을 걸었고, 너무 멀리 왔다. 이제 그들 사이의 공통점은 나란 출신의 무장이라는 것밖에는 존재하지 않았다. 그것 역시 이제는 아스라이 먼 과거의 기억일 뿐.

이제 환사영은 그들의 이상을 가로막는 거대한 적일 뿐이다. 그를 넘어서지 않고는 신교가 원하는 세상은 오지 않는다. 금시현은 그런 사실을 아이들에게 주입시켰다.

환사영을 노려보는 아이들의 시선에 적개심이 담겼다. 마해의 가장 큰 적이라는 이유만으로 아이들은 환사영을 증오의 대상으로 받아들였다.

환사영은 그런 적의 어린 시선과 살의를 담담한 표정으로 받아들였다. 그의 시선은 오직 전장 한가운데에 고정되어 있었다. 그의 친구였던 소운천이 있는 곳이다. 무려 이만 명이 넘는 사람이 뒤섞여 치열한 전투를 벌이는 전장에서도 그는 소운천의 존재를 느낄 수 있었다.

저벅 저벅!

전장에 그의 발소리가 울려 퍼졌다.

수많은 이들이 환사영을 노려보고 있었다. 그가 싸워야 할 존재들, 마해의 무인들이었다. 어떤 이들은 환사영을 이미 알고 있었고, 어떤 이들은 본능적으로 환사영이 적이라는 사실을 인지하고 있었다.

위험하다.

이자는 위험하다.

이자를 내버려두면 마해라는 체재(體裁)를 파괴할 것이다.

그러한 사념들이 전장을 흘러 다니는 것 같았다.

누가 알려줘서가 아니었다. 본능적으로 그리 깨달은 것이다. 그러한 사실을 깨닫는 순간 인근에 있던 무인들이 환사영을 향해 덤벼들기 시작했다.

"막아라!"

"그를 반드시 막아야 한다!"

그들의 목소리에는 절박함마저 담겨 있었다. 그들이 해일처럼 환사영을 덮쳐왔다. 환사영은 그들을 피하지 않았다. 피한다고 해결될 일이 아니었다.

환사영이 혈룡번을 휘둘렀다. 거대한 혈룡번이 붉은 잔영을 남긴 채 일직선으로 그어졌다.

후두둑!

혈룡번이 지나간 자리에 피가 쏟아졌다. 수많은 사람들이 쓰러졌다. 하지만 마해의 무인들은 물러서지 않고 악착같이 환사영을 향해 달려들었다.

그들을 향해 환사영은 혈룡번을 휘둘렀다. 그렇지 않아도 붉던 혈룡번은 피처럼 더욱 붉은색으로 물들었다. 이제까지 환사영이 걷은 생명의 수만큼 혈룡번은 붉은색을 띠고 있었다.

어쩌면 혈룡번은 환사영이 간직하고 있는 원죄의 흔적일지도 모른다. 그래서 환사영은 모든 것을 버렸지만 혈룡번만큼은 버릴 수 없었다. 혈룡번을 버린다는 것은 자신의 과거를 부정한다는 뜻이기에.

뚝뚝!

혈룡번을 타고 선혈이 한 방울씩 흘러내리고 있었다. 그렇게 흘러내린 핏물이 대지에 웅덩이를 만들고 있었다.

"운천!"

환사영이 소운천을 불렀다. 하지만 소운천은 대답하지 않았다.

"운—천!"

환사영이 다시 소운천을 불렀다. 내공이 실린 그의 목소리는 멀리멀리 퍼져 나갔다. 그래도 소운천은 답하지 않았다.

"우—운—천!"

"크으으!"

"아악! 귀가……."

환사영의 외침은 폭풍이 되어 전장을 휩쓸었다. 엄청난 그의 사자후에 일대의 무인들이 귀를 막고 비틀거렸다. 어떤 이들의 고막은 종잇장처럼 찢겨져 나가 피를 흘리고 있었다.

환사영의 무시무시한 외침에 일대에서 벌어지던 접전이 거짓말처럼 딱 멈췄다.

사람들이 공포에 질린 눈으로 환사영을 바라보았다. 마해는 물론 정의맹 소속의 무인들 얼굴에서 공포심이 표출되어 나오고 있었다.

단 한 명의 절대고수가 불러일으킨 파장은 그야말로 엄청났다. 모두가 환사영을 바라보며 몸을 움찔거렸다. 하지만 환사영은 그들의 시선 따위는 신경 쓰지도 않고 오직 한 곳만을 바라보았다.

환사영의 시선이 향한 곳에 있는 사람들이 고개를 숙였다. 그의 강렬한 눈빛을 감당하지 못한 까닭이었다. 하지만 환사영의 시선은 그들을 보고 있지 않았다.

촤아아!

저 멀리서부터 길이 열리고 있었다. 사람들이 만든 인의 장벽이 열리며 누군가 다가오고 있었다. 그 가공할 존재감에 사람들은 몸을 떨며 길을 열어 주었다.

"운천."

"사영."

사람들을 가르고 나타난 사내는 소운천이었다.

마침내 그들이 오 년의 시공을 건너뛰어 다시 조우했다. 하지만 서로를 바라보는 그들의 눈에 다정함이란 담겨 있지 않았다.

한때는 가장 친했던, 자신의 목숨마저 아낌없이 줄 수 있는 동료였으나, 지금 그들은 서로의 완벽한 대척점에 서 있었다.

소운천은 일만오천 마해 교도들의 정상에, 환사영은 정의맹과 십대초인의 정점에 선 채 서로를 노려보고 있었다.

문득 소운천이 빙그레 웃었다.

"결국 여기까지 왔구나, 사영."

"왜 그랬느냐? 운천."

"무얼 말이냐?"

"상유촌."

"후후! 너의 마지막 미련 말인가?"

소운천의 입꼬리가 말려 올라갔다.

그간 철옹성처럼 굳건하기만 하던 환사영의 표정이 처음으로 흔들리고 있었다. 소운천은 자신의 생각이 맞았음을 깨달았다. 상유촌은 환사영의 마지막 미련이었다. 그를 인간답게 만들어 주던 마지막 보루. 그 보루를 파괴하자 환사영이 자신의 파괴적인 감정을 드러내고 있었다. 그 사실만으로도 소운천은 상유촌을 파괴한 보람을 느낄 수 있었다.

"왜냐?"

"후후! 너도 나와 다르지 않다는 것을 확인하고 싶어서였다. 그러면 대답이 되겠느냐?"

"겨우 그런 이유로 그 순박한 사람들을 죽였단 말이냐?"

"세상에는 그보다 못한 이유로 죽는 사람도 많다. 그것이 분노할 이유는 되지 않을 텐데?"

"운천, 왜 그렇게 되었느냐?"

"후후! 식상한 이야기 따위는 더 이상 듣고 싶지 않군. 이건 내가 선택한 길이다. 그리고 너 역시 네가 선택한 길을 걷고 있다. 타인의 강요가 아닌, 스스로 선택해서 걷는 길. 그 과정에서 희생은 당연한 일이다."

"네가 몰살시킨 상유촌의 사람들은 강호와 아무런 관계도 없는 사람들이었다. 그들은 세상과 담을 쌓고 살아가는 순박한 사람들이었어. 너는 그들을 죽일 그 어떤 자격도 없다."

"너와 관련 있다는 사실만으로도 그들은 이미 지옥길에 한 발을 걸치고 있던 셈이다. 설마 그 사실을 모르고 있던 것은 아니겠지."

소운천은 환사영을 비웃었다.

이 지경이 되어서도 인성을 유지하려고 하는 환사영의 모습이 그저 안타깝게만 보인다고 할까.

"운천, 너는 이미 구제받기를 포기했구나."

"누가 있어 감히 나를 구제한단 말인가? 하늘이, 아니면 천하가? 그도 아니면 네가? 대답해 보거라, 사영. 감히 누가 나를 용서하고 구제한단 말인가?"

"네가 걷는 길이 잘못되었다고는 말하지 않겠다. 하지만 너의 선택 때문에 죽어간 수많은 사람들은 어찌할 셈이냐? 그들의 남겨진 가족들에게 무어라 말하려느냐?"

"그렇다면 너는 어떠하냐? 나 못지않게 너의 손에도 수많은 사람들이 죽었다. 비록 그 대부분이 적대관계에 있던 자들이겠지만, 그들에게도 기다리는 가족은 있을 터. 선한 자로 위장하고 있지만, 너 역시 나 못지않은 악당이다. 그 사실을 정확히 인지해야 할 것이다, 사영."

"그럴지도 모르지. 하지만 운천, 나는 너처럼 무차별적으로 파괴를 일삼지 않는다. 이렇게 모든 것을 파괴해서 도대체 무엇을 얻으려는 것이냐?"

"새로운 창조는 파괴 후에 태어나지. 기존의 모든 질서가 파괴된 후에야 새로운 질서가 태동할 수 있는 법. 나는 대륙을 지배하고 있던 기존의 질서를 모두 파괴하고, 내가 중심이 되는 새로운 질서를 만들 것이다. 그 어떤 분란도 없고, 갈등도 없는 세상을 내 손으로 만들어낼 것이다. 내가 존재하는 이상 그 누구도 새로운 질서에 도전하지 못할 것이다. 그러면 나란의 혈사와 같은 일이 두 번 다시 일어나지 않겠지. 나란과 같이 억울하게 멸망하는 나라는 생기지 않을 것이다. 그 정도면 충분하다, 사영."

"운천."

환사영의 눈빛이 어두워졌다.

그의 친구는 자신이 걷는 길이 정도라고 믿고 있었다. 그는 자신이 믿는 바를 위해서 대륙 전체를 피로 물들이려 하고 있었다. 그 때문에 죽어갈 사람들의 피와 눈물은 생각지도 않고 있었다.

"수경이는 착한 아이였다. 세상의 더러움과는 담을 쌓고 살아가는 아이. 상유촌은 그런 수경이의 꿈이 담겨 있던 조그만 세상이었다. 그런 세상을 멸망시켜가며 지켜야 할 이상 따위란 존재하지 않는다. 그것이 나의 믿음이다."

"역시 너는 그릇이 작다, 사영. 그만한 무력을 가지고 그렇게 조그만 인간의 감정 따위에 연연하다니."

"나 역시 인간이니까. 인간이길 포기한 너와 가는 길이 다르다."

"그래! 우리는 가는 길이 다르지. 그 지경이 되어서도 너는 인간의 길을 고집하고, 나는 마인으로서의 길을 걸어가고 있지. 이젠 그 사실을 확실히 알겠군. 우리는 두 번 다시 옛 시절로 돌아갈 수 없다는 사실을."

소운천의 얼굴에 씁쓸한 표정이 떠올랐다.

이미 알고 있던 사실이다.

자신이 어떤 짓을 해도 환사영의 마음이 결코 바뀌지 않으리란 사실을 알면서도 한 가닥 기대를 했었다. 미련, 어쩌면 그것이 그의 마음속에 남아 있던 유일한 인간다운 감정이었는지도 몰랐다. 하지만 환사영의 단호한 태도에서 그는 자신의 마지막 미련을 버렸다.

"덤비려느냐? 사영."

"나는 이곳에서 너를 막겠다, 운천."

"무리다. 나는 스스로도 죽을 수 없는 몸이다."

"영원히 죽지 않는 인간이란 존재하지 않는다."

환사영의 어조는 단호했다. 그리고 힘이 실려 있었다. 그는 특유의 심유한 눈빛으로 소운천을 바라보고 있었다.

오직 자신을 믿고, 자신의 신념에 따라 살아가는 사람만이 저런 눈빛을 할 수 있다는 사실을 소운천은 알고 있었다.

소운천이 고개를 저었다.

"정말 고집스런 녀석이군. 그 점만은 영원히 변하지 않을 것 같구나."

어차피 말로 설득할 수 있을 거란 생각은 하지 않았다. 그리고 그것은 소운천 자신도 마찬가지였다. 아무리 오랜 세월이 흘러도 소운천이란 존재의 본질은 변하지 않을 것이다.

소운천의 시선이 환사영이 들고 있는 혈룡번으로 향했다.

수많은 추억이 담겨 있는 물건이다. 혈룡번 아래 한데 뭉친 그들은 수많은 적과 맞서 싸웠고, 물리쳤다. 혈룡번은 환사영의 상징이자, 소운천의 상징이기도 했다.

그런 상징이 소운천을 향해 있었다. 그 모습이 소운천의 가슴에 묘한 파문을 일으켰다. 하지만 소운천은 애써 표정을 담담하게 유지하려 애를 썼다.

"아무래도 우리에게 더 이상의 대화는 무의미한 것 같구나. 덤벼라, 사영. 나는 이 자리에서 너를 쓰러트려 세상에 나의 적수가 없음을 증명할 것이다. 그러면 저들의 얼굴에서 희망이란 헛된 감정이 사라지겠지."

소운천이 자신들을 바라보는 정의맹 무인들을 가리키며 비웃었다. 지금 이 순간 정의맹 무인들은 환사영의 등장에 희망을 걸고 있었다. 소운천은 그들의 눈에서 희망을 걷어내고, 절망을 보고 싶었다. 하지만 그러기 위해서는 우선 환사영을 넘어야 했다.

일생일대의 대적이자, 가장 소중했던 친구.

운명이 점지해 준 그의 대척점에 서 있는 남자.

쿠우우!

소운천 주위의 대기가 요동치기 시작했다. 그가 살심을 품자 몸에 잠재되어 있던 마문철령화(魔文鐵靈華)가 요동치기 시작한 것이다. 그와 동시에 허공에서 선회하던 기신조가 끔찍한 울음을 터트렸다.

끼아아악!

소름이 끼칠 정도로 끔찍한 날카로운 울음소리에 주위에 있던 사람들이 몸을 비틀거렸다.

기신조의 울음소리에는 마기를 증폭시키는 효능이 있었다. 반대로 정공(正功)을 익힌 자들은 기신조의 울음에 영향을 받아 능력이 반감되는 것을 느꼈다.

소운천이 웃었다.

"후후! 어느 날 나의 품에 들어온 저 기묘한 새는 나의 마기를 먹고 자랐지. 그래서인지 몰라도 저 녀석의 울음은 마기를 증폭시키는 능력이 있다."

기신족의 전설에서만 존재하는 새. 평화와 혼돈의 양면성을 간직하고 있는 이 전설 속의 새는 소운천의 손에 자라면서 마기의 영향을 받았다. 그리고 세상의 혼돈과 파괴를 원하게 됐다.

소운천이 살념(殺念)을 품는 순간 기신조는 세상의 파괴를 원하게 됐다. 그리고 파괴를 위한 울음을 터트렸다.

환사영의 눈썹이 꿈틀거렸다.

기신조가 울음을 터트리는 순간부터 정의맹이 열세로 돌아선 것이 느껴졌다. 혈룡번을 잡은 그의 손에 절로 힘이 들어갔다. 하지만 환사영은 손을 쓸 수 없었다. 환사영의 의도를 알아차리고 소운천이 견제를 해왔기 때문이다.

소운천이 환사영을 향해 걸어왔다. 그런 그의 주위로 엄청난 마기가 꿈틀거리고 있었다. 기신조에게 한눈을 팔 여지가 없었다.

환사영의 얼굴이 딱딱하게 굳었다. 어쩔 수 없다는 사실을 그도 인지한 것이다. 아쉬움을 뒤로하고 환사영은 소운천을 향해 걸었다. 그의 손에 들린 혈룡번이 불어오는 바람에 유난히 격렬하게 요동쳤다.

그 모습이 마치 혈룡이 소운천을 향해 살기를 드러낸 것 같았다.

쿠우우!

두 사람의 거대한 기운이 서서히 서로의 영역을 침범하기 시작했다. 이제까지와는 차원이 다른 그들의 모습에 근처에 있던 무인들이 마른침을 삼키며 급히 뒤로 물러났다.

그 순간에도 수많은 정의맹 무인들이 죽어 나가고 있었다. 기신조의 영향을 받은 마해의 무인들은 기세등등하게 정의맹 무인들을 도륙하고 있었다. 반대로 능력이 반감된 정의맹 무인들은 어찌 대항하지도 못하고 뒤로 물러났다. 하지만 환사영이 어떻게 도와줄 방법은 없었다. 그들의 죽음이 안타까웠지만, 소운천이 환사영을 놓아주지 않는 이상 어찌할 수 없었다.

차라리 소운천을 일찍 쓰러트리는 것이 훨씬 더 가능성 있는 선택이었다.

"그럼 시작해 볼까? 세상의 또 다른 시작을 위한 싸움을."

"운천."

쿠쿠쿠!

두 사람의 대치에 주변의 대지가 마치 지진이라도 난 것처럼 흔들리기 시작했다.

쾅!

최초로 두 사람이 격돌했다. 두 사람의 기운이 맞부딪치는 충격에 방원 십여 장의 구덩이가 생겨나며 거대한 먼지구름이 일어났다. 그 여파로 주위에 있던 무인들이 뒤로 나가떨어졌다.

"이건 도대체?"

사람들이 말도 안 된다는 표정을 지었다.

환사영과 소운천도 인간이 분명할진대, 그들의 몸에서 뿜어져 나오는 거력은 이미 인간의 한계를 초월했기 때문이다.

소운천의 마문철령화가 거대한 촉수를 꿈틀거리며 환사영을 압박했다. 그에 대응해 환사영이 혈룡번을 휘두르고 있었다. 혈룡번의 붉은 기운이 마문철령화의 마기를 무섭게 휘몰아쳤다.

"사영, 그간 많은 발전이 있었나 보구나."

"오늘 반드시 너의 미친 행보를 멈추겠다, 운천."

"그렇다면 더욱 힘을 내야 할 것이다. 이 정도로는 부족해. 이 정도가 너의 전부는 아닐 터. 전력을 다해 보거라."

소운천이 더욱 공력을 끌어올려 환사영을 압박했다. 넘실거리는 마문철령화의 기운이 무섭게 쏟아지며 환사영을 위협했다. 소운천은 오 년 전보다 더욱 발전한 것 같았다. 마문철령화의 위력 역시 한층 더 강력해져서 소운천의 지척에 접근하는 것조차 허용하지 않았다.

퍼퍼퍽!

두 사람의 기운이 격돌하면서 묘한 소성이 터져 나왔다. 주위에 있던 바위와 나무가 터져 나갔고, 기운에 휩쓸린 사람들이 처절한 비명과 함께 절명했다.

사람들의 얼굴에 공포의 빛이 어렸다. 과연 이것이 인간의 대결인가 싶었다. 사람들은 서둘러 그들의 권역에서 물러났다. 그리고 두 사람의 싸움을 지켜보았다.

소운천이 오른손을 들었다. 그러자 엄청난 마기가 몰려들었다. 방대한 마기가 모여 하나의 형상을 만들어냈다. 그것은 창(槍)의 형상을 하고 있었다. 소운천이 마기를 이용해 환사영과 같은 창을 만들어낸 것이다.

소운천이 마기를 응집해 만든 창을 휘둘러 환사영을 공격했다. 그가 창을 휘두를 때마다 응집된 마기가 발출되었다.

까가강!

환사영은 혈룡번을 휘둘러 소운천의 공격을 튕겨냈다. 그리고 점차 소운천을 향해 접근했다. 거친 강물을 거슬러 올라가는 연어처럼 그는 조금씩 소운천을 향해 접근했다.

소운천의 입가에 짙은 미소가 떠올라 있었다. 그의 눈은 그 어느 때보다 생기로 반짝이고 있었다. 환사영과 마주한 이 순간 그의 생명력은 최고조에 달해 있었다. 환사영과 싸우면서 그는 자신이 살아 있음을 절감하고 있었다.

'역시 너뿐이다, 사영. 너야말로 하늘이 나에게 내려준 운명의 적수. 너로 인해 나는 살아 있음을 느낀다.'

'운천, 안타깝구나. 우리가 어찌 이리 되었는지. 옛 시절로 돌아갈 수 없다는 사실이 안타까울 뿐이다.'

말은 없었어도 두 사람은 서로의 생각을 느끼고 이해했다.

하늘이 내려준 운명의 호적수.

하늘은 세상의 균형추를 맞추기 위해 두 사람을 동시대에 태어나게 한 것인지도 몰랐다. 그런 두 사람이 혼신의 힘을 다해 서로를 말살하기 위해 싸우고 있었다.

쿠르르!

그들의 격돌에 대지가 흔들렸고, 대기가 용트림했다. 누런 먼지가 일어나 태양빛을 막고, 광포한 바람이 몰아쳤다.

지옥의 한 풍경을 고스란히 옮겨놓은 듯한 모습에 사람들은 말을 잃었다.

지옥의 끝에서 두 남자가 싸우고 있었다.

쾅 쾅!

엄청난 굉음과 충격파가 터져 나왔다. 그때마다 사람들의 몸이 휘청거렸다. 하지만 두 사람의 대결은 쉽게 결판이 나지 않았다. 소운천과 환사영 모두 다 아직은 자신의 진정한 힘을 온전히 드러내지 않고 있었다.

"대가."

백영과 싸우던 예운향이 흘깃 두 사람이 싸우는 모습을 바라보았다. 두 사람의 격돌 여파는 십대초인에 비할 바가 아니었다.

마치 아수라와 제석천이 격돌하듯 엄청난 파괴력을 뿜어내며 싸우는 그들의 모습은 세상의 종말을 불러올 것만 같았다.

"어디에다 신경을 쓰는 것인가? 그렇게 우리가 우습게 보였던가?"

백영은 예운향이 잠시 신경을 분산한 틈을 놓치지 않았다. 그와 구유마전단이 예운향의 허점을 놓치지 않고 파고들었다. 그 때문에 예운향의 손발이 잠시 어지러워졌다.

끼이이!

때맞춰 기신조가 마기가 가득한 울음을 터트렸다. 순간 예운향은 내기가 급속도로 흔들리는 것을 느꼈다. 기신조의 울음에 담겨 있는 마기가 예운향과 같은 절대고수의 기혈마저 뒤흔들어 놓는 것이다.

280 환영무인

예운향이 그럴진대 다른 이들은 어떻겠는가?

기신조가 울음을 터트릴 때마다 많은 정의맹의 무사들이 죽어갔다. 다른 십대초인들도 기신조가 울음을 터트릴 때마다 내기가 흔들려 고전을 면치 못하고 있었다.

'어떻게 하든 저 마조를 없애야 한다. 그렇지 않으면 더욱 많은 사람들이 죽어 나갈 것이다.'

하지만 예운향에게는 기신조를 없앨 방도가 없었다. 그녀의 손이 닿지 않는 허공을 선회하는데다 백영과 구유마전단이 그녀를 놔주지 않았기 때문이다.

끼이이!

다시금 기신조가 울음을 터트렸다.

예운향의 기혈이 들끓으면서 잠시 동안 공력이 원활하게 운용되지 않았다. 그 때문에 예운향은 위기에 빠져야 했다.

콰아아아!

백영과 구유마전단의 기파가 예운향의 헛점을 파고들었다.

"빙마벽(氷魔壁)."

예운향은 급히 자신의 전면에 빙벽을 만들어 그들의 공격을 막았다. 하지만 백영과 구유마전단의 경력은 급히 만든 빙벽을 산산이 파괴하며 예운향을 덮쳐왔다.

쿠와앙!

"흐읍!"

강렬한 굉음과 함께 예운향의 몸이 뒤로 튕겨나갔다. 그런 그녀의 입가에는 한 줄기 선혈이 내비치고 있었다. 충격을 이기지 못하고 내상을 입은 것이다.

예운향이 입술의 피를 닦으며 신형을 바로잡았다. 그 순간 다시 백영과 구유마전단의 공격이 재차 이어지고 있었다. 예운향은 급히 빙창(氷槍)을 만들어 그들에게 던졌다.

쩌저적!

가공할 빙기를 내포한 빙창이 날아가는 궤적 주위의 공기가 급속도로 얼어붙었다. 예운향을 향해 달려들던 백영과 구유마전단이 급히 절초를 펼쳐 빙창을 튕겨냈다.

백영과 열 명의 구유마전단은 예운향을 궁지로 몰아넣고 있었다. 그 한 명, 한 명이 절대고수의 반열에 올라있는 자들. 그런 이들의 합공을 견디는 것은 예운향에게도 쉽지 않은 일이었다. 더구나 기신조의 울음소리가 들릴 때면 예운향의 내기가 흐트러져 제대로 공력을 운용할 수가 없었다.

'저 마조만 없앨 수 있다면······.'

예운향이 입술을 깨물었다. 새빨간 그녀의 입술이 터져 나가면서 선혈이 흘러나왔다.

기신조만 없더라도 한결 수월하게 백영과 구유마전단을 상대할 수 있으련만, 결정적인 순간마다 터져 나오는 날카로운 울음소리에 예운향의 신경은 분산될 수밖에 없었다.

그 순간에도 많은 사람들이 죽어 나가고 있었다. 단 한 마리의 새에 불과했지만, 기신조가 전장에 미치는 영향은 어마어

마했다. 기신조의 깃털은 온통 검은색으로 빛이 나고 있었다. 태어나면서 소운천의 영향을 받은 기신조는 세상을 혼돈 속으로 몰아넣고 있었다.

기신조가 울음을 터트릴 때마다 마해의 무인들은 기세를 더해가고 있었다. 소운천도, 구유마전단도, 마해의 무인들도 평소 이상의 능력을 발휘하고 있었다.

구유마전단 중 한 명이 예운향의 가슴을 향해 장력을 발출했다.

텅!

예운향이 급히 손을 휘둘러 그의 장력을 튕겨냈다. 하지만 그로 인해 예운향의 등에 파탄이 생겼다. 적들은 그녀의 허점을 놓치지 않았다.

"환검단천(幻劍斷天)."

"일천섬(一千閃)."

구유마전단의 절초가 연이어 펼쳐졌다.

예운향의 손발이 어지러워졌다. 그녀는 순식간에 궁지에 몰렸다. 그녀와 비교해도 그리 큰 차이가 나지 않는 절대고수의 합공 속에 그녀가 가쁜 숨을 터트렸다.

예운향의 눈에 암담한 빛이 떠올랐다. 무사히 이들의 공격을 빠져나올 수 없다는 사실을 직감한 탓이었다. 그녀가 입술을 힘껏 깨물었다. 그런 그녀의 눈에 결연한 빛이 떠올랐다.

살을 주고 뼈를 취한다.

그 짧은 시간에 예운향이 세운 계획이었다.

예운향은 천빙요결을 끌어올려 등에 공력을 집중시켰다. 등 뒤의 공격을 몸으로 받아내고, 그 반진력(反進力)을 이용해 백영을 공략할 생각이었다.

슈우우!

구유마전단의 공격이 예운향의 등판에 격중하기 직전이었다.

끼이이이!

허공에 또다시 날카로운 울음소리가 울려 퍼졌다. 기신조가 울음소리를 터트린 것이다. 하지만 예운향은 이번에 영향을 받지 않았다. 대신 영향을 받은 것은 예운향을 공격하던 백영과 구유마전단이었다.

"크윽!"

"이건?"

그들의 얼굴에 의혹의 빛이 떠올랐다.

이제까지 경험으로 미루어 보아 기신조의 영향을 받는 건 자신들이 아닌 예운향이어야 했다.

하지만 이번 기신조의 울음은 그들의 기혈을 통째로 흔들어 놨다. 그 때문에 그들의 공격은 간발의 차이로 예운향을 스쳐 지나갔다.

"하아!"

예운향이 그제야 겨우 한숨을 내쉬었다.

그녀의 시선이 허공을 향했다. 그녀의 시야에 허공을 선회하는 기신조의 모습이 보였다.

"또 한 마리의 마조가……."

허공을 선회하는 기신조는 한 마리가 아니었다. 언제 나타났는지 모르지만, 또 다른 하얀 새가 나타나 검은 기신조와 맹렬히 싸우고 있었다. 기존의 기신조와 달리 눈이 부실 정도로 새하얀 기신조의 울음소리에는 정파 무인들의 용기를 북돋우는 힘이 있었다. 하얀 기신조가 울음을 터트릴 때마다 마해 무인들이 영향을 받았다.

하얀 기신조는 얼마 전 보산에서 태어난 녀석이었다. 환사영의 피에 영향을 받은 하얀 기신조는 그의 존재감을 따라 남하를 했고, 결국 이곳까지 도착한 것이다.

같은 어미를 두고 있었지만, 하얀 기신조는 원수라도 만난 듯 검은 기신조를 공격했다. 지닌바 성향이 달랐기 때문이다. 검은 기신조는 소운천의 영향을, 새하얀 기신조는 환사영의 영향을 받았기에 서로를 적으로 인식한 것이다.

이로써 서로가 대등해졌다. 기신조는 서로를 공격하느라 울음을 터트리지 못했고, 사람들은 기신조의 울음소리의 영향에서 벗어났다. 그제야 예운향은 대등한 상태에서 백영과 구유마전단을 상대할 수 있게 되었다.

정의맹의 무인들도 그제야 검은 기신조의 영향에서 벗어나 마해의 무인들과 대등한 싸움을 벌이기 시작했다. 바야흐로 전장은 한 치 앞을 알 수 없는 진흙탕 싸움으로 번져갔다.

쾅아아!

환사영의 혈룡번이 소운천의 어깨를 훑고 지나갔다. 살점이 찢겨져 나가고, 피가 튀어 올랐다. 하지만 소운천은 고통을 느끼지 못하는 듯 웃고 있었다.

소운천이 고개를 들었을 때 이미 그의 몸은 착실히 본래의 모습을 회복하고 있었다. 그야말로 가공하다고 볼 수밖에 없는 회복력이었다.

이미 소운천은 불사의 영역에 있었다. 그는 환사영의 어떠한 공격에도 타격을 받지 않았다.

이미 소운천의 그런 능력을 알고 있었지만, 다시 한 번 확인하니 그저 전율스러울 뿐이었다.

촤하학!

환사영의 혈룡번이 다시 한 번 소운천의 가슴어림을 훑고 지나갔다. 살점이 뜯겨나가고 뼈가 드러났다. 하지만 눈 한 번 깜빡이는 한순간에 그의 상처는 전부 회복되었다.

"후후! 소용없다, 사영. 이미 오 년 전에 내가 죽지 않는단 사실을 알려줬을 텐데, 너에겐 아무런 교훈이 되지 못했나 보구나."

"운천, 영원히 죽지 않는 존재는 없다. 설령 네가 불사의 비밀을 터득했다 할지라도 말이다. 기억하느냐? 나란 시절 너와 내가 힘을 합쳐 싸웠던 십이사조(十二邪祖) 역시 그런 말을 했었다. 하지만 결국 너와 나는 그들을 무찌를 수 있었다."

"사영, 너는 아직도 과거에 얽매여 있구나. 나는 그들과 다르다. 지금의 나라면 십이사조 전체가 오더라도 능히 감당할 수 있다."

소운천의 얼굴에 광오한 자신감이 흐르고 있었다.

십이사조는 나란을 틈틈이 노리던 변방의 한 부족 우두머리들을 뜻했다. 그 부족은 특이하게도 열두 명의 수장을 두고 의견을 결정했는데, 열두 명의 수장을 가리켜 십이사조라고 불렀다.

십이사조는 인간 본연이 가지고 있는 생명력을 극대화시키는 무공을 익혀서 제아무리 엄중한 중상을 입더라고 쉽게 죽지 않았다. 그 때문에 환사영과 소운천은 그들을 제압하는 데 전력을 다해야 했다.

그때가 두 사람이 힘을 합쳐 적과 싸웠던 마지막 기억이었다. 그 이후 나란은 멸망했고, 두 사람은 각자의 길을 걸어야 했다.

촤르륵!

환사영은 혈룡번을 걷었다. 관천은 봉이 되어 접히고, 혈룡포는 피풍의처럼 몸에 걸쳤다. 이미 혈룡번으로는 소운천을 어찌할 수 없다는 사실을 절감했다. 기존에 존재하던 무공으로는 소운천에게 어떤 타격도 입힐 수 없었다.

환영류(幻影流).

오직 소운천을 상대하기 위해 만들어진 환사영만의 무공. 이젠 환영류를 펼쳐야 할 때였다.

소운천이 달라진 환사영의 기도를 피부로 느꼈다. 이제야 환사영이 전력을 다하려 한다는 사실을 그는 본능적으로 깨달았다.

"너는 진작 그랬어야 한다. 나를 막으려고 작정했다면 너역시 모든 것을 걸어야 한다."

"운천."

"영생의 업을 짊어지고 이 세상에 존재하는 모든 것을 무(無)로 돌리겠다. 그리고 모든 것이 파괴된 이 땅에서 모든 것을 다시 시작할 것이다. 네가 나를 막지 못한다면 정의맹은 종말을 맞이할 것이다. 그러니까…… 그러니까 최선을 다해라, 사영."

다시금 소운천의 몸에서 검은 아지랑이가 일렁이기 시작했다. 마문철령화가 그의 의지에 의해 요동치기 시작한 것이다.

환사영은 환영류 중 가장 자신 있는 음형권을 펼치기 시작했다. 환사영이 소운천을 향해 양천뢰(兩天雷)의 수법을 펼쳤다. 양천뢰는 이제까지 환사영이 단 한 번도 펼치지 않았던 수법으로, 두 개의 이질적인 기운을 한 점에 충돌시켜 폭발시키는 수법이었다. 이 또한 소운천을 염두에 두고 만들어진 수법이었다.

쿠쿠콰쾅!

마문철령화와 양천뢰의 기운이 정면으로 격돌했다.

소운천의 뺨에 상처가 생겨났고, 환사영의 왼쪽 어깨가 길게 찢겨 나갔다.

하지만 환사영의 상처는 아물지 않았고, 소운천의 뺨에 난 상처는 이제까지 그랬던 것처럼 너무나 쉽게 아물었다. 하지만 소운천은 좀 전처럼 마음껏 웃지 못했다. 뺨에 난 상처에서 은은한 통증이 느껴졌기 때문이다.

그가 통증을 느끼는 것은 오 년만에 처음 있는 일이었다. 뿐만 아니라 완전히 아물었어야 할 상처에 희미한 흉터가 생겨났다. 소운천이 가지고 있는 재생력을 생각할 때 있을 수 없는 일이었다.

소운천의 눈썹이 꿈틀거렸다.

"이건?"

"이것이 지난 오 년 동안 내가 준비한 대답이다"

환사영이 연이어 음형권을 펼쳐내기 시작했다. 오직 소운천을 생각하고 상대하기 위해 만들어낸 초식들이 그의 손을 타고 흘러나왔다.

광혼주(光魂柱), 용명섬(龍鳴閃), 십자참(十字斬) 등의 초식이 연이어 펼쳐졌다.

쿠콰콰!

음형권은 소운천을 파괴하기 위해 만들어진 권이다.

그는 소운천을 죽이기 위해서는 재생력의 근원이 되는 힘을 차단해야 한다고 생각했다. 근육과 근육, 신경과 신경, 혹은 근육과 신경 사이로 연결되는 미지의 힘을 차단해야만 소운천을 죽일 수 있다고 생각했다.

물에 충격을 가하면 잠시 흩어졌다 원래대로 복귀한다. 소운천 역시 마찬가지였다. 아무리 충격을 가하고 상처를 주어도 물처럼 본연의 모습을 회복한다. 하지만 물을 얼리면 이야기가 달라진다. 얼린 물은 파괴할 수 있다. 환사영은 그와 같은 원리를 음형권에 적용했다.

음형권에 실린 기운은 상처의 표면을 굳게 하고 재생을 막는다. 그것이 오 년 전에 환사영이 찾아낸 해답이었다.

쾅 쾅 쾅!

소운천의 몸이 연신 뒤로 밀렸다. 그때마다 그의 몸에 연신 새로운 상처가 생겨났다. 새로이 생겨난 상처는 회복이 더디게 이뤄졌다.

소운천의 얼굴이 일그러졌다. 그 역시 자신의 몸이 좀 전 같지 않다는 사실을 눈치챈 것이다. 이대로 환사영의 공격을 계속 허용하면 위험해질지도 모른다는 사실을 직감했다.

"결국 끝을 보자는 뜻이구나, 사영. 오냐! 나의 모든 것을 보여주마."

후우웅!

갑자기 소운천의 마기가 폭발적으로 확장되더니 거대한 마신의 형상을 만들어냈다. 소운천을 닮은 마신의 등장에 마해 무인들이 환호를 했고, 정의맹 무인들은 절망을 했다.

거대한 소운천의 마신에 비해 환사영의 모습은 너무 초라해 보였다. 적어도 겉으로 보기에는 그랬다. 하지만 환사영은 결코 소운천의 위력에 굴하지 않았다.

콰콰쾅!

그들 사이에서 연신 굉음이 터져 나왔다. 마치 수백 개의 천둥벼락이 동시에 떨어지는 듯한 엄청난 소리에 사람들이 귀를 막았다.

지축이 흔들리고 있었다. 엄청난 마기에 사람들은 숨이 막혀오는 것을 느꼈다. 소운천의 엄청난 존재감이 전장을 압도하고 있었다. 그런 소운천에 맞서 홀로 싸우는 환사영의 모습은 처절하기까지 했다. 어느새 그의 몸에는 크고 작은 상처가 생겨나 있었다. 하지만 환사영은 결코 굴하지 않고 음형권을 펼쳤다.

환사영이 음형권을 펼칠 때마다 거대한 마신상이 고통스러운 표정을 지었다. 환사영의 음형권이 마신상에도 영향을 끼치고 있다는 증거였다.

쿠콰쾅!

얼마나 싸웠을까? 산이 무너지는 듯한 소리가 터져 나오더니 누군가의 신형이 튕겨져 나와 바닥을 뒹굴었다. 피투성이가 된 채 바닥을 뒹구는 사내는 환사영이었다.

겨우 몸을 일으키는 환사영의 몸은 온통 피범벅이 되어 있었다. 그의 코와 입에서는 막대한 압력을 이기지 못하고 혈관이 터져 끊임없이 선혈이 흘러내리고 있었다. 그에 반해 마신상을 등지고 있는 소운천의 모습은 너무나 평온해 보였다. 비록 몸 곳곳에 미처 회복되지 못한 상처가 보였지만, 그래도 환사영보다는 나아 보이는 것이 사실이었다.

누가 보더라도 환사영의 패배였다.

마해의 무인들은 환호를 했고, 정의맹의 무인들은 절망을 했다.

그때 소운천을 노려보던 환사영이 갑자기 전장 밖으로 몸을 날렸다. 그리고 그 뒤를 소운천이 따랐다.

"설마 우리를 버리고 도망가는 것인가?"

정의맹의 누군가가 망연히 중얼거렸다.

그 순간 사람들은 환사영이 자신들을 버렸다고 생각했다. 하지만 그들 사이에서 십방보가 큰소리로 외쳤다.

"바보들! 일영이 우리를 버릴 리 없잖아. 그는 더 이상의 피해를 줄이기 위해 천마를 유인해 간 것뿐이야. 그러니까 절망하지 말고 힘내라고."

"그래! 일영이 우리를 버릴 리 없다. 그가 반드시 천마를 쓰러트릴 것이다."

십방보의 외침에 주위에 있던 사람들이 동조하기 시작했다.

사람들의 시선은 환사영과 소운천이 사라진 방향을 보고 있었다.

소운천과 환사영의 질주는 정의맹에서 시작되어 북쪽으로 이어졌다. 그 누구도 그들의 질주를 따라오지 못했다. 그들은 순식간에 조그만 점이 되어 사람들의 시야에서 사라졌다.

'무슨 생각이냐? 사영. 나를 구유마전단에서 떼어놓으려는 것이냐? 그렇다면 잘못 생각했다. 구유마전단이 없더라도 너는 나를 어찌할 수 없다.'

소운천은 눈을 빛내며 환사영을 추적했다. 하지만 환사영과의 거리는 쉽게 좁혀지지 않았다. 그 때문에 소운천도 환사영을 따라잡기 위해 전력을 다해야 했다.

쉬익!

그들이 지나간 자리에 거대한 바람이 불어왔다.

두 사람은 순식간에 천릿길을 주파했다. 그제야 소운천은 환사영이 어디로 향하는 것인지 깨달았다.

'상유촌, 너는 상유촌으로 가는 것이냐?'

환사영이 향하는 곳은 분명 청등산 자락 상유촌이 있는 방향이었다. 이제는 폐허가 된, 모든 생명체가 죽은 그 땅으로 환사영은 소운천을 유인하고 있었다. 그 사실을 알면서도 소운천은 순순히 환사영을 따라갔다.

모든 것이 시작된 땅에서 최후를 결정하는 것도 그리 나쁜 생각은 아니었다. 그곳이 환사영에게 그토록 의미가 있는 곳이라면 더욱 그렇다.

소운천의 짐작대로 환사영이 향하는 곳은 상유촌이 있는 청
등산이었다.

환사영이 그토록 돌아오고자 했던 곳.

강호의 모든 은원을 끝내고 영원히 정착하고자 했던 곳. 하
지만 이제는 세상에서 지워진 그곳으로 환사영은 돌아왔다.

환사영은 폐허가 된 상유촌에 멈춰 섰다. 소운천 역시 그의
뒤를 따라 상유촌에 들어왔다. 상유촌을 바라보는 환사영의
눈에는 무수한 감정들이 교차하고 있었다.

"네가 멸망시킨 이곳은 삼백 명의 순박한 사람들이 오순도
순 살아가던 곳이었다. 삼백 명의 사람들이 각자의 꿈을 키워
가던 소중한 곳. 네가 파괴한 것은 단지 삼백 명의 목숨뿐만이
아니다. 삼백 명의 꿈마저 파괴한 것이다. 그리고 나의 꿈
도……."

"그렇다면 나는 제대로 일을 한 것이군. 너에게도 절망을
느끼게 하고 싶었으니까."

소운천이 웃었다.

그는 삼백 명의 무고한 사람들을 죽인 것을 후회하지 않았
다. 그로 인해 환사영이 심적인 타격을 입었으니까. 환사영도
자신만큼 지옥을 경험하고 있다는 사실만으로도 소기의 목적
은 달성한 셈이었다.

환사영이 폐허가 된 집터로 걸어갔다. 비록 처참하게 파괴

되어 형체를 알아볼 수조차 없었지만, 환사영은 그곳이 백수경의 집임을 알고 있었다.

"네가 죽인 이 집의 주인은 나의 의형제였고, 그의 아들은 이제 무공을 익히기 시작한 꿈에 가득 찬 아이였다. 그리고 그의 딸은 태어난 지 이제 겨우 두 달. 아직 세상을 눈에 담지도 못한 아이였다."

"그래! 나는 분명히 그들을 죽였지. 그들을 죽인다면 네가 나와 같은 마음을 갖게 될 거라고 생각했지. 하지만 너는 그러지 않았다. 사영, 너는 정말 끈질기고, 고집스런 녀석이다. 나의 손만 잡았다면 우리는 새로운 세계를 함께할 수 있었을 텐데."

소운천이 고개를 저었다. 그는 정말 환사영의 고집에 질렸다는 표정을 짓고 있었다.

환사영이 바닥에서 흙을 집어 들었다. 검게 그을린 흙은 그의 손가락 사이로 빠져나갔다.

"얼마나 고통스러웠을까? 얼마나 원통했기에 그랬을까? 상유촌이 멸망하기 전까지만 하더라도 나는 그런 생각을 했다. 조금이라도 더 너를 이해하기 위해서. 하지만 이제는 그런 미련마저 버렸다. 너는 정말 건드려서는 안 될 사람들을 죽였다. 너는 결코 그래서는 안 됐다."

"그래서 나를 용서하지 못하겠다는 것이냐?"

"너에겐 용서라는 단어마저 아깝다. 하늘에 맹세하건대 나는 결단코 너를 막을 것이다. 설령 수십, 수백 년의 세월이 걸릴지라도."

"얼마든지. 네가 아무리 나를 저주한다 할지라도 오늘 이곳에서 네가 죽는단 사실에는 변함이 없다. 우리의 질긴 인연, 이제 그만 끝내자."

소운천의 몸에서 또다시 엄청난 마기가 넘실거리기 시작했다. 이미 인간의 한계를 벗어 던진 소운천이었다. 그의 가공할 기운에 청등산의 모든 생명체가 죽음의 공포를 느꼈다.

환사영도 공력을 끌어올렸다. 이제야말로 전력을 다할 때였다. 후회 따위 남기지 않으려면 이곳에서 모든 것을 끝내야 했다. 환사영은 그렇게 생각했다.

쿠쿠쿠!

그들의 거대한 기파에 땅이 흔들렸다.

"끝을 내자, 사영."

"운—천!"

그들이 다시 격돌했다.

쿠콰쾅!

그렇지 않아도 폐허가 되었던 상유촌이 완전히 파괴되었다. 상유촌에서 시작된 그들의 싸움 여파에 멀리 떨어져 있는 청로호의 수면이 미친 듯이 요동쳤다.

환사영과 소운천은 청등산을 질주하며 싸웠다. 그들이 지나간 자리는 완전히 파괴되었다. 아름드리나무가 부러지고, 거대한 바위가 산산이 부서져 사방으로 비산했다. 그렇게 몇 개의 봉우리를 넘어 두 사람이 최종적으로 도착한 곳은 예전 금장혈괴(金仗血塊)가 출토되었던 폐광산 터였다.

하지만 소운천은 자신이 들어선 곳이 폐광산 터인지, 왜 환사영이 이곳으로 그를 유인해 왔는지 미처 생각하지 못했다. 지금 이 순간 그는 단지 환사영을 쓰러트려야겠다는 생각에만 빠져 있었다.

쿠쿠쿠!

그가 손을 휘두를 때마다 거대한 바위가 통째로 부서지고, 엄청난 경기가 휘몰아쳤다. 환사영 역시 지지 않고 음형권을 펼쳤다. 소운천의 손이 그런 환사영의 음형권을 비집고 가슴에 작렬했다.

"부족하다, 사영."

쾅!

"큭!"

가슴을 격중당한 환사영의 몸이 무서운 속도로 날아가 폐광산 속으로 처박혔다. 돌 더미로 막혀 있던 폐광산의 입구가 뻥 뚫리면서 속살을 드러냈다. 그러자 소운천도 환사영을 따라 폐광산 안으로 몸을 날렸다.

그들의 모습이 사라진 직후 창노한 노인이 모습을 드러냈다. 족히 일흔은 되어 보이는 외모에 유현한 눈빛이 인상적인 노인은 바로 만박노조(萬博老祖) 사공천이었다.

사공천이 깊은 한숨을 내쉬었다.

"그는 결국 천마를 이곳으로 데려왔구나."

그의 손에는 붉디붉은 보석이 들려 있었다. 바로 예운향에게 건네받은 혈안석이었다.

"나는 그의 말대로 이곳을 중심으로 죽음의 절진을 펼쳐놓았다. 하지만 이제까지 천마가 보여준 가공할 능력을 감안할 때 그를 죽이거나 제압할 수 있을지는 미지수구나."

남황에게서 받았던 느낌이 넘을 수 없는 거대한 벽을 마주한 것이었다면, 소운천에게서 받은 느낌은 거대한 절망, 그 자체였다. 그는 소운천을 본 순간 숨조차 제대로 쉴 수 없었다. 그제서야 그는 환사영이 왜 자신을 필요로 한 것인지 깨달았다.

"실로 천마(天魔)라고 자부할 만하다. 하늘의 뜻마저 거부할 힘을 가진 거대한 마(魔). 그는 진정으로 인세의 재앙이다. 부디 혈천화령대진(血天火靈大陣)이 그를 막을 수 있기를 바랄 뿐."

이어 그는 손에 들고 있던 혈안석을 진의 핵심부에 올려놓았다. 그러자 혈천화령대진이 발동되었다.

쿠쿠쿠!

혈안석이 유난히 붉은빛을 내며 빛을 발하기 시작했다. 그 모습이 꼭 붉은 눈이 세상을 노려보고 있는 것 같았다.

폐광산 안은 자연적으로 생긴 천연동굴과 곳곳으로 연결되어 있었다. 예전에 광산을 개발하면서 발견한 곳들이었다.

어떤 곳들은 끝을 알 수 없는 지저까지 수직으로 뚫려 있었기에 상유촌 사람들은 감히 접근하기를 꺼려했다. 하지만 환사영과 소운천 같은 절대고수에게는 아무런 의미가 없었다.

그들은 서로를 향해 살수를 펼치며 수직 동굴을 떨어져 내렸다. 그들이 싸우는 여파에 동굴의 벽이 깎여져 나갔다. 금세라도 동굴이 무너질 것처럼 흔들렸지만, 그들은 결코 서로를 향한 공격을 멈추지 않았다.

불사라고 믿었던 소운천의 몸에도 이젠 상처가 하나둘 생겨났다. 이전과 달리 그의 재생은 확연하게 느려져 있었다. 그 모습에서 환사영은 소운천도 인간이라는 사실을 확인했다. 무한할 것만 같던 소운천의 권능에도 한계가 존재함을 자신의 몸으로 직접 확인한 것이다.

턱!

그들의 몸이 마침내 지옥 끝까지 이어질 듯한 수직통로의 바닥에 닿았다. 어림짐작으로 지하로 오백 장 이상을 내려온 것 같았다. 바닥에서는 엄청난 열기가 느껴지고 있었다. 순식간에 그들의 얼굴이 붉게 달아올랐다.

환사영과 소운천같이 한서(寒暑)를 느끼지 못하는 절대의 고수들이 느낄 정도로 가공할 열기였다.

"이곳은?"

"너를 위해 준비한 곳이다."

"과연……."

소운천이 고개를 끄덕였다.

천하의 소운천도 답답해질 만큼 가공할 열기를 뿜어내는 곳은 단 한 곳밖에 없었다.

"이곳에 용암이 잠재해 있었던가?"

"주위의 열양지기가 모이는 극양지지(極陽之地)가 바로 이곳이다."

"극양지지라……. 정말 그런 곳이 존재했군."

유난히도 극양의 기운이 모이는 곳. 가공할 열기가 모이다 못해 땅을 녹이고, 용암을 형성해 결국에는 화산이 만들어지는 곳, 그곳이 바로 극양지지다.

환사영은 이곳이 극양지지라는 사실을 이미 수년 전에 알았다. 청로호의 이상열기를 감지하고 관천을 이용해 열기를 제어했던 것도 바로 그와 같은 이유에서였다. 모든 것이 상유촌을 위해서였다.

할 수만 있다면 그는 영원히 이곳의 극양지기를 봉인하였을 것이다. 하지만 이제는 사정이 달라졌다. 상유촌이 사라진 이상 굳이 이곳의 기운을 봉인할 필요가 없었다. 아니, 오히려 그 기운을 이용해 소운천을 죽일 생각이었다.

천마의 무덤으로 이보다 더 어울리는 곳은 없었다. 이곳이야말로 지옥에 어울리는 곳이었다. 어쩌면 자신의 무덤으로도.

쿠쿠쿠!

시간이 갈수록 열기가 더해지면서 진동도 커져만 갔다. 혈
천화령대진이 발동되었다는 증거였다. 혈안석이 극양지기를
자극하는 촉매 역할을 한 것이다. 그리고 혈천화령대진이 주
위의 극양지기를 끌어모으는 역할을 할 것이다.

환사영이 관천을 꺼내들었다.

촤앙!

단봉 형태였던 관천이 본래의 모습을 되찾았다. 환사영은
망설이지 않고 관천을 바닥에 꽂았다.

푹!

관천은 손잡이 부분만을 조금 남기고 거의 끝까지 들어갔
다. 그러자 주위의 열기가 폭발적으로 증가하며 대지가 요동
을 치기 시작했다.

"무슨 짓이냐? 사영."

"이곳 극양지지의 봉혈(封血)을 파괴했다. 이제 잠시 후면
이곳에 모인 극양지기가 힘을 분출할 곳을 찾아 움직일 것이
다."

봉혈은 극양지지의 힘을 억제하는 중심점이었다. 말하자면
위대한 자연의 힘이 균형을 유지하기 위해 만들어낸 안전장치
인 셈이다. 그런 곳을 파괴했으니 극양지기가 제어력을 잃고
파괴력을 분출하는 것이 당연한 일이었다.

"곧 화산이 터지겠군. 무리수를 뒀구나, 사영. 화산이 터지면 너도 무사할 수 없다."

"말했잖느냐, 운천. 너를 막기 위해서라면 무엇이든 할 수 있다고. 설령 내 목숨을 희생해야 한다고 해도 상관없다."

"생각은 가상하다만 과연 네 뜻대로 될까?"

"잠시 후면 알게 되겠지. 어차피 우리 둘 중의 한 명은 여기서 나가지 못할 테니까. 아니, 어쩌면 둘 다 나가지 못할지도 모르지."

이로써 환사영은 자신의 마지막 패를 꺼내 보였다. 이 패가 통하지 않는다면 환사영으로서도 더 이상 수가 없었다. 자신의 목숨을 담보로 거는 최후의 승부수.

환사영은 자신의 몸에 남아 있는 기운을 아낌없이 끌어올렸다. 설령 이곳이 자신의 최후를 맞이할 무덤이 될지라도 후회 따위는 남기지 않을 작정이었다.

소운천 역시 그런 환사영의 각오를 피부로 느꼈다. 그의 오래된 친구는 모든 것을 걸고 자신을 막으려 하고 있었다.

"그렇게 잘못했느냐? 사영. 대답해 보거라. 내가 그렇게 잘못하고 있는 것이냐? 네가 모든 것을 걸고 나를 막을 정도로 내가 잘못하고 있는 것이냐?"

"운천, 네가 파괴하려고 하는 세상 속에 내가 소중하게 생각하는 사람들이 있다. 나는 그들을 지키기 위해 싸운다. 더이상 상유촌처럼 너의 손에 멸망하는 곳이 나오지 않게만 할 수 있다면 나는 뭐든지 할 수 있다."

환사영이 소운천과 싸우는 이유는 결코 거창한 것이 아니었다. 소운천을 막지 못하면 그가 소중하게 생각하는 사람들의 목숨이 위태롭기 때문이다.

소운천의 눈에 광기가 넘실거리고 있었다. 끝까지 자신의 고집을 꺾지 않는 환사영의 의지가 그의 심기를 불편하게 자극하고 있었다. 그리고 그런 하찮은 이유로 자신의 앞을 가로막는 환사영을 도저히 용서할 수가 없었다.

"사영!"

쿠우우!

소운천의 몸에서 또다시 미증유의 마기가 뿜어져 나왔다. 환사영 역시 자신의 남아 있는 모든 공력을 극성으로 끌어올렸다.

쿠콰콰!

대지가 요동을 치고 있었다. 혈천화령대진에 의해서 모여드는 극양지기는 환사영이 파괴한 봉혈을 통해 분출되기 시작했다. 극양지기가 분출됨에 따라 대지 밑에 잠들어 있던 용암들이 자극을 받아 요동치기 시작했다. 금방이라도 화산이 터질 것만 같은 기세였다.

그 속에서 두 사람은 대치를 하고 있었다.

동굴이 흔들리며 바위와 암석이 떨어져 내렸지만, 두 사람은 꼼짝도 하지 않았다. 두 사람의 몸 주위에 펼쳐진 보이지 않는 기운에 의해 떨어지던 바위와 암석은 가루가 되어 터져 나갔다.

그렇게 금방이라도 무너질 것처럼 흔들리던 대지가 어느 순간 거짓말처럼 딱 멈췄다. 진동도, 소리도 더 이상 느껴지지 않았다.

하지만 이것이 끝이 아니란 것을 두 사람은 너무나 잘 알고 있었다. 화산이 터지기 직전에 바로 힘을 모으는 과정이었다. 이 과정이 끝나면 용암은 무서운 기세로 폭발을 할 것이다.

그러나 소운천과 환사영, 그 누구도 화산의 폭발 따위는 신경 쓰지 않았다. 두 사람의 눈에는 오직 서로의 모습만 보일 뿐이었다. 그들은 서로의 모습을 눈에 담았다. 어쩌면 이게 마지막으로 보는 서로의 모습일지도 몰랐다.

"이제 정말 마지막이다, 사영. 이제 너를 통해 과거를 보는 일은 두 번 다시 없을 것이다. 너를 마지막으로 나는 이 땅 위에 새로운 나라을 건설할 것이다."

"이곳이 너의 마지막 종착지다, 운천. 내가 그렇게 만들겠다."

이제 와서 누가 옳고 그르냐를 가리는 것은 어리석은 일이었다. 오직 서로의 신념만이 남아 있을 뿐이었다. 그들은 자신의 신념을 관철시키기 위해 최선을 다할 뿐이었다.

소운천이 웃었다. 환사영의 얼굴에도 그와 같은 표정이 떠올라 있었다.

소운천이 오른손을 들었다. 그러자 웃고 있는 마귀의 형상이 나타났다. 소운천을 상징하는 마수인이었다. 환사영이 그의 손에 새겨준 지워지지 않는 낙인이었다. 소운천의 강대한 마기가 마수인으로 몰려들었다.

환사영 역시 지닌 모든 기운을 남김없이 끌어모았다.

더 이상의 후회 따위는 만들지 않겠다. 지금 환사영의 머릿속에는 그런 생각밖에 없었다.

"끝이다. 사영."

"운천!"

두 사람이 동시에 서로의 이름을 부르며 최후의 절초를 펼쳤다. 소운천의 몸에서는 거대한 마기가 응축되어 발출되었고, 환사영은 음형권의 최강절초인 광혈살(光血殺)의 초식을 펼쳤다.

두 사람의 기운이 허공 한 점에서 부딪쳤다.

"……."

그 어떤 소리도, 그 어떤 충격도 느껴지지 않았다.

인간이 감지할 수 있는 감각의 영역을 뛰어넘는 엄청난 기운이 부딪쳤기 때문이다. 충격과 굉음은 한참 후에 찾아왔다.

쩌어엉!

동굴 전체가 울음을 터트렸다. 아니, 산 전체가 고통스런 울음을 터트렸다. 부글부글 끓어오르는 용암이 곧이라도 분출할 것만 같았다.

환사영의 입과 코가 막대한 압력을 이기지 못하고 검붉은 선혈을 흘렸다. 환사영이 고통을 이기지 못하고 한쪽 무릎을 꿇었다. 그의 어깨와 가슴, 그리고 복부에 치명적인 상처가 생겨나 있었다.

소운천 역시 환사영 못지않은 상처를 입었다. 그의 목과 가슴에 뼈까지 보이는 상처가 생겨났다. 마기를 발출했던 오른쪽 팔은 거의 걸레쪽처럼 헤져 있었다. 그런데도 그의 상처는 천천히 회복을 하고 있었다.

보통사람이라면 벌써 열 번은 더 죽었을 치명상을 입고도 소운천은 서서히 원상태를 회복하고 있었다. 소운천의 입가에 짙은 미소가 드리워졌다.

소운천이 다시 한 번 환사영을 향해 거대한 마기를 뿜어내며 말했다.

"말했잖느냐. 그 무엇으로도 나를 죽일 수 없다고."

"아직 끝이 아니다, 운천."

환사영이 피투성이가 된 몸으로 손을 들었다. 그러자 봉혈을 파괴하느라 땅에 박혀 있던 관천이 허공으로 튕겨 올랐다. 그와 동시에 환사영이 남아 있던 모든 내력을 관천에 집중시켰다.

순간 과도한 힘의 집중을 이기지 못한 관천이 몸을 부르르 떨더니, 이내 소운천의 바로 코앞에서 폭발했다.

콰앙!

"킥!"

처음으로 소운천의 비명소리가 터져 나왔다.

환사영이 힘겹게 고개를 들어 전면을 바라봤다. 그러자 바위에 등을 기대고 있는 소운천의 모습이 보였다. 검붉은 색의 금속이 소운천의 몸과 팔다리를 관통해 바위에 박혀 있었다. 그 때문에 소운천은 꼼짝도 하지 못하고 있었다. 대여섯 조각으로 부서진 관천이 정(釘)이 되어 소운천의 몸을 관통한 것이다.

관천은 소운천을 깊숙이 관통하고 있었다. 소운천은 어떻게든 움직이려 하고 있었지만, 관천이 그의 주요 대혈을 관통했기에 꼼짝도 하지 못하고 있었다.

"크으! 사영!"

소운천이 노성을 터트렸다. 그는 분노가 어린 눈으로 환사영을 노려보고 있었다. 왜 정정당당하게 자신과 겨루지 않았느냐는 뜻이었다.

환사영이 겨우 몸을 일으키며 말했다.

"그것이 내가 할 수 있는 최선이었다."

"사영."

쿠와아앙!

순간 땅 거죽이 갈라지며 곳곳에서 용암이 터져 나오기 시작했다. 용암은 주위의 모든 것을 녹이며 폭죽처럼 터져 나왔다. 드디어 화산이 폭발하기 시작한 것이다.

소운천이 외쳤다.

"사영, 이것이 끝이라고 생각하지 말거라. 나는 결코 죽지 않는다. 이 따위 금제는 금방 풀고 밖으로 나갈 것이다."

쿠쿠쿠!

소운천이 공력을 끌어올렸다. 그러자 그를 속박하고 있는 관천과 바위가 금방이라도 부서질 듯 요동쳤다. 환사영이 마지막으로 소운천을 공격하려 할 때였다.

촤하학!

거대한 용암의 물결이 환사영과 소운천 사이를 갈랐다. 그 때문에 환사영은 더 이상 소운천에게 접근할 수 없었다.

일단 터지기 시작한 화산은 격렬한 기세로 모든 것을 뿜어내고 있었다. 두 사람이 격전을 벌이던 동굴은 붕괴되어 무너져 내렸다. 이젠 환사영조차 그에게 다가갈 수 없었다.

그 순간 소운천이 저주라도 하듯이 외쳤다.

"이 따위 용암으로 나를 어찌할 수 있을 거라 생각하지 마라! 제아무리 오랜 시간이 걸리더라도, 그 어떤 난관이 있더라도 나는 반드시 이곳을 나가 내가 원하는 세상을 만들 것이다! 내 말을 반드시 기억하거라, 사영!"

쿠와앙!

그 순간 거대한 전각만 한 바위가 환사영과 소운천 사이로 떨어져 내렸다. 그 때문에 환사영은 더 이상 소운천의 모습을 볼 수 없었다.

환사영은 소운천의 말이 사실임을 직감했다. 그는 시간이 얼마가 걸리든 반드시 이곳을 빠져나와 자신이 원하는 세상을 만들기 위해 이 세상을 파멸로 몰아넣을 것이다. 소운천에게는 불사의 생명과 영원의 시간이 남아 있었기 때문이다.

"그렇다면 나는 너를 또다시 막겠다. 어떤 수를 써서라도 말이다."

환사영이 뒤돌아 걸음을 옮겼다. 그는 무너지는 바위들 사이를 위태롭게 빠져나와 경공을 펼쳤다. 환사영의 뒤로 무섭게 용암이 덮쳐왔다.

환사영의 얼굴이 딱딱하게 굳었다. 갈수록 공력이 달리는 것을 느꼈기 때문이다. 그는 소운천과의 대결에 자신의 모든 공력을 쏟아부었다. 무한대에 가깝던 공력은 거의 소진되었고, 그의 몸 안에 남은 내공은 겨우 경공술을 한 번 펼칠 정도밖에 남아 있지 않았다. 그나마도 급격히 소모되어 가고 있었다.

환사영의 걸음이 점차 느려졌다. 공력이 달리는데다 상처의 통증이 심해 더 이상 움직이는 것은 물론이고, 숨 쉬는 것조차 힘이 들었다.

환사영의 시야가 흐릿해졌다. 사물이 두세 개로 겹쳐 보였다. 머리 위에서 거대한 바위가 덮쳐오는 모습이 보였다. 머리로는 피해야 한다고 생각했는데, 몸이 움직이지 않았다.

'이것도 나쁘진 않군.'

환사영은 눈을 감았다.

가장 아꼈던 친구와 같은 땅 아래 묻히는 것도 나쁘진 않다는 생각이 들었다. 그리고 무엇보다 너무 지쳐서 이제는 쉬고 싶었다.

"포기하지 마요. 절대로."

그때 외마디 외침이 지하에 울려 퍼졌다.

가슴을 뛰게 하는 청량한 음성이었다. 환사영은 자신도 모르게 눈을 떴다. 그러자 무서운 속도로 달려오는 예운향의 모습이 보였다. 예운향이 경력을 발출해 환사영의 머리 위로 떨어져 내리던 바위를 쳐냈다. 그리고 환사영의 허리를 재빠르게 낚아챘다.

"운향."

"이대로 당신을 잃지 않을 거예요. 당신이 내게 그랬듯 이번엔 내가 당신을 구할 차례예요."

"그래! 네가 있었구나."

환사영이 희미한 미소를 지었다.

예운향도 미소를 지었다. 그녀는 환사영을 안은 채 전력으로 경공을 펼쳤다. 그녀가 지나간 자리가 연쇄반응을 일으키며 무너져 내렸다. 그녀의 뒤를 따라 용암이 차올랐다.

등 뒤에서 후끈한 열기가 느껴졌다. 그래도 예운향은 뒤돌아보는 법이 없이 앞으로 내달렸다. 마침내 그녀의 눈에 하얀 빛이 보였다.

그녀는 먼지를 뚫고 몸을 날렸다. 그녀가 빠져나온 직후 폐광산이 무너졌다.

"하아, 하아!"

예운향이 환사영을 품에 안은 채 거친 숨을 몰아쉬었다. 그런 그녀의 몸은 땀에 흠뻑 젖어 있었다. 하지만 그녀는 마음 편히 쉴 수가 없었다. 그 순간에도 용암이 터져 나오고 있었기 때문이다.

근처에 있던 사공천이 외쳤다.

"어서 나오거라. 이제 곧 거대한 폭발이 있을 것이다. 그전에 몸을 피해야 한다. 지금까지의 폭발은 겨우 시작에 불과하다."

주위는 이미 불바다로 변해 있었다. 용암의 분출로 곳곳에서 산불이 난 것이다.

예운향은 서둘러 자리를 뜨려고 했다. 하지만 그 순간 예운향의 표정이 싹 변했다. 등 뒤에서 오싹한 기운이 느껴졌기 때문이다.

"설마?"

그녀가 뒤돌아보았다.

금방이라도 터질 것 같이 청등산이 진동을 하고 있었다. 하지만 그보다 더 오싹한 기운이 청등산 깊은 곳에서 느껴지고 있었다.

"이것은 마기? 설마 그가 아직도 죽지 않았단 말인가요?"

거대한 마기가 청등산으로 몰리고 있었다. 지하에 있는 소운천이 주위의 마기를 끌어모으고 있는 것이다. 관천에 의해 거대한 바위에 속박 당해 용암을 뒤집어썼음에도 소운천은 죽지 않았다. 그는 주위의 마기를 끌어들여 환사영의 금제에서 벗어나려 하고 있었다. 만일 이대로 소운천이 풀려나면 더 이상 그를 막을 수 있는 사람이 없었다.

쿠쿠쿠!

청등산의 진동과 함께 마기가 더욱 강렬하게 느껴졌다. 금방이라도 지하에서 소운천이 뛰쳐나올 것만 같았다.

사공천의 얼굴이 일그러졌다.

"혈천화령대진으로도 그를 잡아둘 수 없단 말인가? 이대로 그가 뛰쳐나온다면 세상은 지옥이 될 것이다."

그 사실을 알면서도 무슨 수를 써야 할지 사공천은 감을 잡지 못했다. 청등산 지하에서 느껴지는 거대한 마기가 너무 강해서 이성적으로 생각할 수가 없었다.

그때였다.

갑자기 누군가의 목소리가 들렸다.

"혼천(混天)을 제압하고, 건원(乾元)에 활로를 여십시오. 북두(北斗)의 힘을 끌어들여 남천(南天)에 십망계(十網界)를 열겠습니다. 그런 후에……."

사내의 목소리에 사공천은 더 이상 생각하지 못하고, 자신도 모르게 그의 말을 따랐다.

사내의 말은 심오한 진법(陣法)의 이치를 담고 있었다. 천하의 사공천도 식은땀을 흘릴 정도의 엄청난 진법이었다.

예운향과 환사영의 시선이 사내를 향했다.

나타난 순간부터 사공천과 진법을 펼치는 사내는 그들도 익히 알고 있는 사람이었다.

"당신은⋯⋯?"

"수⋯⋯경아."

새로이 나타난 사내는 분명 백수경이었다.

죽어 있는 눈동자에 너무 말라 볼이 홀쭉 들어간 모습이긴 했지만, 그는 분명 환사영의 의동생인 백수경이었다. 그의 곁에는 용무익이 서 있었다.

모든 것을 잃은 사람만이 가질 수 있는 죽은 눈을 하고 백수경이 사공천에게 무어라 지시를 내리고 있었다. 사공천은 어떤 의문도 갖지 못하고 백수경의 말을 따랐다.

곳곳에서 용암 덩어리가 떨어져 내리고 있었지만, 백수경은 눈 하나 깜빡이지 않고 폐광산 일대에 거대한 진법을 펼쳤다. 그는 사공천에게 진법을 구술해 주면서 자신도 움직였다.

"수경아."

환사영의 눈동자가 흔들렸다.

죽은 줄 알았던 백수경이 살아 있었다. 하지만 이미 백수경은 사자(死者)의 눈을 하고 있었다. 그에게는 이미 인간의 감정이 남아 있지 않은 듯했다. 그는 환사영을 보지도 않고 오로

지 진을 펼치는 데만 집중했다.

진이 마침내 완성됐다.

두 사람의 천재가 펼친 거대한 진이 완성되자 청등산 자락으로 유입되던 마기의 흐름이 뚝 끊겼다.

"내가 모든 것을 걸고 만들어낸 금마제혼진(禁魔制魂陣)이라는 것입니다."

백수경이 입을 열었다. 그의 목소리에는 인간의 감정이란 전혀 담겨 있지 않았다. 그는 마치 인간의 감정을 모두 잃어버린 것 같았다.

환사영이 예운향의 품에서 벗어나 비틀거리며 백수경에게 다가갔다.

"수경아."

"……."

"어찌된 것이냐?"

"모두 죽었습니다. 모두……."

"알고 있다."

"저 혼자 살아남았습니다. 경화가 죽고, 무진이도 죽었습니다. 내 딸아이는 태어난 지 두 달도 되지 못해 목숨을 잃었습니다. 상유촌 사람들이 모두 죽었는데도 나는 아무것도 하지 못했습니다. 나는 무기력했습니다. 내 핏줄을, 내 가족을 지키지 못한 내 자신을 저주합니다."

"수경아."

"그래서 그자를 죽이기 위해 제가 알고 있는 진법을 바탕으로 금마제혼진을 만들었습니다."

"겨우 이 정도로 그가 죽을 리 없다. 마기의 유입이 끊겨 힘을 되찾지 못했을 뿐, 그는 결코 죽지 않았다."

"알고 있습니다."

백수경의 눈이 섬뜩하게 빛났다.

그의 눈은 이미 환사영이 알고 있던 따스한 눈이 아니었다. 그의 눈엔 오직 복수심만이 담겨 있었다.

한순간에 모든 것을 잃은 백수경의 가슴은 이미 사막의 모래처럼 푸석하게 말라 있었다. 미소를 잃어버린 그의 얼굴을 보고 있자니, 환사영은 가슴이 찢어지는 것처럼 아팠다.

"그자는 나의 모든 것을 앗아갔습니다. 나는 살아도 산 것이 아닙니다. 나의 가슴에는 오직 복수심밖에 남아 있지 않습니다. 형님, 나는 영원히 그를 저주할 것이고, 두 번 다시 그가 이 땅을 활보하지 못하도록 만들 겁니다. 상유촌이 이 세상에서 사라지던 날 나는 그렇게 내 자신에게 맹세했습니다. 백 년이 지나도, 천 년이 지나도 나는 그를 죽이기 위해 내 모든 것을 걸 것입니다."

백수경의 눈이 섬뜩하게 빛났다.

그를 선량하게 만들어 주던 마음속의 끈이 끊어진 그 순간부터 그는 이미 예전의 백수경으로 돌아갈 수 없었다.

"수경아."

환사영의 안타까운 음성만이 울려 퍼졌다.

그날 청등산은 흔적도 없이 세상에서 사라졌다. 청로호는 거대한 화산재에 묻혔고, 청등산은 평평한 평지로 변했다. 화산의 폭발이 그렇게 만든 것이다. 그리고 천마의 전설도 화산의 폭발과 함께 세상에서 사라졌다.

제 9 장
남겨진 사람들

    청등산이 이 세상에서 사라지던 날 마해는 중원에서 물러났다. 그날 죽은 정의맹의 무인 수만 사천 명, 마해의 희생자는 칠천 명이 넘었다. 한순간에 일만 명의 생목숨이 사라진 것이다.

    마해가 패퇴할 때도 천마는 모습을 보이지 않았다. 그에 사람들은 환사영이 천마를 죽였다고 믿었다. 사람들은 환호를 하며 환사영을 찾았다. 하지만 어디서도 환사영의 모습은 보이지 않았다. 수많은 사람들이 환사영을 찾기 위해 천하로 흩어졌지만, 환사영은 그 누구에게도 자신의 모습을 보여주지 않았다.

그렇게 환사영은 사람들에게 전설이 되었고, 잊혀져갔다. 마해를 막기 위해 설립되었던 정의맹은 깊은 상처만 남기고 해산되었다. 그리고 살아남은 십대초인들이 천하의 패권을 차지하기 위해 움직이기 시작했다.

불영(佛影) 명등은 소림사의 이름을 앞세워 강호에서 활동을 재개했다. 비록 독황과의 대결에서 한 팔을 잃었지만, 정의맹을 이끌고 마해를 물리치는 데 주도적인 역할을 했다는 이유만으로 많은 사람들이 명등의 이름 아래 모여들었다.

광도(光刀) 연성휘에게는 그를 추종하는 수많은 무인들이 생겨났다. 도를 익힌 무인들이 그의 휘하로 몰려들기 시작한 것이다.

모여든 이는 모두 백여 명의 절정도객들이었다. 그렇게 탄생한 것이 백도맹(百刀盟)이라는 신흥 무벌이었다.

비록 백 명밖에 되지 않았지만, 백도맹의 위세는 대단했다. 연성휘를 위시한 백 명의 절정도객들이 가진 힘은 결코 무시할 수 없는 것이어서, 그들은 당당히 강호의 일좌를 차지했다.

살아남은 십대초인 중 가장 큰 세력을 형성한 이는 바로 뇌검(雷劍)천화운이었다. 정의맹과 마해가 사라진 직후 천화운은 곧바로 천하를 향한 거대한 일 보를 디뎠다.

담시현, 청광운, 모사역 등의 뛰어난 수하가 그를 보좌했고, 수많은 인재들이 천화운의 깃발 아래 모여들었다. 담시현과 청광운, 모사역은 뛰어난 무력과 발군의 지혜로 천하를 병탄해 나갔고, 사람들은 그들을 일컬어 천화윤의 삼대봉신(三大封臣)이라고 칭했다.

삼대봉신의 조력에 힘입어 천화윤은 얼마 지나지 않아 강호에서 가장 커다란 세력을 형성했다.

세력이 어느 정도 모이자 그는 떳떳하게 자신만의 성을 세우겠다고 천하에 선포했다. 과연 그가 어디에 자신의 성을 세울 것인지 모든 사람들이 주시를 했다. 그가 성을 어디에 세우느냐에 따라 천하의 지형도가 달라질 것이 분명했기 때문이다.

천화윤이 자신의 성을 세우겠다고 천명한 지역은 매우 뜻밖의 곳이었다. 불과 몇 년 전에 커다란 화산폭발이 일어났었던 곳, 예전에는 청등산이라는 이름의 산이 존재했던 그곳이었다.

이제 겨우 화산활동이 잠잠해진 그곳에 자신만의 성을 세우겠다는 천화윤의 말에 사람들은 모두 어이없어 했다. 도무지 그의 의중을 알 수 없었기 때문이다.

천하의 중심이 될 만한 곳은 여러 곳이 있었다. 어떤 문파가 들어와도 천하에 영향을 끼칠 만한 곳이 수없이 존재하는데, 하필 얼마 전에 화산이 터졌던 곳에 성을 세우겠다는 천화윤을 대놓고 비웃는 자들도 다수 있었다. 그러나 천화윤은 사람들의 조소와 비웃는 시선에도 아랑곳하지 않고, 청등산이 있었던 곳에 거대한 성을 세웠다.

둘레만 십여 리가 넘는 거대한 성.

천화윤은 성벽 위에서 이곳을 자신의 영역이라 선언하고, 이름을 구주천가(九州千家)라고 지었다.

구주천가.

그 누구도 몰랐다. 향후 그 이름이 강호의 운명을 어떻게 결정지을지 말이다. 그저 사람들은 경이로운 시선으로 새로이 들어선 구주천가의 거대한 성을 바라볼 뿐이었다.

구주천가를 설계하고, 세운 사람은 만박노조라고 알려진 사공천이었다. 천하에 모습을 드러내지 않던 그가 어쩐 일인지 직접 나서서 구주천가의 공사를 주도했다.

그는 자신이 알고 있는 모든 지식을 총동원해서 구주천가를 축성했다. 그렇게 구주천가는 공사에 들어간 지 삼 년만에 완성되었다.

그리고 내일은 구주천가의 이름으로 개파대전이 열리는 날이었다. 그 때문에 수많은 무인들이 구주천가로 몰려들었다.

수많은 사람들로 북적거리는 구주천가에 유난히 사람들의 발길이 닿지 않는 곳이 있었다. 구주천가의 뒤쪽 은밀한 곳에 있는 영역이 바로 그곳이었다.

성이 세워지던 당시부터 천화윤에 의해 금지(禁地)로 지정된 곳. 구주천가의 그 누구도 금지에 접근할 수 없었다.

심지어는 천화윤의 심복이라고 할 수 있는 삼대봉신들마저도 말이다.

천화윤은 자신의 측근들에게조차 금지 안에 무엇이 있는지 철저히 함구했다. 그 때문에 금지의 존재는 구주천가에서도 가장 큰 비밀이 되었다. 그런 금지에 지금 몇 사람이 모여 있었다.

그중에는 구주천가의 가주가 된 천화윤도 있었고, 환사영과 예운향, 한청, 십방보의 모습도 보였다. 그리고 그들의 앞에는 백수경과 용무익이 서 있었다.

천화윤이 안타까운 눈으로 백수경을 바라보았다.

"꼭 이래야 하느냐? 네가 굳이 그런 업보를 짊어질 필요는 없다."

"당신도 내 입장이 되었다면 그런 말은 하지 못할 겁니다."

"수경아."

"언제부터 그렇게 저에게 다정해지신 겁니까? 예전에 그랬던 것처럼 차라리 냉정하게 대하십시오. 그럼 내 마음이 더 편할 겁니다."

"미안하다."

천화윤이 고개를 돌렸다. 그런 그의 눈동자가 흔들리고 있었다.

근 이십 년만에 다시 만난 백수경은 그의 이복동생이었다. 그의 모진 냉대에 집을 뛰쳐나가 '천' 씨 성을 버린 남자, 그가 바로 백수경이었다.

행복하게 산다고 들었다. 가족을 이루고, 마을을 일구고 그렇게 오순도순 살아간다고 들었다. 그래서 행복하게 살길 바라며 관심조차 두지 않았다. 자신이 관심을 두는 그 순간부터 그 역시 이 더러운 강호에 발을 디디는 것이기에.

그렇게 언제까지 행복하게 살길 바랐건만, 자신의 이복동생은 모든 것을 잃은 처참한 모습으로 서 있었다. 백수경의 마음은 감정을 잃었고, 그의 눈은 생기를 잃어버렸다. 분명 멀쩡한 모습으로 서 있지만, 그는 죽어 있는 사자(死者)나 마찬가지였다.

천화윤이 이곳에 구주천가를 세우고, 금지를 만든 것은 결코 우연이 아니었다. 이십 년만에 처음 찾아온 동생은 이곳에 거대한 성을 축조해 줄 것을 부탁했다. 천화윤은 그의 부탁을 거절할 수 없었다. 그것이 구주천가가 이곳에 세워진 이유였다.

잠시 그들의 모습을 보던 환사영이 앞으로 나섰다. 그가 백수경에게 물었다.

"정말 이곳에서 지내려는 것이냐?"

"형님, 이곳이 제가 있을 곳입니다. 저는 이곳에서 천마를 영원히 감시하고, 그를 죽일 무공을 만들어낼 겁니다."

"네가 그런 가혹한 업보를 떠안을 필요는 없다. 그런 역할은 나 혼자면 충분하다."

"제 일입니다. 더 이상 잃을 것도 없습니다. 가족도, 상유촌도. 그리고 삶의 목적도. 지금 저는 숨을 쉬는 것만으로도 고통스럽습니다. 살아 있다는 것 자체가 저에게는 지옥입니다. 그래서 용서할 수 없습니다. 제게 이런 지옥을 경험하게 하고, 저의 가족을 앗아간 그를 용서할 수 없습니다. 저는 죽어서도 그를 저주할 겁니다."

"수경아."

환사영의 눈빛이 안타깝게 빛났다.

그는 백리단경이 조화를 부려 백수경이 살아났다는 사실을 알고 있었다. 그리고 백수경의 내부에서부터 무언가 변화가 일어났다는 사실도 느꼈다.

지금 그의 눈앞에 있는 백수경은 예전에 그가 알던 백수경이 아니었다. 지금의 그는 복수에 눈이 먼 광인(狂人)일 뿐이었다. 소운천을 죽여야 한다는 원한 서린 집념이 아니었다면 그가 숨을 쉬고 살아갈 이유조차 없었다.

천화윤에게 찾아가 구주천가를 축성하게 하고, 금지를 만들어 그 안에서 또 다른 금제술을 펼친 것 역시 소운천을 억누르기 위한 것이었다.

그토록 엄청난 폭발이 있었건만 백수경은 소운천이 죽었다고 생각하지 않았다. 그는 금지 안에 특별한 방법으로 거대한 탑을 축조했다. 거대한 탑은 백수경의 거처이자 소운천에게 유입되는 마기를 원천적으로 차단하는 거대한 봉인구나 마찬가지였다.

백수경은 탑이 있는 금지 안에서 평생을 보내고자 결심한 상태였다. 누구도 그의 결심을 말리지 못했다. 천화윤도, 심지어는 환사영도 말이다.

"몇 년이 지나건 상관없습니다. 수십 년, 수백 년이 지나더라도 상관없습니다. 저는 이 안에서 반드시 그를 죽일 방법을 찾아낼 겁니다. 그게 안 된다면 그를 죽일 무공을 제 손으로 만들어낼 겁니다. 몇 대가 지나건 상관없습니다. 그를 죽이는 것이 제가 살아야 할 이유입니다."

백수경의 음성에는 섬뜩한 원한이 담겨 있었다. 그는 인간이 느낄 수 있는 절망의 밑바닥에서 벗어나지 못하고 있는 망자였다.

백수경의 모습에서 환사영은 소운천의 모습을 보았다. 나란이 멸망했을 때 소운천 역시 저랬었다. 자신의 모든 것을 버려 복수를 하겠다고 하늘에 맹세했었다.

"역사는 반복되는 것인가?"

원한이 또 다른 원한을 낳는다. 그리고 수레바퀴 돌아가듯 끊이지 않고 반복된다.

이미 수많은 사람들이 죽었건만 한번 굴러가기 시작한 운명의 수레바퀴는 결코 멈추지 않았다. 일만 명의 목숨이 이미 헛되이 사라졌다. 그 많은 사람들의 피로도 죽음의 수레바퀴는 멈추지 않았다. 앞으로도 얼마나 많은 사람들이 피를 흘려야 이 운명의 수레바퀴가 멈출지 아무도 알 수 없었다.

결국 환사영은 천화윤처럼 백수경을 설득하는 것을 포기했다.

"휴! 너는 마땅히 너 자신을 돌봐야 할 것이다."

"감사합니다. 사영 형님. 그리고 한청 형님. 형님들에게 입은 은혜는 결코 잊지 않을 겁니다. 이 보답은 내세에 하겠습니다."

백수경이 눈물을 흘렸다. 그것이 인간으로서 흘리는 그의 마지막 눈물이었다. 천화윤은 그 모습을 안타깝게 바라보았다.

반쪽의 피를 나눈 형제였지만, 백수경은 그보다 한청과 환사영을 의지하고 있었다. 그게 당연한 거라고 생각하고 있었지만, 가슴 한켠이 시려오는 것은 어쩔 수 없었다.

"이제 그만 나가십시오. 이제부터 펼쳐질 무류환허진(無流幻虛陣)은 금지를 천하에서 완전히 격리시킬 겁니다. 이 안에 들어올 수 있는 사람은 오직 저와 같은 피를 나눈 사람뿐입니다."

백수경이 축객령을 내렸다.

그 누구도 백수경의 결심을 돌릴 수 없었다. 이제 그는 혼자만의 성에 스스로를 가둘 것이다.

그때 이제까지 조용히 있던 용무익이 환사영 등에게 말했다.

"동생은 내가 돌볼 것이니 걱정하지 마시구려. 이렇게 노부의 말년에 동생을 만난 것도 인연. 그가 스스로를 상하지 않게 도울 것이오. 그러니 너무 염려하지 마시구려."

"감사합니다. 부디 그를 부탁드리겠습니다."

환사영이 용무익을 향해 고개를 숙였다.

운명처럼 백수경을 구한 용무익은 자신의 생이 얼마 남지 않았음을 깨닫고 마지막까지 그와 함께 하기로 결심했다. 그리고 자신의 모든 것을 바쳐 백수경의 일을 도울 것이다.

예운향과 한청이 백수경과 마지막 인사를 했다. 그들의 눈시울은 어느새 붉게 물들어 있었다.

환사영과 일행은 금지 밖으로 나왔다. 그러자 백수경이 그들을 하나하나 바라보다 진을 발동시켰다. 자욱한 운무가 끼면서 무류환허진이 발동됐다. 그는 그렇게 스스로를 영원히 무류환허진 안에 가뒀다.

"수경아."

환사영은 그 자리에 서서 한동안 백수경이 서 있던 자리를 바라보다 무거운 걸음을 옮겼다. 그를 향해 천화윤이 물었다.

"구주천가의 개파대전을 보지도 않고 가실 작정이오?"

"미안하오. 더 이상 사람들이 많은 곳에 있고 싶지 않소."

"어디로 갈 작정이오?"

"천산(天山). 나의 모든 것이 시작된 그곳으로."

"빙마후와 함께 말이오?"

"그렇소. 그곳에서 나는 운천을 죽일 방법을 찾아낼 것이오. 그것만이 내가 수경이의 짐을 덜어줄 수 있는 유일한 방법이오."

"당신도 그가 죽지 않았을 거라고 생각하는 것이오?"

"그는 죽지 않았소."

환사영의 감이 그렇게 말해 주고 있었다. 소운천은 결코 죽지 않았다고. 단지 긴 잠을 자고 있을 뿐이라고. 그가 다시 깨어나는 날 재앙이 닥칠 거라고 말해 주고 있었다.

스스로의 의지로도 죽지 못하는 자.

영원의 시간을 살면서 파멸을 향해 달려가는 자.

그가 바로 소운천이었다. 그리고 소운천에 의해 지금 또 다른 마(魔)가 태동하려 하고 있었다. 그가 뿌린 재앙의 씨앗이 백수경에 의해 개화하려는 것이다. 그 여파가 어디까지 미칠지는 환사영도 알 수 없었다.

소운천을 죽일 방법을 찾고, 스스로를 무류환허진에 가둔 백수경을 도울 방법을 찾는 것은 모두 온전한 환사영의 몫이었다. 소운천을 금지에 가뒀지만, 아직도 그가 짊어진 짐의 무게는 줄어들지 않은 것이다.

천화윤이 환사영에게 작별인사를 고했다.

"잘 가시오. 나와 구주천가는 이제부터 당신들이 지킨 이 땅을 지킬 것이오. 마해에 대항하기 위해 나는 구주천가를 철옹성으로 만들 것이오."

그것이 천화윤의 맹세였다. 그는 패도(覇道)로서 천하를 마해에게서 지키리라 맹세했다.

환사영은 잠시 그의 모습을 바라보았다. 거대한 덩치만큼이나 엄청난 패기를 흩뿌리는 자. 그의 패도무쌍한 모습을 보고 있자니, 어느 정도 믿음이 가는 것도 사실이었다.

환사영이 그에게 포권을 취하며 말했다.

"부탁하겠소."

"잘 가시오. 한 가지 부탁이 있다면 중원에 나올 때 반드시 구주천가에 들러달라는 것이오. 아직 당신을 향한 나의 도전은 끝나지 않았으니까."

"반드시 들르겠소."

"기다리겠소."

환사영은 몸을 돌려 예운향과 함께 어깨를 나란히 하고 서쪽으로 향했다. 그들의 곁에는 어느새 한청이 함께 하고 있었다.

뒤늦게 십방보가 뒤를 따라 몸을 날리며 소리쳤다.

"아앗! 비겁하게. 같이 가요. 말도 없이 먼저 가면 어떡해요? 젠장! 또 살 빠지겠네."

그렇게 네 명의 남녀는 서쪽 하늘로 사라져 갔다.

환사영이 예운향과 함께 중원을 떠난 날 구주천가는 개파식을 가지고 천하에 정식으로 이름을 알렸다.

이제까지의 강호의 역사를 바꾸는 새로운 역사의 출범이었다.

＊　　　＊　　　＊

서문형은 주먹을 쥐었다.

그의 눈시울이 붉게 물들었다. 하지만 그는 결코 울지 않았다. 그를 향해 한 사내가 말했다.

"울어도 된다."

"난 결코 울지 않아요. 내가 울면 아버지가 가슴 아파할 테니까."

"애야……."

사내 윤무상이 안타까운 눈으로 서문형을 바라보았다.

서문형이 손에 든 것은 조그만 목함이었다. 그것은 권패 서도문이 이 세상에 남긴 유일한 물건이었다.

정의맹과 마해의 전쟁이 끝난 지 수년이 지났건만 권패 서도문은 돌아오지 않았다. 많은 사람들이 독황 당천위와 그의 대결을 지켜보았지만, 결과가 어떻게 되었는지 알 수 없었다. 그 어디서도 서도문과 당천위의 모습이 발견되지 않았기 때문이다.

많은 사람들이 서도문을 찾기 위해 움직였다. 그중에는 백검련을 이끄는 윤무상도 있었다. 환사영과의 인연 때문에 서도문을 알게 되었지만, 인간적으로 그를 좋아하게 되었기에 그의 시신이라도 찾기 위해 발 벗고 나섰다. 하지만 그 어디서도 서도문의 시신은 발견되지 않았다.

사람들은 서도문이 당천위와 양패구사했기에 시신조차 남기지 못했을 거라고 했다. 하지만 윤무상은 결코 포기하지 않았고, 결국 이제는 폐허가 된 전장 한쪽에서 서도문의 물건으로 짐작되는 목함을 찾아낼 수 있었다. 그 목함에는 아들 서문형에게 보내는 서신이 담겨 있었다.

전쟁의 마지막 날 아들 서문형을 생각하며 쓴 편지였다. 그는 결국 아들에게 편지를 부치지 못한 채 전장에 나섰고, 두 번 다시 돌아오지 않았다.

서문형은 서신을 꽉 움켜쥐었다. 그런 그의 손과 어깨가 떨리고 있었다. 하지만 서문형은 결코 울지 않았다.

"난 울지 않아요, 절대로."

"이제 어찌할 셈이냐? 이대로 서씨세가로 돌아갈 셈이냐? 정 내키지 않는다면 나와 함께 백검련으로 가는 것도 나쁘지 않은 선택이 될 것이다."

"저는 가문으로 돌아갈 거예요. 아버지도 제가 검을 익히는 것을 바라지 않을 거예요. 제가 익힐 것은 오로지 권(拳)이에요."

서문형이 주먹을 꽉 쥐었다. 그런 그의 모습은 소권왕(小拳王)을 연상케 했다.

윤무상이 서문형을 바라보며 은밀히 한숨을 내쉬었다.

'휴! 그는 정말 권패를 꼭 닮았구나. 그나저나 정말 권패와 독황이 양패구사한 것일까?'

누구도 진실을 알 수는 없었다. 하지만 한 가지는 알 수 있었다.

비록 권패는 세상에서 사라졌지만, 그는 훌륭한 씨앗을 남겨두었다. 서문형은 결코 아비의 명성에 뒤지지 않는 훌륭한 재목이 될 것이다.

그렇게 옛 시대는 가고, 새로운 시대가 오는 것이 강호였다.

혈란으로 얼룩졌던 옛 시대를 새로이 재건하는 것이 바로 서문형의 역할일 것이다.

환사영은 윤무상에게 서문형을 암중에서 도울 것을 명했다. 꼭 그의 명령이 아니더라도 윤무상은 서문형을 외면할 수 없었다. 그는 서문형을 통해 새로운 강호를 보고 싶었다.

*   *   *

"드디어 그분을 찾았다. 하지만 그분은 이미 깊은 잠에 빠져 계신다."

"그럼 우리는 어떻게 해야 합니까?"

"그분을 기다린다."

"하지만 우리의 삶은 유한합니다. 그분을 기다리기에 우리의 삶은 너무나 짧습니다."

백영이 눈앞에 서 있는 사내들을 바라보았다.

구유마전단(九幽魔戰團).

혹은 백팔마장(百八魔將)이라고 불리는 사내들.

그들은 소운천의 군대였다.

소운천이 아닌 그 누구도 그들을 움직일 수는 없었다.

백영이 그들을 향해 외쳤다.

"신교는 다른 이들이 잘 이끌어 나갈 것이다. 우리는 그분이 돌아오길 기다리며 우리의 모든 것을 불태워 하나의 구슬을 만들자. 우리의 모든 것이 담겨 있는 영혼의 구슬을. 그분이 부활하면 우리 또한 다른 이들의 육신을 통해 부활할 수 있도록."

"우리는 기꺼이 당신의 말을 따를 겁니다."

"그분을 다시 볼 수 있다면 저는 얼마든지 스스로의 육신을 불태울 수 있습니다."

구유마전단이 백영의 외침에 화답했다.

구유마전단이 백영의 인도에 의해 자신의 몸을 불태우기 시작했다.

거대한 불길이 타올랐다. 그 불길은 결코 꺼지지 않고, 천마가 다시 눈을 뜨기만을 기다릴 뿐이었다.

終

환영무인(幻影武人)을 시작한 지 벌써 일 년이 흘렀습니다. 언제나 그렇듯 정말 시간이 눈 깜짝할 사이에 흘러가는군요.

모두 아시다시피 환영무인은 십지신마록(十地神魔錄) 시리즈의 일부격인 이야기입니다. 사실 십전제(十全帝)에서 이미 결론이 정해진 이야기를 쓴다는 것은 결코 쉬운 일이 아니었습니다.

덕분에 이야기가 만족스럽게 전개되지 못한 부분도 있지만, 그래도 어찌어찌 끝낼 수 있었습니다.

이제 남은 이야기는 십지신마록 삼부뿐입니다.

사실 삼부 이야기를 조금 쉬고, 다른 작품을 먼저 마친 후에 집필할까도 생각했지만, 그래도 지치기 전에 쓰는 것이 좋을 것 같다는 생각이 듭니다.

십지신마록 삼부는 칠백 년 동안 일어난 일들이 모두 모이고, 종결되는 이야기입니다. 성장하고, 부딪치고, 신념을 세우고, 웅비하는 모든 일들을 이 한 질의 책에 담고 싶습니다.

아마 환영무인 마지막 권이 세상에 나올 때쯤이면 저는 차기작의 상당부분을 쓰고 있겠군요. 늘 그렇듯 글 쓰는 것은 고통스러우면서도 즐거운 일입니다. 과연 이번에는 어떤 인물이 책 속에서 살아날지 저조차도 기대가 됩니다.

같은 401호에서 글을 쓰는 초우 형님, 권경목 형, 김운영 형, 신화님, 초, 백연이에게도 감사의 말씀드립니다. 여러분이 있어 글 쓰는 것이 즐겁습니다.

끝으로 졸저를 책으로 출간해 주시는 드림북스 관계자분들과 이 책을 편집해 주시느라 불철주야 고생하시는 구정현 씨에게도 감사의 말씀드립니다.

꽃피는 봄에 신작을 들고 다시 찾아뵙겠습니다. 언제나 응원해 주셔서 감사합니다.

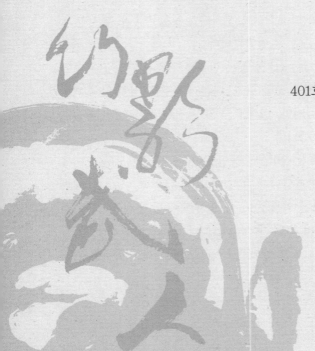

401호에서 우각 올림.

김정률 판타지 소설

FUSION FANTASY STORY & ADVENTURE

하프 블러드(Half Blood)의
블러디 스톰 레온,
블러디 나이트로 돌아왔다!

트루베니아 연대기

판타지의 신화를 창조해가는
최고의 작가 김정률!
『소드 엠페러』 그 신화의 시작.

『다크메이지』, 『하프블러드』,
『데이몬』에 이은 또 하나의 대작!

dream
books
드림북스

『은빛 마계왕』, 『정령왕 엘퀴네스』의 작가 이환!

태곳적부터 이어온 클로네와 마물족 간의 대결.
그리고 그에 얽힌 세계 종말에 관한 비밀!

숲의종족
클로네

세계를 구하려면 클로네의 비밀을 찾아야 한
운명의 아이, 세이가 그 끝 모를 모험에 뛰어든

EVENT ONE

『숲의 종족 클로네』 1,2권을 인터넷 서점 알라딘에서 구매하신 분들 중 선착순 100분에게
한정판 작가 친필 사인본을 드립니다.

EVENT TWO

책을 읽고 알라딘에 감상평을 올리시는 분들 중 11분을 추첨하여 사은품을 드립니다.

[사은품]
으뜸상(1명) : 백화점 상품권(10만원)
우수상(10명) : 문화상품권(1만원)

[응모요령]
1. 『숲의 종족 클로네』 를 읽고 인터넷 서점 알라딘 '마이 리뷰란' 에 감상평을 올려주세요.
2. 그 감상평을 복사하여 웹 게시판(개인 블로그나 홈페이지)에 올려주신 후, 게시물의 URL을
   '드림북스 편집부 이메일' 로 보내주세요.

　　[보내주실 곳] 드림북스 편집부 e-mail : sybooks@empal.com

　　[이벤트 기간] 2010년 2월 3일~2010년 3월 3일

　　[당첨자 발표] 2010년 3월 12일(당사 블로그 및 장르문학 전문 사이트에 발표합니다.)

　　　　　　드림북스 블로그 http://blog.naver.com/dream_books
　　　　　　문피아 사이트 http://www.munpia.com/출판사 소식/드림북스
　　　　　　조아라 사이트 http://www.joara.com/출판사 소식

EVENT THREE

숲의 종족 클로네 이벤트 페이지를 트랙백해 주시는 10분께 사은품을 드립니다.

[사은품]
문화상품권(1만원)

[응모요령]
드림북스 블로그에 방문하셔서 이벤트 페이지를 본인의 홈페이지나 블로그에
트랙백해 주시면, 확인 후 10분을 선정하여 사은품을 드립니다.

박찬규 신무협 장편 소설

천리투안

ORIENTAL FANTASY ADVENTURE

『태극검제』, 『혈왕』 박찬규의 2007년 신작!
강호에 버려진 호운비의 처절한 생존 분투기!

하루아침에 억울한 누명으로 구족이 몰락하고,
두 눈마저 잃고 처참하게 노비로 전락한
좌승상부의 소공자, 호운비.

억울한 누명 속에 세상을 잃었으나
의지만은 잃지 않으리라!

dream
books
드림북스